Couverture : Plage de Bang Por, Koh Samui, Thaïlande.
Février 2023

© 2024 Andréa MOUA
Édition : BoD · Books on Demand, 31 avenue Saint-Rémy, 57600 Forbach, bod@bod.fr
Impression : Libri Plureos GmbH, Friedensallee 273, 22763 Hamburg (Allemagne)

ISBN : 978-2-3225-5761-5
Dépôt légal : Janvier 2025

ANDRÉA MOUA

Ce que j'ai laissé

ROMAN

À mes frères et à ma sœur,
qui, par leur existence, ont comblé la mienne.
Vous avez inexorablement dirigé ma vie vers l'espoir.

*"The sun is on my back, I smile
because I thought it would be cold forever"*

*"Certains souvenirs ne quittent jamais vos os. Comme le sel dans la
mer, ils deviennent une partie de vous, et vous les portez."*
April Green

1

J'ai rêvé de ma sœur cette nuit. Elle avait sonné à ma porte alors que le monde s'était éteint sous la lueur de la lune, me tirant d'un sommeil duquel j'avais à peine eu le temps de me plonger pour me reposer. En ouvrant la porte, c'était bien ma sœur, mais plus jeune d'au moins dix ans, qui se tenait devant moi.

— « Nina ? Qu'est-ce que tu fais ici ? »

Ma propre voix me sortit de ce rêve. J'étais rassurée de réaliser que ce n'était pas un de ces rêves qui me réveillait avec l'envie irrépressible de sangloter, inconsolable. Ceux dans lesquels apparaissaient ma sœur avaient constamment une chaleur pesante, la sensation des grains de sable sous mes talons nus et une brise venant des vagues qui faisait voler mes cheveux contre mes joues. Ces rêves qui envisageaient une éventuelle réunion semblaient si réels et faisaient remonter, depuis l'inconscient, une vie imbriquée dans une autre. L'hiver m'avait toujours semblé étrange. Ce froid qui coupait mon souffle et me mordait les mains alors que je vivais dans un été éternel. Cette incohérence entre mes pensées et ma réalité, entre mes souvenirs et mon présent.

En jetant un œil sur ma table de chevet, je vis mon téléphone qui avait vibré et laissé mon écran allumé.

« Tu peux m'appeler, s'il te plaît ? »

C'était un message de ma sœur. En remontant la conversation, je lus à nouveau les précédents échanges dans lesquels je l'encourageai pour le début de son année de terminale.

Avec le décalage horaire entre la France et la Thaïlande et par cette habitude que nous avions prise de nous écrire, de nous laisser des messages, des photos, en laissant l'autre répondre lorsqu'elle avait le temps, nous nous appelions rarement, à l'exception de nos anniversaires, partageant à chaque fois notre souhait de fêter le prochain ensemble, mais nous savions que nous ne pourrions plus car je ne retournerai pas sur cette île. Ma plus grande souffrance était de vivre loin de ma seule sœur, et savoir qu'elle n'était pas à mes côtés était accepter que je ne pourrais jamais être complète.

« Tu penses pouvoir venir ? Maman ne donne plus aucun signe de vie depuis trois semaines. J'ai tant de choses à te dire. Rejoins-moi vite, Lili. »

Combien d'années s'étaient écoulées depuis que j'avais quitté l'île de Samui ? J'étais persuadée, je m'étais presque promis de ne plus jamais y retourner, de ne plus revoir ma mère. C'était ma manière de la punir pour le restant de nos vies.

Finalement, je me redressai sur le bord du lit, conservant sur moi la couverture épaisse qui assurait une chaleur réconfortante dans cette nuit d'automne qui se muait peu à peu en hiver. Il était trois heures du matin. En apercevant mon ordinateur portable, repoussé sur le côté vide du lit, un vague souvenir remonta à ma mémoire : j'avais travaillé jusqu'à minuit avant de tomber d'épuisement. À présent, ma sœur avait dû remarquer que j'avais vu son message, puisque son nom apparaissait en grand sur mon écran.

— « Désolé, tu devais dormir…
— Non, non. C'est drôle, j'ai rêvé de toi à l'instant. Je viens de lire ce que tu m'as envoyé. »

J'allais continuer, mais je ne trouvais pas les mots pour réagir à ce que j'avais lu précédemment. Derrière ma sœur, mon beau-père marmonna quelques mots, et l'instant d'après, il prit le téléphone.

— « Je ne voulais pas t'embêter, Lili. Mais ta mère est partie, on a plus de nouvelles. On s'inquiète. C'est compliqué ici…Je vais partir quelques jours chercher sur le continent, dans les îles voisines, peut-être même à la capitale.

J'ai besoin que tu viennes pour ta sœur. Tu peux le faire ? Pour ta sœur. »

Il m'informait que les autorités ne pouvaient rien faire pour une personne majeure et saine d'esprit qui était partie du jour au lendemain. J'entendis son désespoir, sous lequel je décelai l'excitation que la disparition de ma mère lui apporterait le soutien et l'empathie de ses amis. Ces mots ne trouvaient pas leur sens dans mon esprit. L'image de ma mère, cette fugitive, glissait sur moi sans réellement s'ancrer.

— «...je te laisse le leur annoncer. Qu'ils ne s'inquiètent pas, je m'occupe de tout. Elle va revenir. Elle doit revenir. Lili ? »

Son interpellation me sortit d'un songe profond, alors que mes paupières, encore lourdes, menaçaient de me faire glisser à nouveau dans mon sommeil. Ce songe était empreint de tourment et d'amertume. Je ne connaissais plus ma mère, je ne lui avais pas parlé depuis huit ans. Il y avait la crainte de se confronter à elle à nouveau, et la peur de retourner chercher dans des plaies profondes que j'avais laissées cicatriser avec le temps. Retourner sur l'île était accepter de me perdre à nouveau dans ce qui m'avait échappé. Comment ma mère pouvait-elle être partie alors que je pouvais l'imaginer sur l'île ?

À la fin de l'appel, je sus que je ne retrouverais pas le sommeil. Un goût de métal se propagea dans ma langue, avant que je ne réalise que je me mordais l'intérieur de la bouche. J'eus la conviction que Nina savait que ma mère était partie ailleurs, qu'elle reviendrait, qu'il lui fallait prendre son temps, mais qu'elle le dissimulait à son père. Je ne voulais pas revoir cet homme, que je méprisais tant, et qui avait fait perdre ma mère. J'aurais dû lui dire, plus tôt, lorsqu'il m'avait craché son angoisse pour que je l'absorbe à mon tour, qu'elle était partie à cause de lui. *Ne la cherche pas. Tu es la dernière personne qu'elle voudrait voir.*

Il fallait annoncer cela à mes grands-parents, à mes oncles et tantes, tenter de ne pas les affoler, croire que je connaissais encore ma mère, plus qu'elle ne me connaissait. Et encore, par cet instinct que j'avais toujours eu, de sentir quand elle était malade, même loin de moi, j'étais convaincue qu'elle était simplement en vie, ailleurs.
Mes oncles et tantes avaient pris l'habitude de ne pas avoir de ses nouvelles. Il pouvait parfois se passer des semaines avant qu'ils n'annoncent qu'ils avaient eu une brève opportunité de lui parler, de s'assurer qu'elle allait bien. Occupée à gérer sa vie professionnelle, elle négligeait sa vie personnelle. Elle s'était éloignée de tous.
Mon employeur m'octroya trois semaines au vu du caractère extraordinaire de mon absence imprévue.

À la fin de la semaine, je me retrouvai à l'aéroport, et soudainement, parce que je lus « BANGKOK » sur le tableau en face qui indiquait que j'étais au bon guichet pour embarquer, et parce que cela faisait déjà huit ans que je ne m'étais pas autorisée à y retourner, les souvenirs me revinrent. En vérité, je n'avais jamais oublié, car ce voyage était resté gravé en moi, et m'avait fait vivre jusqu'à présent.
Cela fit tilt dans mon esprit, comme une évidence que je feignais de comprendre, mais peut-être que je n'avais attendu que ça toute ma vie, une raison de retourner sur l'île de Samui.

J'aimais me souvenir. Une grande partie de ma vie s'était tissée sur le souvenir, et c'est la raison qui me poussait à retenir chaque moment passé. Ce n'était pas une nostalgie amère, mais un sentiment réconfortant.
Je pensais, depuis toujours, que j'avais besoin de ces mémoires pour le futur, pour me rappeler qu'à un moment, la vie avait été agréable, et que je les avais vécus, ces

moments de bonheur incontestable. Le souvenir de ces vies vécues avant celle-ci.

« *Dis-moi quand tu arrives* », dit le message de Nina qui était venue me récupérer avec Pit, un des employés de ma mère. Le seul qui possédait un véhicule. Les habitants de Samui pouvaient tout faire en scooter, avoir une voiture n'était pas leur priorité.

C'était le même message que j'avais reçu de ma mère, huit ans plus tôt, lorsque je l'avais rejoint sur cette île et qu'elle m'attendait avec ma sœur à la zone des arrivées du petit aéroport qu'était celui de Koh Samui. J'attendais de récupérer mes valises sur le tapis roulant, comme je le faisais aujourd'hui. À l'époque, les deux bagages d'une vingtaine de kilos chacun étaient tout ce que contenait ma vie. Quelques vêtements d'été, un ou deux gilets pour les temps pluvieux et les brises thermiques plus humides, et des objets représentant des souvenirs auxquels je tenais. Un peu de mon ancienne vie dans la nouvelle. En poussant le chariot sur lequel j'avais fait tenir les bagages, mes pas étaient lourds, et mon corps, éreinté par le voyage et les journées d'impatience, murmurait : « *C'est ici que tu nous as menés.* »

Je m'étais rapprochée de la petite silhouette dont les bras et le torse étaient appuyés contre le garde-corps qui délimitait la fin de l'allée des arrivées de l'aéroport. Tout autour de cette petite fille qui captait mon attention, n'était que de grandes ombres allant de droite à gauche, leur seul but étant de quitter la zone des arrivées et rejoindre un taxi dans lequel ils pourraient enfin déposer leurs bagages et profiter de la climatisation du véhicule.

Nos yeux s'étaient trouvés, les siens ayant parcouru le parking sur ma droite depuis de longues secondes. J'avais déjà vécu ce sentiment les mois précédant ce moment. J'étais déjà venue par surprise au printemps dernier, mes jambes avaient déjà connu cette faiblesse momentanée et mon cœur battait à nouveau jusque dans mes tempes. Cette fois, c'était ma sœur qui allait être surprise par ma venue, et je n'avais qu'une hâte, depuis le jour où j'avais décidé de quitter mon emploi ainsi que ma vie en France : annoncer à ma sœur que je restais avec elle en Thaïlande pour une durée illimitée. Il n'y aurait pas à se coucher chaque soir en espérant que le jour suivant nous permette de vivre ensemble encore un peu plus, il n'y aurait plus à compter les minutes avant de se dire au revoir sans date de retour.

Les quelques jours avant mon arrivée sur l'île avaient été passés seule à la capitale. L'excitation de cette nouvelle aventure m'avait tenue éveillée depuis le soir de mon arrivée à l'aéroport Charles de Gaulle. La fin de ce long parcours signifiait qu'après autant d'attente, mon corps et mon esprit allaient enfin pouvoir retrouver le sommeil après avoir été mis en suspens si longtemps.

Ma petite sœur, ma Nina, avait couru dans ma direction, et son genou, probablement, s'était heurté contre le chariot qui jusqu'ici, m'avait cachée. Elle m'enlaçait, me serrait fort. J'avais senti à son étreinte qu'elle s'était déjà mis en tête que j'étais seulement de passage, et j'avais su que la seconde qui suivait aller laisser place à la question qui est fondamentale pour les personnes séparées par des milliers de kilomètres lorsqu'elles se retrouvent à nouveau : « Combien de temps tu restes ? »

« Autant que je le souhaite. » Difficile à interpréter pour une enfant de dix ans. Comment lui expliquer que tout avait commencé par des journées dénuées de volonté de vivre, des soirées à angoisser sur l'avenir et des insomnies à en perdre les cheveux. Un quotidien dans lequel l'idée que parfois, mourir était plus simple que de survivre, que c'était la seule solution. Alors, en démissionnant, j'avais simplement déclaré à mon employeur que je n'étais plus heureuse ici. Cet endroit ne me correspondait plus, ou je ne correspondais plus à cet endroit.

Je n'avais jamais été une personne rayonnante et portais une réserve qui m'empêchait d'ouvrir les portes de ma vie, les réservant à un cercle restreint et intime. Depuis l'enfance, j'avais une douce tristesse nouée à ma gorge. Elle me consumait et avait fini par m'étouffer.

La raison pour laquelle j'avais choisi de venir vivre sur cette île, dont j'avais foulé le sol pour la première fois neuf mois auparavant, était de m'accorder du répit et me reposer d'une existence qui m'avait drainée en me rapprochant géographiquement de ma mère et de ma petite sœur. On avait conclu que c'était le contre-coup de leur départ un an auparavant, sans moi.

À cette époque, je voulais me persuader que ma vie ne pouvait pas se limiter à ce que j'étais en train de vivre. Il devait forcément y avoir plus.

Nous avions marché en direction de notre mère, que j'avais déjà aperçue au loin et qui observait nos retrouvailles depuis le départ. La main de ma sœur s'était posée sur la mienne, et m'aidait à guider le chariot dont j'avais hâte de me débarrasser. Alors que la silhouette de notre mère se dessinait au loin, j'avais aperçu sa longue robe noire qui attirait tous les rayons du soleil, et son visage, dont je savais les yeux humides. Elle poussa un soupir de soulagement en m'enlaçant à son tour. Les nuits précédentes, nous avions souffert de la même insomnie provoquée par l'excitation de ces futures retrouvailles.

« *Qu'est-ce que tu es en train de faire ?* », ou encore « *Je n'arrive pas à dormir, je pense que je ne dormirai pas avant que tu arrives…* »

Elle avait réussi à emmener ma sœur en prétendant qu'elles allaient chercher une cliente de l'hôtel à l'aéroport. De toute ma vie, je n'avais qu'un seul souvenir de ma mère : son eau de parfum, à laquelle elle était fidèle depuis mes huit ans. Il me suffit de penser à elle pour que cette odeur apparaisse soudainement, aussi fictive qu'elle soit dans mon esprit. À ce moment, j'étais indéniablement nichée dans cette odeur qui m'était réconfortante et nostalgique, alors que notre étreinte touchait à sa fin. Cette odeur de mon enfance.

Ma mère, ma sœur, et moi. Le soleil brûlait chaque parcelle de peau que je n'avais pas encore pris le temps de protéger avant d'atterrir, et me provoquait déjà quelques bouffées de chaleur. Cette scène représentait tout ce que j'avais souhaité depuis des mois. Nous passions dans un supermarché pour quelques nécessités, avant de rejoindre le lieu de travail de ma mère : un complexe hôtelier en bord de mer qu'elle avait acheté et rénové un an plus tôt, face à la cocoteraie, au nord de l'île. Définitivement la meilleure partie de Koh Samui pour moi. À nouveau, tout m'était familier. L'odeur légère du tabac dans la voiture, le siège en cuir qui collait à la peau, les flux violents de la climatisation sur le front et la danse du petit éléphant en argile sur le rétroviseur intérieur. Sur la route, les trucks portant les travailleurs aux casques de chantier, les marchés d'où l'on voyait la vie quotidienne des locaux, l'odeur de la viande frite et des gaufres tout juste préparées. Cette sensation était celle de ne jamais avoir quitté ce véhicule, et simplement retrouver ma place.

Et comme ça, j'avais retrouvé ma vie en Thaïlande, celle que j'avais précieusement mise de côté pendant six mois, depuis ma dernière visite de l'été. Cette fois-ci, ce n'était pas qu'un simple passage, je n'avais pas de date de retour, et rien que cette pensée me donnait envie de crier ma joie aux motocyclistes qui nous dépassaient. J'avais enfin franchi l'autre bord de la rivière et j'avais atterri dans un nouveau ferry qui m'emmènerait vers une destination chaleureuse. L'avenir prometteur que j'avais envisagé.

Je retrouvai les membres du personnel, et sentis en chacune des femmes leur bienveillance et leur soulagement de me savoir à bon port. En échangeant brièvement dans un anglais très simplifié avec Kat et Nana, j'avais gardé en tête quelques mots thaïlandais dont je me devais de me rappeler à l'avenir. Enfin, je me dirigeai vers mon beau-père afin de le saluer, et il me prit par la nuque en criant « Ah, te voilà ! » Je ne lui avais pas dit que je revenais les voir pour une durée indéterminée, supposant que ma mère, qui connaissait la raison de ma venue, lui en avait parlé.

Ce n'est qu'en fin d'après-midi que je pris le temps de m'asseoir à même le sable, devant la plage, pour observer l'île de Koh Phangan qui se dessinait en face. Sur ce sable, j'oubliai mes chaussures et mes soucis. Aveuglée par l'intensité des rayons, je profitai des caresses de la brise thermique, allongeant au loin mes bras, devenus poisseux par la transpiration. Mes cheveux dansaient alors que deux longues mèches restaient collées à mon front. Je voulais vivre cet instant, et simplement prendre le temps d'exister.

Cet horizon me promettait une nouvelle vie. Le silence n'était plus aussi lourd à supporter, et il n'y avait pas un nuage dans le ciel. Pas un nuage dans mon esprit.

Le soir, je partageai le lit de ma sœur et, l'entendant rigoler dans la pénombre, je devinai que son excitation ne l'avait pas quittée depuis nos retrouvailles plus tôt. Nous nous endormîmes entremêlées, de peur d'être séparées durant la nuit.

Ce fut la disparition de notre mère qui nous permit de nous retrouver en ce début d'hiver et ce déplacement précipité. Elle s'était levée trois semaines auparavant, avait observé Nina se rendre devant la résidence pour attendre le van qui l'emmenait au lycée, et était elle-même partie l'instant d'après. Aucun de ses vêtements ne manquait, sa brosse à dents et même son chargeur de téléphone demeuraient à leur place habituelle. Elle avait simplement disparu.

Pit nous déposa à l'hôtel, et bien que ce fut la première fois que je le rencontrais, il y avait dans son regard une empathie aussi profonde que celle des membres de ma famille lorsque je leur avais annoncé la disparition de ma mère.

Ma sœur était revenue en France lorsqu'elle avait eu seize ans. Elle avait passé l'été avec moi, et nous avions visité le sud de la France. Son père avait contesté, la jugeant trop jeune, répétant qu'elle serait seule les jours où je n'étais pas en congés. Après ces trois semaines passées ensemble, elle n'avait pas voulu rentrer sur son île thaïlandaise sur laquelle elle savait qu'elle ne me reverrait pas. Comme je n'avais pas pu l'accompagner jusqu'à l'aéroport, nous avions fait de nouveaux adieux sur le quai de la gare, devant le train qui l'emmenait à Charles de Gaulle. J'avais compris, alors, qu'être la personne qui restait était aussi difficile à surmonter. Nous nous étions enlacées en espérant que ce ne serait pas la dernière fois que nous nous verrions, en priant pour ne pas avoir à souffrir de l'absence de l'autre pendant six ans, comme on avait pu le vivre.

Le temps s'écoulait, irrémédiablement, et parfois, sans que nous ne le réalisions, des années entières passaient. J'avais oublié la douleur de l'absence et le vide constant en moi, j'avais été entraînée dans la vie.

Aujourd'hui, nous étions dans cette grande chambre d'hôtel, deux sœurs sans mère, deux sœurs pour qui le temps avait reculé de huit ans.

À l'époque, j'appréciais savoir que ma présence était importante. Je me sentais utile. J'aimais aider ma mère, et je voulais qu'elle compte sur moi : c'était ma manière d'exister à ses yeux. Et alors, je redevenais sa fille. J'étais une enfant à nouveau, et je n'avais pas à me tenir responsable pour cette vie que je vivais, cette « parenthèse de vie » comme je l'ai souvent décrite. Puis, je devenais une mère : la sienne. Je pensais, à ce moment, que nous étions plus proches que nous l'avions été.

Deux à trois fois par semaine, je l'accompagnais dans un grand magasin d'approvisionnement dans lequel on retrouvait toute la marchandise nécessaire pour les établissements touristiques et restaurants : viandes rouges et blanches en gros, volailles, surgelés, produits laitiers importés du monde entier, gobelets en plastique ou encore, condiments asiatiques et européens. La livraison des noix de cocos et de certaines boissons se faisait directement grâce à un épicier près du port qui livrait la plupart des complexes hôteliers et restaurants de la côte Nord de l'île.

Plus d'une fois par jour, nous nous baladions également dans les marchés, très tôt le matin, pour tenter d'obtenir les meilleurs légumes et les fruits les plus sucrés, puis à nouveau dans l'après-midi avant le service du soir. Les premiers mots que j'avais retenus en thaïlandais étaient « *A combien les vendez-vous ?* » et « *Où sont les … ?* ». J'avais une liste de fruits et légumes que je connaissais déjà par cœur et j'étais fière de déambuler dans les rayons du marché couvert en prétendant être une native de l'île. Ma mère tenait dans son habituel panier en osier deux choux blancs et des branches de pak choi, ce légume croquant que l'on pouvait manger simplement après l'avoir fait sauter quelques minutes dans une poêle. Elle analysa à nouveau sa liste et me chercha d'un regard inquiet à travers les stands de temps à autre lorsque je m'éloignai pour aller vérifier si, aujourd'hui, la vendeuse de gaufres à la noix de coco était venue. Pourtant, c'est moi qui la suivais du regard en m'éloignant. J'avais peur de la perdre.

Le soir, lorsque Nina s'endormait et que ma mère devinait que son mari ne rentrerait pas, nous allions rapidement dans un supermarché pour des impératifs, faire d'autres lessives dans les laveries publiques ouvertes 24 heures sur 24, et je pliais le linge de lit sur la terrasse pendant que ma mère fumait ou comptait les billets de la recette du jour.

La nuit, je pouvais avoir ma mère pour moi seule, sans les clients habituels qui se l'accaparaient pour parler d'eux, sans lui demander en retour ce qu'elle avait à partager. Et je détestais ce semblant d'enthousiasme qu'elle portait sur son visage quand cela ne faisait que la fatiguer. Il y avait ce petit quart d'heure entre la sortie de la douche et le moment où elle commençait à somnoler, allongées sur son lit ou sur le canapé, nous échangions sur la journée, sur les clients rencontrés, les choses que nous avions remarquées sur Nina au cours de la soirée. Parfois elle me demandait « Tu as faim ? On va se chercher à manger ? » Mais, voyant qu'elle proposait pour me faire plaisir alors que le sommeil la gagnait déjà, je feignais vouloir aller me coucher.

Dans le resort, il y avait toujours à faire, ce qui permettait de rester occupée. En aidant, je sentais que j'y avais ma place. Si la vaisselle n'avait pas encore été faite, il y avait toujours les poubelles à vérifier, les cendriers sur les tables de la plage à vider et nettoyer, et les bains de soleil à dépoussiérer. Je nettoyais les bungalows tous les matins, assidûment, pendant des heures. Si je le faisais, alors j'avais ma place ici. J'aurais le droit d'y rester.

Un soir, on m'avait présentée à Carla. J'avais déjà rencontré son mari, Anton, qui avait été notre guide lors d'une excursion en mer l'été précédent. Très vite, le couple était devenu proche de celui que formait ma mère et mon beau-père. Dans la vie de ma mère, il n'y avait plus que l'avis de Carla, et les sorties avec elle. Plus jeune d'une dizaine d'années, ils avaient un fils qui jouait au quotidien avec ma sœur. Expatriés depuis plus longtemps, ils avaient aidé ma mère à renforcer ses réseaux, et l'avait fait connaître auprès d'autres expatriés Français. Leur amitié était sincère, mais j'avais parfois du mal à ignorer le soupçon de prétention dans leurs propos, leur manière de prouver qu'ici, ils connaissaient bien plus de choses que ceux arrivés après eux. Toutefois, c'était ainsi que la vie se déroulait ailleurs, lorsqu'on était loin du pays dans lequel on était né. Il fallait se rapprocher de semblables. Il nous fallait sentir que l'on appartenait à une communauté.

Certains soirs, le personnel de ma mère me déposait avec Nina en rentrant. Lorsque des amis nous rendait visite le soir, quatre à cinq fois par semaine, je sentais que la soirée serait plus longue que prévue, elle débordait parfois jusqu'aux premières heures de la journée suivante.

J'étais seule et ne souhaitait qu'une chose après une journée de travail : rentrer. Nok traînait le dernier sac poubelle de la cuisine, qui traçait un chemin de sable jusqu'à la route principale. Ensuite, elle préparait son scooter avant que je puisse y monter. J'appréhendais le déséquilibre du scooter, mais l'appareil restait immobile, et Nok vérifiait furtivement derrière son épaule avant de démarrer. Le trajet durait moins d'une minute : nous passions devant le restaurant de fruits de mer, puis la côte, le long virage, je reconnaissais et anticipais les mouvements du scooter avant qu'il ne freine légèrement pour entrer dans la résidence.

J'avais l'impression d'avoir toujours vécu ici, d'avoir toujours connu ces virages et cet océan. Je ne cessai de la remercier jusqu'à ce que j'atteignisse l'escalier menant à la maison, et lui tournai le dos seulement après m'être assurée qu'elle repartait bien de son côté, avant d'ouvrir le premier portail. Je sautai rapidement les quelques marches et déposai mes claquettes à droite de la porte, puis me penchai pour atteindre d'une main le gant de jardin dans lequel nous avions pour habitude de cacher le double des clés de maison. Après une journée qui avait commencé depuis six heures ce matin-là, ce geste, que je regrettais, provoqua un léger étourdissement. Avec la visite d'Anton et Carla, je savais que je n'avais pas à attendre le reste de ma famille, j'étais désormais persuadée que chaque soirée avec ma mère et ma sœur me seraient volés, parce que ma mère vivait en partie pour les autres, s'oubliant souvent.

Un jour, un homme asiatique plutôt âgé arriva au resort, une simple valise cabine à la main. En analysant son visage, je supposais qu'il venait du Japon, et que par conséquent, son voyage avait dû être long. Il fallait six heures au minimum en vol direct entre le Japon et la Thaïlande. Ensuite, depuis Bangkok, une petite heure pour rejoindre l'île de Samui. Dès que Kat, lui indiqua le bungalow dans lequel il logerait pour dix nuits, il fut surpris de voir que celui-ci donnait directement accès à la plage. Je l'observai retirer le gilet en lin qu'il avait gardé depuis qu'il était descendu du van qui l'avait déposé. En hissant sa petite valise sur le banc devant la porte de son bungalow, il en sortit un bob, qu'il plaça bien droit sur sa tête, fouilla le sac à dos qu'il avait posé sur les lattes en bambou de la terrasse pour en sortir un livre qu'il avait déjà bien entamé, puis sourit en remarquant qu'une petite serviette de plage avait été déposée sur la table. Il se dirigeait déjà vers le chemin de la plage lorsque je repris ma lecture.

Le vieil homme avait pris l'habitude de manger tous les soirs au restaurant, et avait fini son séjour par des dîners apportés à sa terrasse, où il allumait une petite bougie dont l'odeur devait répulser les moustiques.

Nous revenions de chez Nat, propriétaire d'une laverie dans le quartier voisin, qui avait retourné les serviettes de plage propres, pliées et repassées, lorsque ma mère mentionna ce vieil homme qui nous quitterait le lendemain.

— « Hier, il est venu me trouver au comptoir du bar. Il m'a questionné sur nos origines. Il ne se doutait pas que Nina était ma fille, mais en la regardant de plus près, il a reconnu mes traits en elle. Il s'est excusé, il n'avait pas à le faire !

— C'est vrai qu'elle te ressemble bien plus que moi.

— Physiquement, oui. Mais tu es celle qui porte le plus de moi en toi. »

Instinctivement, j'observai mon reflet dans le miroir du pare-soleil. Je portais en moi tous les traits de mon père, mais j'étais faite de ma mère. La fusion de leurs origines laotiennes était dans le regard sérieux que je portais. J'étais son aînée et nous avions grandi ensemble pendant près de vingt-quatre ans.

Parfois, ceux qui venaient de nous rencontrer nous confondaient, assurant que j'étais la fille de ma mère. J'en étais consciente, et c'est ce qui me donnait parfois l'impression de n'exister qu'à travers elle, qui m'avait transmis sa force, sa résilience et son implacable rigidité. Ils n'avaient jamais vu mon père pour comparer, et s'apercevoir que j'étais la copie conforme de ce dernier. C'est sûrement parce que je reflétais l'âme de ma mère que mon père avait décidé de ne plus être mon père. Nina, dont le métissage avait été marquée par les traits occidentaux du sien, portait de temps à autre le visage de notre mère. C'était le plus beau sur terre, nous, chez les autres.

— « Il retourne chez lui après nous ?

— Non, il part sur Koh Phangan pour une semaine, et puis il retournera à Kamakura d'où il vient. Il y vit avec son fils et sa belle-fille. Je l'emmènerai au port demain matin.

— Je le pensais célibataire et sans enfants.

— Qu'est ce qui t'a fait penser ça ?

— Il avait l'air de n'avoir personne qui l'attendait ailleurs dans le monde. »

Lorsqu'il quitta définitivement le bungalow le lendemain matin, il avait laissé son gilet en lin bleu ciel. Je caressai le tissu en pensant qu'il était trop tard pour le lui apporter au port, et qu'il devrait nécessairement revenir sur l'île de Samui pour reprendre l'avion. Samui était l'une des seules îles de l'archipel à posséder un aéroport. S'il le souhaitait, on le conserverait jusqu'à son retour. Lorsque ma mère le lui indiqua, il lui répondit qu'il nous en faisait cadeau. « Un souvenir de lui ».

Je détestais l'idée de laisser des choses derrière moi car cela signifiait qu'aucun adieu n'avait été préparé, l'objet oublié perdait son propriétaire, sans certitude de le retrouver un jour, sans abandonner l'idée de le retrouver non plus. L'objet errait, jusqu'à ce que le manque se dissipe.

Après le vieux japonais, c'est un couple d'andalous qui prirent sa place pour trois nuitées. Lorsqu'ils rencontrèrent un problème avec le scooter qu'ils avaient loué en ville, ils échangèrent avec moi en espagnol. Je repensais à mon amie d'université qui vivait à Malaga depuis trois ans maintenant, et qui venait de décrocher un poste lui permettant de s'y établir durablement. J'étais enthousiaste à l'idée de la revoir un jour et de lui partager un peu de ma vie ici, comme elle m'avait partagé la sienne lorsque je l'avais visitée deux ans plus tôt. Depuis notre première année à l'université, six ans auparavant, beaucoup de choses avaient changé, et aucune d'entre nous ne se doutait de l'endroit où nous nous trouvions respectivement aujourd'hui. Et j'étais persuadée que déjà, à l'époque, nos chemins étaient tracés. Ce moment sur l'île était déjà inscrit en moi.

Ce que je retenais de l'île était cet océan indigo en perpétuelle activité, agité, dansant même. Je l'avais rencontré pour la première fois quelques mois avant d'avoir emménagé sur l'île, et pourtant j'avais toujours eu du mal à réaliser qu'il était réel et se tenait devant moi. Je devais rêver tout cela, je ne pouvais pas être en train de le vivre. Même si je savais que l'on pouvait retrouver ce paysage dans les îles aux alentours, que cette vue n'était pas la plus époustouflante en Thaïlande, mais si je pensais à l'océan, alors l'île de Samui me venait en tête.

Au premier matin suivant mon retour, alors que j'étais sur la terrasse du balcon de notre chambre d'hôtel, Nina avait apporté un panier de fruits frais et commencé à découper un ananas en s'appliquant. Elle m'avait suivie à l'hôtel, mais nous n'avions pas évoqué la disparition de notre mère et je m'efforçais de prétendre que tout allait bien se passer. C'était la vérité. En tant qu'aînée, c'était mon rôle. Lorsque nous étions ensemble, tout se passait toujours bien. Elle m'adressa des sourires de temps en temps, et me proposa d'aller me baigner dans l'après-midi, si la pluie annoncée ne venait pas. Nous étions samedi et je profitais de ce temps avec elle, sa semaine ayant été occupée avec le lycée. Comme s'il avait entendu nos plans, le ciel ne s'était pas couvert, et je la suivais, déjà loin dans les eaux.

— « C'est étrange de te voir te baigner », s'exclama-t-elle en attachant ses cheveux bruns à l'aide d'une pince. « Je n'ai aucun souvenir de toi dans l'eau.

— Je me suis baignée lorsqu'on est allées à Cassis il y a deux ans.

— Mais je ne t'ai jamais vue ici ! » dit-elle en jetant de l'eau dans ma direction, l'eau salée déposée sur mes lèvres.

Ma sœur adorait l'océan et la nature. Petite, je la trouvais toujours dans l'eau lorsque je n'étais pas en cuisine. Il y avait cette pile de vêtements propres qu'on laissait dans la maison au resort, puis ses maillots de bain mis à la va-vite sur la corde à linge, et enfin les vêtements laissés au sol après qu'elle se soit changée. Ces années vécues loin d'elle, je l'imaginais sur son île, courant avec les enfants, les animaux qu'elle recueillait temporairement, se baignant rituellement dans la portion de mer devant le resort. Elle appartenait à cette île.

C'était Isabelle, une amie de ma mère, qui m'avait poussé à me baigner à l'époque. Contrairement à ma sœur, j'étais plus réticente aux baignades, et à l'exposition au soleil.

Après m'être assurée qu'il n'y avait plus de commandes de clients en cours, j'avais commandé auprès de Nok mon plat habituel de riz frit aux légumes, dans l'idée qu'il serait à la parfaite température à la sortie de ma baignade. Le sable avait brûlé chacun de mes pas, et je ne redoutais pas la température de l'eau car je connaissais son agréable douceur. Comme une légère caresse autour de mes cuisses, l'eau m'avait aspirée jusqu'au bassin, mouillant le bas de ma chevelure, que j'avais attachée avec une pince pour ne pas qu'ils soient collés par le sel marin. Fière de me voir faire la baignade que je lui avais promise le matin-même, Isabelle avait tendu son bras vers moi pour me faire signe de la suivre au loin.

— « Il y a un courant frais vers ici, tu le sens ? »

Il filait entre mes jambes, qui depuis qu'elles avaient été plongées dans l'eau, semblaient plus légères. A certains endroits, l'eau était plus fraîche car le soleil n'avait pas réussi à transpercer de ses rayons les couches d'eau.

Et dans ma vie, le soleil était enfin entré.

Elle avait mentionné son départ dans deux semaines, et m'avait partagé son impatience de retrouver son petit-fils qui fêterait avant l'été son premier anniversaire. Les rides de son doux visage étaient celles d'une femme dont la vie avait baigné dans l'amour et la bienveillance. De sa première union lorsqu'elle n'avait que seize ans, à sa rencontre avec son mari actuel, Isabelle se livrait à moi comme une mère contait à son enfant, la tête sur ses genoux, sa main caressant infiniment les mèches tombant sur mon visage. Après la séparation avec le père de sa fille aînée, elle avait recommencé à zéro, enchaîné les missions qu'on lui proposait dans les usines et restaurants de son village, et c'était à vingt-trois ans, en acceptant un poste en tant que secrétaire dans une agence immobilière qu'elle avait rencontré Paul, avec qui elle partageait sa vie depuis près de trente ans.

— « J'étais persuadée que je ne retrouverais plus l'amour. J'avais seulement vingt-trois ans, tu te rends compte ? Souvent, on se résigne trop tôt au bonheur alors qu'il n'attend que nous. »

Sa main caressait l'eau puis nouait à nouveau les bretelles de son maillot de bain qui terminaient leur parcours sur sa nuque. Je voulais l'interroger sur la place de l'amour dans la vie, car je n'avais jamais eu le courage de le demander à ma mère. Devait-on absolument compter sur l'amour d'une autre personne pour aimer la vie ? Je ne voulais pas de cela.

Je déclinais cette vie où l'on prétendait que notre simple existence ne nous suffisait pas, cette vie à chercher éternellement la personne qui comblerait le vide en nous. Pourquoi était-ce une fatalité que de faire son chemin seul ?

Si Paul partait du jour au lendemain, Isabelle saurait-elle trouver un bonheur équivalent à celui qu'elle avait connu avec lui ?

Le rôle de mère, et l'amour qu'elle portait à ses enfants transparaissaient dans les carnets de scrapbooking qu'elle me confiait avoir commencé à la naissance de chacun de ses trois enfants, pour les terminer et les leur offrir à leur dix-huitième anniversaire. Alors je l'imaginais, le dos courbé, s'appliquant à les préparer, y versant un amour maternel qui n'en finissait jamais. Puis, elle m'avait interrogée pour la première fois sur mon âge, et avait été surprise d'apprendre mon vingt-quatrième anniversaire au printemps.

— « Tu as toute la vie devant toi, tu es si jeune ! »

Et comme si j'avais attendu que l'on me le dise, il m'apparut que j'étais jeune, que la vie commençait simplement pour moi, et qu'il me restait tant de choses à faire. Il y avait tant à vivre.

2

L'un de ces soirs où la clientèle se faisait rare, les couples se tenaient par la main en marchant au bord de l'eau et observaient de loin les tables du restaurant sans vraiment envisager de s'y poser. Dans le bruit sourd des vagues et de quelques oiseaux encore réveillés après que le soleil se soit couché, je remarquai une silhouette s'approcher de la table principale à laquelle j'étais. Il y avait eu deux commandes en début de soirée, puis j'étais retournée m'asseoir pour continuer ma lecture. Sans même s'être présenté, il me demanda comment j'allais en anglais, ce qui s'avérait être sa langue maternelle.

«Très bien », avais-je répondu par automatisme. Puis, en levant la tête, j'observai pour la première fois son visage tâché par de longues heures au soleil, des pattes d'oies autour de ses yeux indiquaient que l'homme devant moi était plus âgé, peut-être même plus âgé que ma mère, mais moins que les nombreux retraités expatriés que j'avais pris l'habitude de saluer tous les jours au restaurant. Ses cheveux, tantôt bruns, tantôts grisonnants, dans lesquels il passa une main, étaient ternes. Au moins, il les avait encore. Cet homme se tenait là, par habitude, comme sa posture l'indiquait, mais nous ne nous étions jamais rencontrés depuis mon arrivée sur l'île.

— « Lili, c'est Theo, je t'en avais parlé » me rappela ma mère, en enlaçant l'homme à qui elle me présenta succinctement, abandonnant notre langue maternelle pour la sienne. Je me souvenais vaguement de la fois où elle avait mentionné son nom. Avait-elle omis de m'indiquer son âge ?

Il avait retiré ses lunettes de soleil et fait virevolter le bas de sa chemise pour se rafraîchir. Je remarquai que la fatigue dans son regard n'était pas celle d'un père de famille que les nuits blanches avaient éreinté, mais celle d'un homme que le travail acharné avait fatigué. La façon dont elle avait parlé de lui me laissait deviner qu'il était une personne importante dans son quotidien, comme un de ces nombreux piliers dans la vie sur lequel elle aimait se reposer, et je savais qu'elle communiquait plus avec lui qu'avec mon beau-père, qu'elle avait décidé d'ignorer à nouveau après qu'il soit rentré ivre en scooter la nuit précédente. En tirant la chaise en face de moi, il m'expliqua qu'il avait entendu parler de ma venue, mais que son séjour à Singapour avait retardé notre rencontre. Il répéta les mêmes remarques qu'il avait dû faire à ma mère lors de l'annonce de mon arrivée.

Premièrement, qu'il n'envisageait pas qu'une femme de son âge pouvait avoir une fille de vingt-quatre ans, et deuxièmement, qu'il était persuadé que j'avais le même tempérament, n'ayant été élevée principalement que par elle.

— « Ta mère ne fait pas son âge, et toi encore moins ! » avait-il déclaré en riant en direction de ma mère derrière le bar.

J'appris au cours de la soirée qu'il s'appelait Theodore, et pas simplement Theo. Je trouvais que son prénom lui allait bien mieux, et que « Theo » devait convenir à l'homme qu'il avait été vingt ans plus tôt. Il fallait l'appeler ainsi, mais j'étais intimidée à l'idée de pouvoir utiliser ce surnom quand je venais seulement de le rencontrer. Je ne voulais pas supposer que j'en avais eu le droit.

Un peu plus tard, lorsque ma mère était occupée avec des clients et que nous nous retrouvâmes tous les deux pour la première fois, je quittai mon poste de commis et m'installa sur la table que nous avions pris l'habitude d'occuper. Il souriait constamment, et je reconnaissais cet excès de bienveillance qu'avaient les proches de ma mère envers moi, comme s'ils me connaissaient déjà et m'acceptaient pour que je fasse de même, cette façon de signifier « *Nous sommes sur cette île ensemble, à l'écart du monde. Nous ne pouvons que nous entendre.* »

Pourquoi étais-je venue et que comptais-je faire de ma vie ici ? Quel projet avais-je en tête, quel type de personne étais-je en France, et avais-je des amis auxquels des adieux déchirants avaient été faits avant mon départ ? À la première question, je n'avais pas de réponse. J'étais venue ici pour profiter d'un temps calme dans le fil de ma vie, un second souffle, et je déclarai, sans vraiment réfléchir, comme si mon esprit avait attendu que je sois ailleurs pour répondre à ma place « J'essaie de trouver mon chemin. » A ces mots, il mit une main sous mon menton pour le pincer légèrement. Je me sentis soudain gênée, comme si je me faisais sermonner par un père. Pour réponse, il marmonna « Seul le temps en est capable. »

Alors je repensais à ce que ma mère m'avait écrit quelques semaines avant la grande déchirure. Elle m'avait soutenue dans ma démission, insisté pour que je vienne la voir, déclaré que je n'avais pas à me poser de questions, m'assurant que l'on règlerait ça mieux ensemble, comme on avait toujours su le faire.

S'il m'interrogeait sur ce qui m'avait poussé à quitter mon ancienne vie pour revenir aux crochets de ma mère, je sentis que si je lui confiais que j'avais été perdue, et que je recommençais tout juste à aimer la vie à nouveau, il le comprendrait. Il était plus naturel de le laisser parler de lui, même si je craignais empiéter sur son espace personnel. Je ne voulais pas qu'il considère ma curiosité invasive. Dans une vie de travail et de solitude, cet homme se tenait maintenant assis, les pieds nus remuant le sable, le regard fixant l'horizon. Il vivait au gré des levers et couchers de soleil. Lui, avait définitivement l'air de n'avoir personne qui l'attendait dans ce monde.

Le lendemain, installée sur l'un des deux hamacs mis à disposition sur la plage, je l'aperçus au loin. Il vint me rejoindre en tirant un côté du long tissu brodé pour s'asseoir à même le sable, le regard en direction des îles de l'archipel d'Ang Thong, dont les contours se dessinaient de plus en plus depuis la fin du mois de janvier. Il initia la conversation en me partageant son quotidien : il se levait aux alentours de six heures du matin pour profiter d'une courte promenade à la fraîcheur de l'aube, et allumait son ordinateur pour travailler jusqu'à midi, où il déjeunait simplement. Comme il ne fumait pas, il s'accordait rarement de pause. Sa maison près de la mer se situait à cinquante mètres du resort, et je devinais qu'on était bien mieux au frais de sa climatisation, qu'à fouler nos pieds nus sur le sable brûlant de la plage à midi. Il avait pour habitude de nous rendre visite vers seize heures, après une petite sieste. Parfois, il faisait sa sieste directement sur la plage, à l'abri du soleil qui était encore haut dans le ciel. Ce n'était qu'en début d'année qu'il avait pris pour résolution de ne plus s'exposer, et de protéger du mieux qu'il le pouvait, son corps des rayons UV et d'éventuels cancers de la peau qu'il était de plus en plus susceptible de contracter « à son âge ».

 Je ne mis pas longtemps à m'adapter à son accent australien, et j'échangeais avec lui en anglais tout au long de la journée, ce que j'appréciais, parce que parler dans une langue qui n'était pas ma langue maternelle me permettait d'anticiper mes réponses et préparer mes phrases. Quant à lui, il avait toujours quelque chose à nous partager ou nous apprendre, d'une voix calme et stable, parfois presque nonchalante, ce qui me faisait penser que ma compagnie l'ennuyait parfois, qu'il pouvait se montrer plus enjoué avec d'autres personnes, et que je n'aurais jamais l'occasion de voir cette partie de lui. Il observait tendrement ma mère et mon beau-père, et faisait preuve d'une extrême douceur avec Nina, qui le surprenait souvent en l'enlaçant par derrière.

— « Tu en as terminé avec l'autre histoire ? » demanda-t-il un jour qu'il prit sa place habituelle en face de moi. Mon beau-père, qui l'avait vu au loin mais était occupé avec un couple de jeunes voyageurs, agita sa main dans notre direction pour le saluer.

— « Quoi ?

— Le livre que tu lisais l'autre jour, celui à la couverture blanche.

— Terminé. Voici celui des prochains jours », répondis-je en lui présentant le livre que je tenais et qu'il avait dû examiner en tentant d'en comprendre le titre en français.

S'il lisait, j'aurais aimé mentionner mes dernières lectures et mes récents coups de cœur. Qu'est-ce qui m'en empêchait réellement ? Je n'avais qu'à parler des intrigues et des plumes que j'avais adorées, de certaines citations que je connaissais par cœur, qui m'avaient fait verser des larmes la première fois que je les avais lues et toutes les fois suivantes. Ou était-ce trop se livrer que de mentionner cela ? C'était lui permettre d'accéder, bien trop tôt, à mon intimité.

Il m'avait demandé pourquoi je n'allais pas voir les jeunes de mon âge, mais ceux qui venaient sur l'île étaient des backpackers qui restaient entre deux et cinq jours à chaque fois. Ils avaient raison. La Thaïlande offrait d'autres îles à visiter, et c'était ce qui justifiait leur passage éphémère. J'aimais être seule. J'en avais besoin à l'époque. Être seule avec mes pensées, sur cette île. Contrairement à ce que John Donne avait pu penser, j'étais une île. Je repensais à ces personnes entrées dans ma vie pour en repartir, laissant un vague souvenir ou une marque indélébile, leur départ étant incontrôlable, peu importe ce que j'étais prête à donner en retour. Trop effacée pour leur tendre la main, persuadée que je me suffirais à moi-même, que c'était le dessein de ma vie.

La semaine suivante, nous étions allées récupérer Milena, une amie que ma mère avait rencontrée lors de ses premières semaines d'expatriation, et qui revenait tous les ans sur l'île pour trois mois dans l'année. Son mari la rejoindrait à la fin du mois. C'était leur escapade de vie tous les ans depuis près de dix ans, cet échantillon de vie parallèle dans leur vie principale. Ils avaient acheté une belle villa dans les hauteurs de l'île, vers Lamai, où les expatriés Français avaient pour habitude de se concentrer. De retour au resort, Theodore avait apporté son ordinateur portable, et un carnet sur lequel il griffonnait de temps à autre, les lèvres pincées. Il emportait rarement du travail lorsqu'il nous visitait. Nina, que nous avions récupérée à l'école sur le chemin, lui sauta au cou en lui baisant la joue. Milena, qui n'avait a priori jamais rencontré Theo, lui baisa les deux joues. Ma mère fit de même, et je me surpris à l'imiter. Nous nous étions revus tous les jours depuis notre première rencontre, mais c'était la première fois que nous nous saluons dans les règles. Il avait compris que je n'avais pas besoin de contact physique avec les autres, et, soit pour respecter ma volonté, soit parce qu'il ne se sentait pas légitimement proche de moi, il s'était contenté de crier « *Hi you* » ou « *Hi there* », ce qui annonçait sa présence, et m'avait fait comprendre que ce serait notre salut. Tout cela me convenait.

  Peut-être qu'aujourd'hui, ce geste bouleversait les habitudes que nous avions instaurées en silence, car il s'était mis à rire aux éclats, et j'avais souri en pensant que seul lui et moi connaissions la raison de cet esclaffement soudain.

  Le lendemain, à sa visite quotidienne, une heure avant le coucher de soleil, il mit sa tête à l'encadrement de la porte de la cuisine pour me signaler son arrivée. J'espérai qu'il ait demandé où j'étais en arrivant, et que ma mère ou mon beau-père lui avait indiqué où me trouver. Les mains enduites de savon, au-dessus de l'évier, je lui adressai un sourire embarrassé. Je pensai qu'il rejoindrait la plage après m'avoir retourné un sourire, mais il était entré dans la cuisine en s'excusant auprès de Nok qui s'interrogeait sur sa présence soudaine pour se glisser derrière moi et m'embrasser la tempe. J'avais l'intention d'attraper le torchon qui pendait sur l'îlot central de la cuisine lorsqu'il l'avait déjà saisi et m'essuyait la main droite, puis la main gauche.

— « Qu'est-ce que tu as fait ? » demanda-t-il, d'un ton qui suggérait qu'il n'attendait pas de réponse.

Sur le plan de travail, il y avait encore de la nourriture que j'avais préparée. Avais-je rompu notre contrat en me permettant une telle transgression la veille ? Il avait quitté la pièce en laissant sur mes doigts la chaleur de ses paumes.

Parfois, je me surprenais à attendre ses visites et guetter sa silhouette au loin. Dans de rares occasions, j'avais la chance d'être surprise par le son de sa voix et me retournait, en cachant comme je le pouvais, le bonheur qui s'était déjà propagé jusque dans mes jambes, menaçant de me faire vaciller. Dans ces moments-là, je redécouvrais son visage, modifié de temps à autre selon la fatigue qui l'accablait, ou à la couleur de sa peau légèrement éclaircie par la crème solaire qu'il s'était rigoureusement étalée avant de sortir de chez lui, marcher pieds nus le long de l'écume et arriver par l'allée de la plage qui reliait le restaurant à l'océan. Et il était là. Lorsque nos regards se croisaient, je voyais qu'il avait deviné mon soulagement à l'idée de ne pas le voir de la journée.

Comme mon beau-père ne parlait pas anglais et ne souhaitait pas apprendre, c'est Theodore qui avait commencé à apprendre le français avec Nina. Il l'aidait dans ses exercices de traduction à l'école et avait une petite liste de vocabulaire français en tête qu'il jugeait pertinente : *ça va, bière, encore, ennuyant, très bien, plus tard...*

Avec ma mère, nous nous interrogions souvent sur la manière dont les deux hommes pouvaient communiquer.

Parfois, ils sortaient ensemble, allaient dans des bars et revenaient tard dans la nuit en déclarant avoir passé l'une de leur meilleure soirée.

Peut-être que j'avais trouvé en ses visites quotidiennes, comme dans le nettoyage des bungalows et les recettes du restaurant, le réconfort de la routine. Je tenais à ce quotidien dans lequel j'avais une place. D'une certaine manière, Theodore m'équilibrait sur cette île.

Attablés à notre place habituelle, lorsqu'il mentionna une randonnée sur trois jours qui l'avait marqué à Huangshan en Chine, je m'empêchai de l'interroger à la fin de chacune de ses phrases. Où était-il dans ma jeunesse ? Que faisait-il lorsque je prenais le bus le matin en longeant le cimetière pour me rendre au lycée et quand serait-il apparu dans ma vie si j'avais choisi de me marier à cet ami d'enfance qui prenait si souvent de mes nouvelles comme pour me rappeler son existence, mais pour qui il m'était impossible de retourner une quelconque forme d'amour ?

Lorsqu'il ajouta qu'il aimerait que je puisse vivre cette expérience un jour, je voulus lui dire qu'il n'avait qu'à m'y emmener, je l'aurais suivi. J'aurais été prendre mes chaussures de randonnée que je gardais dans la valise en haut de l'armoire, puis j'aurais vécu avec lui cette vie, et il aurait mentionné ce voyage à d'autres femmes à l'avenir, en prenant le soin d'omettre qu'il s'y était rendu avec une femme qui aurait pu être sa fille, et que, lorsque je tendais la main vers lui pour qu'il m'aide à monter tel ou tel rocher, son hésitation au contact de nos peaux prouverait qu'il craignait ses propres pensées. Il avait rempli mon quotidien des histoires de sa vie, parce qu'il avait tant à partager et que je voulais tout entendre de sa vie qui me fascinait. De son expatriation à l'âge de vingt ans, en passant par le continent américain, avant de faire l'Europe pendant dix ans, et l'Asie juste avant la pandémie. Je crus comprendre qu'il redoutait notre intimité, et que c'était la raison qui le poussait à me livrer tant de choses, avec autant de détails, parce que si le silence devait régner entre nous, ne serait-ce que pour une minute, il se serait senti gêné. Mais il y avait toujours les oiseaux qui chantaient dans les arbres entourant les bungalows, la venue incessante des vagues et la musique diffusée par les enceintes sur la plage.

Sans relever la tête, rien qu'avec les yeux, je guettai la forme que prenait sa bouche pour ne pas l'interrompre dans son histoire. Je ne voulais pas freiner son entrain, de peur qu'il ne se sente pressé par mon avide besoin d'en entendre plus sur ses expériences, ses voyages, sur la vie qu'il avait pu vivre des années auparavant, dans l'ignorance de mon existence.

Qu'il me parle de ses années d'études supérieures à Melbourne, de sa parenthèse de vie en Italie, pays dans lequel il était resté le plus longtemps depuis son expatriation, et où il s'était presque senti prêt à épouser une femme pour qui, dans la manière dont il l'avait mentionnée la première et unique fois, il aurait pu avoir des sentiments amoureux. De son rapport à l'alcool, qu'il consommait sans limite parfois, et de la raison qui le poussait à ne jamais s'installer dans une ville pour plus d'un an. Au cours de sa vie, était-il certain de ne pas avoir un enfant caché quelque part parmi toutes les villes qu'il avait pu parcourir et les femmes qu'il avait pu rencontrer ? Je commençai donc à imaginer qu'un jeune homme qui aurait mon âge viendrait le retrouver sur cette île où il vivait paisiblement face aux vagues qui venaient exceptionnellement lécher les escaliers qui séparaient le sable de la baie de son séjour. Lorsque je m'attardais sur les détails de son visage, l'enfant ne lui ressemblait en rien, mais sa taille imposante et ses traits sérieux seraient ceux de son père, et peut-être aussi son rire, que seules certaines personnes avaient eu la chance d'entendre.

Une chose était certaine, il n'aurait jamais fui ses responsabilités. Il aurait accepté sa paternité, et même subvenu aux besoins d'un enfant issu d'une histoire sans lendemain. Peut-être qu'il trouverait au pied de sa porte, lorsque je serai partie dans quelques années, cet enfant qui avait grandi loin de lui depuis trop longtemps. Un *Telegonos*. Et, ne sachant quoi faire, il aurait délicatement posé sur l'épaule de ce jeune inconnu sa main tâchée par le soleil, proposé une bière, et souri avec toute l'amertume d'un père qui n'a pas eu la chance de tenir son nourrisson dans les bras.

Puis, quand j'eus enfin le courage de lui demander pourquoi il était constamment en expatriation, il prit un air sérieux, et je crus à ce moment avoir posé une question interdite.

— « Je suis une très vieille âme.
— Comment tu le sais ?
— C'est en moi. J'aime le monde et la vie, j'ai besoin d'aller voir ce qui m'attend ailleurs.
— Je pense que je le suis aussi », déclarai-je. Non pas pour m'assimiler à lui, mais parce que je l'avais toujours pensé, et que c'était peut-être la raison pour laquelle j'aimais tant sa présence. Je nous voyais comme deux vieilles âmes qui se rencontraient enfin. Par ailleurs, j'avais secrètement pensé que son besoin de voyager naissait dans cette nécessité de retrouver les lieux dans lesquels il avait vécu autrefois, dans toutes les vies qui étaient inscrites dans son âme. Il essayait en vain de se retrouver.

— « Je le pense aussi », dit-il en arborant un sourire complice. Et avant que je ne puisse lui demander comment il pouvait le savoir, lui, qui m'avait rencontré pour la première fois deux semaines auparavant, il ajouta « Je le vois dans tes yeux. »

— « J'ai toujours pensé qu'on voyait l'âme des personnes dans leur cœur.

— Tu as raison. Mais je le vois dans tes yeux, comme je vois aussi que tu portes des lentilles. Pas facile avec le sable et les baignades. »

Je plissai les yeux en grimaçant. Ma myopie s'était révélée deux ans auparavant : je l'avais héritée de mon père. C'est comme si elle avait attendu que j'atteigne l'âge adulte pour m'empêcher de voir tout ce qui était loin de moi. Je détestais me rendre compte de ce que Theo pouvait voir à travers mes yeux. Et alors, j'avais espéré qu'il puisse voir en moi la jeune femme que j'avais été bien avant. Celle qui avait toujours été studieuse et vaillante. J'avais suivi la voie riche et structurée du droit, réussi mes examens et subvenu à l'intégralité de mes besoins grâce à mes missions dans un office notarial qui avait assisté à mon évolution, et proposé mon premier emploi, que j'avais accepté en pensant, pendant un moment, que je pouvais être épanouie en faisant comme on nous avait toujours dit de faire. Je n'avais pas toujours été cette fille désœuvrée qui suivait sa mère au quotidien ici, isolée.

— « Je ne me baigne pas », ripostai-je.

Il y avait toujours un sentiment d'impermanence sur l'île. Je voulais appartenir à ce monde, mais n'en faisais pas entièrement partie.

Dans les journées de travail chargées, je trouvais le confort de mon quotidien en présence de ma sœur et de ma mère. J'étendis le linge sur la terrasse de la maison lorsque Nina vint m'aider. Le soleil s'était couché et nous laissait profiter de ses derniers rayons avant de nous plonger complètement dans l'obscurité. Dans la maison, ma mère avait haussé le ton.

— « Maman ne veut pas que j'aille à la pizzeria. Papa y va, lui. »

Elle était apparue derrière moi en jetant ses chaussures contre le grillage en fer qui séparait notre allée de la plage,

ce qui fit tomber deux petites fleurs du frangipanier qui se reposait contre le mur.
— « Il va boire, Nina. Il l'a déjà fait l'autre fois et tu es rentrée en scooter sans casque. C'est mieux pour toi. Viens, on va aller acheter à manger au port de Nathon et on rentrera en tuk-tuk. »
Mon compromis ne la convint pas.
— « On va seulement rester à la maison après...
— C'est mieux pour toi. Tu as école demain, tu en profiteras pour te coucher tôt. »
Avec le restaurant et les longues journées imposées par le poste de gérant de ma mère, Nina rentrait souvent tard à la maison. La douche se faisait en cinq minutes, et elle tombait de fatigue, les cheveux mouillés sur son coussin.

Après l'école, elle faisait ses leçons sur une table au restaurant, ou assise à même le sable à la plage, le cahier sur les genoux. Elle retrouvait des grains de sables dans sa trousse à l'école, ou encore dans les pages de ses cahiers aux coins cornés. Elle mangeait entre deux commandes du restaurant, et passait son temps à courir avec les chiens errants et les enfants de son âge qui venaient en vacances avec leurs parents. L'idéal aurait été d'engager une personne chargée de s'occuper d'elle, mais ma sœur puisait aussi son énergie dans la rencontre de toutes ces personnes avec qui elle s'était liée au restaurant. Elle aimait lorsque certains de ses camarades de classe venaient lui rendre visite, en semaine ou en week-end. Parfois, je l'observais et réalisais qu'elle était si différente de moi. Alors que je m'étais naturellement imposée une discipline, une prudence qui m'avait fait gagner la confiance de ma mère, ma sœur était un petit animal sauvage, ignorant les dangers et les conseils, vivant au gré de ses envies. Ce qui, durant mon enfance m'avait semblé être la confiance de ma mère ressemblait aujourd'hui à de la négligence.

Deux garçons de son âge avaient suivi leurs parents dans leur expatriation. J'eus la surprise d'apprendre qu'ils étaient Français également, et étaient arrivés la même semaine que moi en Thaïlande. Ils cherchaient à ouvrir un nouveau complexe hôtelier et avaient vendu leurs biens immobiliers en France pour pouvoir investir ici. L'aîné des deux fils, Armand, était un garçon doux et intelligent. À onze ans, il connaissait l'intégralité des constellations qu'il m'avait un jour montrées sur la plage alors que j'avais hésité à m'asseoir à ses côtés, de peur d'envahir son espace personnel. J'avais reconnu son introversion, et il m'avait rapidement fait confiance, en me posant des questions sur ma vie, en me partageant la sienne.

— « Je vais demander à ma maman si je peux prendre une glace, je reviens.

— J'ai une idée. On à qu'à aller au 7-eleven à quelques minutes à pied. On achète de quoi faire un buffet de desserts et on apporte tout ici pour partager avec ton frère et ma sœur. »

De grandes étoiles s'étaient placées dans ses yeux, et Estelle, sa mère, l'avait autorisé à m'accompagner, en lui rappelant de ne pas abuser de cette opportunité. Depuis ce soir-là, Armand était souvent revenu avec son frère, Elie, qui jouait avec Nina. Je n'avais pas eu besoin d'une deuxième visite des deux frères pour voir que ma sœur appréciait déjà énormément le cadet, qui, comme elle, était le plus solaire de la fratrie.

Après le linge, comme promis, nous avions pris la route pour Nathon, à une dizaine de minutes. Le marché de nuit restait jusqu'à minuit, mais les meilleurs stands de nourriture étaient rapidement épuisés quand on y allait trop tard. Le soir, il était plus courant d'attraper un tuk-tuk qu'en plein après-midi. Certains chauffeurs rentraient chez eux, dans les quartiers moins touristiques comme Bang Por, dans lequel ma mère avait choisi de vivre, alors ils nous prenaient sur le chemin. Kat m'avait appris les chiffres en thaïlandais, et renseigné sur le tarif appliqué aux thaï pour les transports en commun comme le tuk-tuk. Cinquante bahts par quartier, par personne. Parfois trente, lorsqu'ils avaient affaire à des personnes âgées ou des enfants non accompagnés. Je tendis un billet de cent bahts pour notre course.

Le tuk-tuk ralentit en montant la colline qui séparait notre quartier de celui du port de Nathon, nous offrant une vue unique sur le soleil qui se couchait et laissait derrière lui des flux mauves dans le ciel nuageux.

Au marché, je choisis une soupe de nouilles dont le bouillon était épais. Les pâtes de riz avaient été découpées à la main et tourbillonnaient dans le bol que m'avait tendu une femme qui devait bien avoir quatre-vingt ans. Installée, j'attendis que Nina me rejoigne. Du coin de l'œil, je l'observai commander en thaï une portion de riz, du maïs fumé dans une citerne sur laquelle on avait placé une grille, et un sauté de poulet à la citronnelle, préparé à la demande. Le jeune homme qui tenait le stand lui avait servi l'ensemble dans un petit bol rose en carton, le maïs sur une grande baguette en bois.

Ce soir, elle m'emmena dans ce même marché, qui comportait aujourd'hui plus de stands proposant pour la plupart, seulement des variétés européennes, ce qui m'attrista.

En face, un ferry venant du continent accosta. Ses voyageurs descendaient, certains étaient pressés de retrouver leur domicile, d'autres embrassaient les membres de leur famille venus les attendre, les touristes se hâtaient vers la zone des taxis pour rejoindre leur hôtel. Ma sœur et moi nous trouvions dans cet entremêlement de vies.

Nous étions toutes les deux, mais il y avait notre mère dans le silence de nos regards, dans nos gorges serrées et les préoccupations que nous taisions. Son abandon résonnait avec d'autres pertes dans ma vie, sur cette île-même.

Assises l'une en face de l'autre, nous étudions chacun des individus qui descendait du ponton en provoquant à chaque fois un fracas métallique. N'importe qui aurait pu lire dans nos yeux qu'ils suppliaient désespérément : « *Avez-vous vu notre mère ?* »

— « Tu es libre, ce soir ? »

Theodore savait que je n'avais rien de prévu, et que lorsque je ne rentrais pas à la maison pour coucher Nina et lire en attendant que le sommeil ne me gagne, je restais au restaurant pour aider Nok et les serveuses. Comme j'avais senti de la retenue dans sa question, je laissais passer un moment avant de lui répondre que j'étais libre, mais je franchissais la barrière qui aurait pu se mettre en nous deux depuis le moment où il avait pensé à m'inviter jusqu'à celui où il m'avait posé la question, et rétorqua « Cela dépend d'où tu as prévu de m'emmener. »

En se levant, il ferma le livre que je feignais de lire depuis l'instant où il s'était assis en face de moi.

— « Donne-moi cinq minutes que j'aille chercher mes clés de voiture et rejoins-moi sur le bord de la route. »

Il cherchait à tâtons ses chaussures en tissu, déjà ensevelies sous le sable.

— « Je peux marcher avec toi. »

Je ne lui laissais pas le choix, et j'aurais dû lui dire « *laisse-moi marcher avec toi* », mais s'il avait réitéré en me priant de rester ici à l'attendre, si j'avais senti que je dépassais les limites et m'infiltrais dans son intimité en insistant pour l'accompagner jusque chez lui alors que nous allions dîner ensemble, je serais sagement restée assise à compter les minutes jusqu'à ce que je puisse le rejoindre sur le bord de la route principale, où j'aurais reconnu son véhicule gris parmi les autres. Ce que je voulais dire par là, c'était qu'il me laisserait suivre ses pas dans le sable, qu'il m'ouvrirait la baie de son séjour, qu'il avait plus utilisée que sa porte d'entrée, qu'on n'oserait exprimer notre engouement sur la soirée qu'il avait de toute évidence planifiée depuis la veille, sachant que je serais au resort, à mon habitude, qu'il attendrait que ma mère, ma sœur et mon beau-père soient occupés pour m'inviter, moi uniquement, et que je lui permettais de désirer quelque chose que je désirais également. Ma mère ne me demanderait pas où je m'étais éclipsée et avec qui. Elle ne l'avait jamais fait. Le départ soudain de Theo n'aurait inquiété personne, dans la mesure où c'était une habitude de sa part que d'apparaître et de réapparaître au cours de la journée.

Sur le chemin de sa maison, je remarquai le coup d'œil qu'il avait jeté en direction de la plage où ma mère et mon beau-père étaient occupés, comme s'il craignait que l'on nous remarque quittant le restaurant ensemble. Ce n'était pas la première fois que nous sortions tous les deux, et je devais parfois lui rappeler, comme pour légitimer ses actions, que j'avais vingt-trois ans, et que même durant mon adolescence, ma mère n'avait jamais soumis l'une de mes sorties à son autorisation.

Lorsque nous regagnâmes la fraîcheur de sa maison, je songeai que nous serions mieux dans cet endroit, qu'il pourrait changer d'avis et décider que nous resterions chez lui. Nous pourrions continuer notre conversation à l'abri des regards et des oreilles curieuses, il pourrait boire sans raison et je le pousserais à le faire en déclarant qu'il était chez lui et qu'il n'aurait pas à se soucier de sa capacité à conduire ou à marcher. Je lui promettrais de prendre soin de le coucher et de veiller sur son état au matin. Toutefois, il mit rapidement fin à mon songe lorsqu'il prit les clés posées dans une soucoupe près du comptoir de la cuisine et que je me résignai à le suivre au sous-sol dans lequel il garait son véhicule.

Au restaurant, il me permit de choisir la table sur laquelle je souhaitai que nous nous installions, et je me dirigeai naturellement vers celle située la proche du bord de mer, sur une plateforme qui tenait dans le vide, à trois ou quatre mètres de hauteur. Nous pourrions échanger librement, et observer les clients qui viendraient tour à tour s'installer et, comme nous le faisions souvent, nous imaginerions ce qui les avait poussés à choisir ce restaurant et croiser notre chemin ce soir. Certains étaient en lune de miel, d'autres, des amis de longue date partageant des vacances soigneusement planifiées, et souvent, se trouvait un couple dont l'asymétrie frappait : un homme plus âgé accompagné d'une femme thaïlandaise dont la présence paraissait moins choisie que contrainte. Aucun des deux ne semblait réellement apprécier ce moment mais ils tentaient, malgré tout, de se faire rire et se trouver des points communs. Seule la chaleur de leurs corps la nuit créait une harmonie entre eux.

Je le réalise seulement maintenant, mais je nous trouvais si gauches, et si différents ensemble, alors que j'avais trouvé que nous étions similaires la semaine suivant notre rencontre. Je nous dessinais comme deux vagabonds, à la recherche d'un ailleurs où s'installer. Une ville qui nous ancrerait. Derrière nos actions, il y avait toujours une sorte de retenue réfléchie, une prise en compte des sentiments et réactions de tous, cette réflexion sans fin que j'avais commencée sans le vouloir un peu après avoir appris à lire, et qui me permettait d'évaluer le monde qui m'entourait pour sentir que je le palpais, je le contrôlais, à ma façon.

Surtout, derrière tout cela, se dissimulait une grande timidité : il ne fallait pas dévoiler qui j'étais, et ce que je pensais réellement. J'avais toujours fait preuve de prudence.

Cette manière de vivre découlait d'un souci de bien faire, de la volonté de plaire, d'un ordre établi dans nos esprits. S'il est ainsi, pensai-je, c'est parce qu'il a eu la chance et l'accablement de la solitude. Et s'il est ainsi, alors il est comme moi, et donc je ne lui confierai plus rien, car il savait déjà tout de moi.

Theodore commanda un cocktail sans alcool. Je lui laissais toujours le plaisir de le choisir à ma place, en précisant que si je ne le finissais pas, je l'acceptais simplement pour l'accompagner dans les nombreux verres

d'alcool qu'il allait commander au cours de la soirée. En attendant que l'on nous serve, je fermai les yeux en allongeant mon dos contre la chaise, et profitai de la brise qu'apportaient les vagues. Lorsque je les rouvris, Theo me regardait, le menton légèrement tourné vers le comptoir, et fut surpris de voir que j'avais rouvert les yeux.
— « Quoi ? » lançai-je.
— « Rien », rétorqua-t-il dans la seconde.
— « Tu ne peux pas regarder une femme et lui dire « rien ».
— Je me demandais ce que tu faisais avant. À part ton travail...
— Tu parles de moi comme une femme qui a laissé un mari et des enfants pour venir ici », dis-je en regardant autour de nous, craignant moi-même que l'on entende mes propos.
— « Tu pourrais.
— Non, je survivais simplement. Je travaillais en journée, rêvais le soir. D'une vie ailleurs. Alors que j'avais rêvé de ce travail et cette situation à un moment de mon existence... c'est drôle.
— Je t'assure, on le fait tous. Rêver d'ailleurs.
— Tu rêves d'ailleurs en ce moment ?
— Pas depuis un moment. »
Il se racla la gorge en voyant nos plats joliment dressés, apportés dans un joli plateau en rotin dans le contour était brodé de petits coquillages. J'avais deviné qu'il prendrait le carpaccio de saumon lorsque que je l'avais lu sur la carte. Après le plat principal, et dans l'instant où l'on s'interroge sur la continuité d'un dessert, qui nous permettrait de rester encore ensemble, il me regardait à nouveau comme on regarde un article sur l'étalage d'un rayon dans une boutique, incertain d'avoir besoin de moi, incapable de se décider à céder à cet achat compulsif. Personne, même moi, n'osait intervenir afin qu'il ne tranche. Je lui donnais toutes ses

chances de me prendre la main et rompre la distance qu'il avait plusieurs fois tentée de maintenir entre nous, mais je ne comptais pas faire le premier pas. Je refusais de le supplier de m'accepter, mais je voulais qu'il puisse lire sur mon visage que s'il me prenait la main, s'il me touchait la lèvre du bout de son doigt, s'il lui arrivait de penser au chamboulement qu'une étreinte pouvait provoquer, alors je lui pardonnais tout si je venais à regretter son geste. J'aurais admis que j'étais la fautive, et que tout cela ne devait plus se reproduire. Renonçant à le revoir, prête à vivre ma vie sans plus jamais reconnaître son existence.

Mais après avoir remercié la serveuse qui avait déposé nos assiettes respectives sur les sets de table placés devant nous, il se contenta de me parler à nouveau de la fois où il avait logé dans la seule chambre disponible dans cet hôtel de luxe à Madrid. Il s'agissait de la suite impériale dans laquelle il s'était enfermé pendant près de trois jours pour se consacrer intégralement au travail.

Je voulais l'interrompre et lui dire qu'il m'avait déjà raconté cette histoire, parce que je retenais tout, dans les moindres détails. J'avais pris l'habitude de retenir toutes les anecdotes qu'il me partageait, parce que c'était ma manière de l'encrer en moi, et je me pris à lui partager la fois où j'avais séjourné dans une chambre d'hôtel à Milan dont la baie vitrée donnait sur une allée fréquentée par des passants. J'y avais dormi cinq nuits en maintenant les rideaux fermés avec une pince à cheveux pour que personne ne puisse me voir dans le lit à travers l'interstice. Personne au monde n'aurait eu l'idée de venir m'espionner. C'était absurde, mais une habitude que j'avais prise depuis.

Nous quittâmes le restaurant dans lequel nous étions depuis le coucher de soleil et remercions le personnel avant que Theo ne règle l'addition. Alors que nous rejoignions son véhicule, il se pencha vers moi pour déclarer « Ai-je eu l'air d'être ton père ? ». Je ris nerveusement pour effacer l'ambiguïté dans laquelle nous baignions depuis la première fois où nous étions sortis ensemble. Mais tout cela le faisait rire et le voir réagir ainsi me laissait penser qu'il prenait doucement plaisir à sortir avec moi et que parfois, même, c'était la seule raison qui l'y poussait. Qu'il ne pouvait s'empêcher d'observer les personnes autour de nous et, comme pour les provoquer, ou faire durer les conversations des employés de restauration lors de la fermeture, il venait s'appuyer sur l'arrière de ma chaise lorsque nous étions côte à côte.

— « Plutôt un homme épousé par intérêt. Tu ne me ressembles en rien ! » ripostai-je.

Ce soir-là, nous avions été surpris par des trombes de pluie alors que nous avions décidé de garer sa voiture devant chez lui pour marcher jusqu'à la résidence de ma mère. Je courais, mes cris de surprise étaient mélangés à un fou rire nerveux, auquel s'était ajouté celui de Theodore, qui me suivait, les mains en visière sur son front. Puis, parce qu'il avait prévu de rester un petit moment avec mon beau-père en me déposant, il s'était arrêté et avait déclaré qu'on devait faire demi-tour. Il ne souhaitait pas se présenter trempé, et n'envisageait pas de rester dans ses vêtements qui ruisselaient. Le tonnerre gronda plusieurs fois, ce qui me fit frissonner. Je ne l'admettais pas, mais le tonnerre m'avait toujours effrayée, et la force et le bruit de ceux de l'île tropicale me surprenaient au point où je devais me boucher les oreilles à chaque fois. Il avait dû s'en apercevoir car il m'avait pris par le bras et nous avions couru de nouveau dans le sens inverse. Chez lui, nos rires s'essoufflèrent pour laisser place à de longs soupirs. La climatisation dans son salon me fit grelotter tandis que je constatai avec étonnement la flaque d'eau qui s'était formée à mes pieds.

— « Je nous apporte des serviettes », déclara Theo en retirant son t-shirt. J'ôtai mon gilet, que j'essorai dans

l'évier, puis il vint déposer sur mon dos découvert une serviette si douce qu'elle me fit l'effet d'une caresse.
— « Tiens. Il faut aussi sécher tes cheveux avant que tu ne t'enrhume.
— Je vais simplement les attacher. »
Il alla trouver mon sac en toile que j'avais laissé à l'entrée au vu de son état, et détacha la pince que j'avais l'habitude d'accrocher à la lanière.
— « Désolée, je ne peux pas retirer la ventilation. Le propriétaire l'avait réglée à certaines heures et je n'ai jamais su comment modifier le programme. Il faudrait que je regarde sérieusement, un jour. »
Il n'était pas du genre à laisser les choses de côté. Est-ce qu'il faisait la même chose avec moi ? Me laissait-il entrer dans sa vie car je m'y étais immiscée, et se disait-il qu'il mettrait une barrière plus tard, lorsqu'il y penserait sérieusement ?
Comme je l'avais pressenti, j'éternua à deux reprises, puis enroula la serviette autour de moi. Il fit de grands pas jusque dans sa chambre et revint avec un pull en coton qu'il m'ordonna d'enfiler, et un sèche-cheveux qu'il brancha aussitôt, mettant fin au silence qu'il craignait tant avec moi. Il le dirigea vers mon torse, puis sur mon dos, ce qui fit propager une chaleur réconfortante dans le haut de mon corps. Je murmurai « *thank you* » pour qu'il le devine à travers le vacarme du sèche-cheveux, avant de me retourner pour détacher mon haut qui se nouait à la nuque. J'enfilai le pull que j'avais placé entre mes jambes, dos à Theo qui continuait de diriger l'appareil sur moi, et le froid me quitta instantanément. Le pull portait son odeur, et les manches longues me rappelaient la France. À cette période de l'année, cette partie du monde devait encore porter ce type de vêtement alors que je m'habillais de hauts légers depuis que j'étais arrivée. Ici, le moindre tissu recouvrant la peau était

de trop. J'espérais qu'il puisse un jour voir qui j'étais en France, comment l'hiver m'allait mieux que l'été.

Les journées de pluie avaient été rares et cette fois, elle nous avait surprise après une journée douce bercée par le soleil habituel.

Theodore tourna la tête vers son bureau. Il avait dû sentir mon regard sur son visage, qui indiquait que je m'étais changée, et me fixai à nouveau, avant de demander si j'allais mieux. Je hochai la tête.

Nous attendîmes une demi-heure avant que la pluie ne se calme, traçant du bout de l'index les gouttes qui venaient se jeter contre la baie vitrée, avant de tomber, et il me ramena en voiture jusqu'à la résidence où je saluai ma mère qui était sur son ordinateur sur la terrasse.

— « Je ne vais pas traîner, finalement », déclara-t-il.

Il fit un signe de main en baissant sa fenêtre, puis ma mère se remit à fumer en m'adressant un bref sourire.

Je me déchaussai en serrant les manches du pull que je portais. Il y avait quelque chose de troublant dans cette scène, dans le regard de ma mère qui cherchait dans mon silence et mes gestes une preuve d'imprudence. Avais-je peur de sa réaction si elle remarquait le vêtement emprunté à l'homme qu'elle connaissait depuis des mois et dont les intentions étaient désormais voilées ?

Je pris une douche et me glissa aux côtés de ma sœur. Quelque chose se taisait dans mon corps, pesait sur mes épaules et brûlait mon torse à chaque fois que le regard de Theo se ravivait dans mon esprit. Je voulais hurler mon désespoir, et pour le calmer, il fallait que je me rende chez lui, sous la pluie battante, affronter le tonnerre, les éclairs, l'odeur du goudron mouillé et son regard interrogateur lorsqu'il m'ouvrirait la porte, incertain de savoir ce que je voulais de lui, et alors je lui aurais avoué que j'agonisais, qu'il fallait qu'il m'assure qu'il n'était pas arrivé dans ma vie sans raison.

À la fin de cette torture, les gouttes de pluie qui s'abattaient contre la fenêtre me bercèrent.

Lorsqu'il partait et quittait l'île, il emportait le soleil avec lui, et je lui en voulais pour cela. Alors s'enchaînaient les jours de vent, parfois de pluie, les algues se déposaient en plus grand nombre sur la plage de sable blanc, et restaient parfois piégées dans la boucle de la dernière vague. Lorsqu'il s'absenta pour la deuxième fois, il me prit à part lors d'une soirée où nous avions convié un duo de chanteurs pour animer la soirée au restaurant, et me tendit un double des clés de sa portée d'entrée. Mes yeux l'interrogèrent, et il s'empressa de répondre :
— « Pour quand je partirai après-demain. Tu pourras venir vérifier que tout est en ordre ?
— Tu n'as pas peur que je te vole ?
— Je saurai où te retrouver. »
D'une main, il referma la mienne autour du trousseau constitué de deux clés simples, et les contempla un instant comme pour sceller la mission qu'il venait de me confier, en gage de confiance, ou alors essayait-il d'apprécier de me tenir la main de la façon la plus maladroite qu'il ait pu trouver. Je n'osai pas lui demander quand il serait de retour.

Les journées défilaient à une allure qui me terrifiait quand je repensais à l'extinction de la durée de mon visa, et j'allais quotidiennement avec Kat au pressing récupérer les sacs de linge propres pour les bungalows. Nat, la gérante, nous remettait le linge et nous étions fières d'avoir trouvé un système nous permettant de porter les sept à huit sacs sur le scooter. Si nous venions à tomber ou nous heurter à un autre scooter, nous étions convaincues que le linge de lit dans les sacs en plastique nous protègerait du choc.

Le soir, après le coucher de soleil dix-huit heures trente, j'avais pris l'habitude de mettre mes cheveux dans une charlotte et rejoindre Nok qui s'attelait déjà en cuisine.

J'étais, en quelques semaines, devenue son commis de cuisine et préparait intégralement les recettes dites européennes telles que l'assemblage des burgers, les salades fraîches, ainsi que les entrées que nous proposions à la carte. Parfois, elle me permettait d'aller à ses côtés pour faire frire des frites ou des beignets de crevette et de calamar. D'un signe de tête, elle me confirmait la bonne cuisson et je dressais le tout sur les plats que j'avais préalablement placés sur la table principale. Je me surpris à connaître par cœur le nom thaïlandais de chacun des plats du menu, ce qui me permettait d'écouter les serveuses indiquer les différents plats commandés. Je dressais les plats, découpais les légumes, et si le temps me le permettait, je me préparais mon propre plat, alternant entre une salade *som tam,* de la papaye et des carottes épicées avec une sauce constituée de sucre roux, de glutamate, tomates écrasées et de citron vert, ou un sandwich d'œufs durs écrasés à la mayonnaise. La particularité résidait dans les toasts qui devaient être tartinés de beurre à l'ail.

La soirée se déroulant ainsi, je savais que très vite, sonnerait la fin du service, à vingt-et-une heure trente au maximum, et que suivrait le grand nettoyage de la cuisine, la plonge, le bar, les toilettes communes, et le ratissage du sable de l'allée centrale, foulée par des milliers de pieds au cours de la journée.

Lorsque je n'étais pas en cuisine, j'allais dans la buanderie qui était située dans une grande maison près de l'entrée. Elle nous servait aussi à nous reposer mais nous y faisions principalement le linge, déposions des denrées alimentaires qui ne nécessitaient pas d'être conservées au frais, et gardions les bagages des résidents lorsqu'ils étaient arrivés avant l'heure du check-in. Ceux-ci, quand ils n'osaient pas s'enfoncer davantage vers la plage, prenaient souvent cette maison pour l'accueil. J'aimais fouler mes talons sur le sable dans les allées des bungalows lorsque j'allais faire sécher les serviettes de cuisine près du cocotier proche de la plage. Ce quotidien et cette douce vie, j'aurais pu m'en contenter.

Ce n'est que cinq jours après le départ de Theodore que je me réveillai un matin avec le besoin d'aller voir sa maison. Je craignis que sa terrasse extérieure ou son séjour ne soit gardés par des caméras, et que, depuis son hôtel à Singapour, il n'attende que mon excès de curiosité et vérifie ses caméras en pensant que je profiterais de son absence pour me glisser dans son bien.

Sa maison n'était pas la sienne lorsqu'il n'y était pas. Ses ordinateurs et ses classeurs avaient été soigneusement rangés et sa cuisine était intacte. Je me permis d'ouvrir son frigo, au cas où, par étourderie, il aurait omis de jeter certains aliments, mais je n'y trouvais rien à part des citrons verts, qui ne périmeraient pas avant son retour.

Un jour, lorsqu'il partirait, cette maison serait ainsi. Un autre homme solitaire ou encore un couple de retraités viendrait occuper son bien, la recouvrir d'une odeur plus chaleureuse, remplirait le frigo de fruits et légumes, et ajouterait également de la vaisselle à la cuisine.

Cela allait faire neuf mois qu'il avait emménagé sur l'île après avoir vécu à Krabi, un peu plus au sud du pays. Sa maison ne portait aucune trace de sa vie et il y avait seulement cette odeur rassurante de lui à laquelle je m'étais habituée. Elle parvenait souvent à mes sens lorsque nous étions à proximité de l'un et de l'autre et qu'une brise se levait.

Devant la baie, les deux grandes tables qui faisaient office de bureaux seraient débarrassées pour permettre une vue sur la mer depuis le canapé. Je me laissai tomber sur le fauteuil près de la télévision, et me redressai aussitôt pour jeter un coup d'œil à sa chambre, que je n'avais jamais vue.

Je n'avais jamais osé imaginer la pièce dans laquelle il dormait, de peur d'envahir son intimité et franchir une ligne que je n'étais pas supposée dépasser. Devant moi, se tenait un lit et deux tables de chevets. Sur le lit, reposait une couverture bleu nuit épaisse, remontée jusqu'aux coussins qui y étaient dissimulés. Si j'ouvrais les volets, pensai-je, le soleil pourrait caresser de ses rayons la couverture, sur laquelle son odeur était empreinte. Je n'en avais pas le droit. J'avais déjà vu plus que ce que je ne devais.

La maison était propre, éclairée, et je pensais que le style minimaliste, adopté intentionnellement ou non, lui ressemblait parfaitement. Un jour, que ma mère lui avait proposé les services de la fille de Kat pour le ménage hebdomadaire de sa maison, il avait rétorqué : « Je peux le faire », et ajouté : « Cela me donne l'impression que je vis vraiment ici. Tu sais, que je ne suis pas un touriste. »

Mais il avait ensuite déclaré qu'elle pouvait venir nettoyer lorsqu'il était en déplacement, et peut-être qu'à elle aussi, il avait donné un double des clés.

Le lendemain, ma mère me proposa de l'accompagner voir Carla à son atelier de macarons et cupcakes, nous profiterions d'être sur la route pour nous arrêter manger au restaurant où nous avions l'habitude de commander deux soupes de nouilles au bœuf, et deux cafés au lait glacé. Nous terminions les soupes en cinq minutes, et partions les cafés à la main, et ceux-ci restaient dans la voiture jusqu'à ce que les glaçons ne suffisent plus à les maintenir froids et que ma mère suggère que l'on s'en débarrasse.

Dans l'après-midi, Carla me fit garnir une douzaine de cupcakes red velvet, me confiant une poche à douille remplie de crème pâtissière. Après avoir passé deux heures à l'aider, à soigneusement placer les cupcakes dans les caissettes, puis sur les présentoirs argentés, nous nous hâtions à monter dans sa voiture pour nous rendre dans les hauteurs de Samui afin de faire le check-in d'une villa. En plus de son atelier de pâtisserie auquel elle consacrait deux à trois heures par jour, elle gérait sa société de ménage et conciergerie dans les villas de luxe, alors elle se déplaçait à la villa réservée, une heure avant l'arrivée des voyageurs, vérifiait que son équipe avait bien fait la prestation, et rallumait les compteurs électriques. Pendant qu'elle vérifiait que le nettoyage de la piscine extérieure s'était bien enclenché, ma mère et moi-même montions les deux étages de la propriété pour s'assurer du fonctionnement de la climatisation dans chacune des pièces, et que les télécommandes avaient été placées de sorte que les clients puissent les repérer. En longeant les couloirs aux baies vitrées donnant sur l'océan à l'horizon, je me surpris à rêver d'avoir un jour une telle villa, mais je n'arrivais pas à me décider sur la localisation de celle-ci sur l'île. Ce rêve semblait si lointain.

J'avais pleins de rêves à l'époque, à un âge où je venais juste d'entrer dans la vie d'adulte, où cet exil sur l'île était une seconde chance que je m'accordais pour me réinventer.

Ces rêves m'aidaient à visualiser un futur loin de l'incertitude, une raison de continuer à persévérer. Ils me permettaient de conserver l'innocence frivole de mon adolescence.

Souhaitais-je une villa dans la cocoteraie avec vue sur la mer ou une maison de plage ouverte avec une allée menant sur le sable ? Ou encore, comme la maison d'une amie Italienne située dans le quartier voisin, une résidence au style balinais avec piscine au milieu de trois grands rectangles qui constituaient les pièces de vie et les chambres ? Cette-dernière avait révélé que la construction du bien lui avait seulement coûté le prix d'un appartement à deux pièces en France dans une ville moyenne, et que les trois chambres suffisaient amplement pour les visites annuelles de sa famille. Lorsqu'elle retournait en Italie voir ses parents, elle faisait louer sa villa, nichée dans une résidence discrète et éloignée de la route principale, et le personnel de Carla venait la nettoyer.

Je m'y connaissais en villas italiennes, parce que l'Italie m'avait enfermée dans l'été flamboyant de mes 17 ans que je n'avais jamais pu revivre depuis. Ma meilleure amie de l'époque m'avait proposé de l'accompagner dans la ville de Bergame. Nous avions passé deux semaines à marcher pieds nus entre le carrelage de la résidence louée par ses parents et le jardin dont l'herbe restait verdoyante malgré le soleil. Un employé du propriétaire venait l'arroser et retirer les mauvaises herbes tous les jours entre sept et huit heures du matin, de sorte qu'elle soit sèche lorsqu'il nous venait l'envie d'y fouler le pied après le petit-déjeuner. La rentrée scolaire suivante marquerait notre dernière année au lycée.

Nous buvions des citronnades en parlant de qui nous deviendrons une fois adultes, sans savoir que la vie nous éloignerait deux ans plus tard, parce que la distance avait imposé son silence entre nous.

J'adorais l'Italie. J'enviais parfois Theodore qui avait pu y habiter près de trois ans avant de mettre les voiles pour la Croatie.

À présent, l'été était pour moi éternel, sur cette île loin de tout ce que j'avais pu toucher et connaître. C'était le sable que je foulais de mes talons, le soleil qui tombait dans l'océan comme les fleurs de frangipanier secouées par une petite brise, et signait la fin d'une journée, me rappelant ce que c'était que de vraiment exister. L'été était ce sentiment constant de loger entre deux mondes, entre deux vies.

À l'époque, ma mère et mon beau-père ne pouvaient pas se permettre d'investir dans un bien immobilier, et avaient investis la plupart des fonds venant de la vente de la résidence principale en France dans le resort. Toutefois, je restais persuadée que Theodore pouvait se permettre l'acquisition d'un tel bien et que s'il ne le faisait pas, c'était encore une fois parce qu'il préférait savoir qu'il avait le choix de partir du jour au lendemain, et que rien ne le retiendrait ici, qu'en cas de départ furtif, il n'aurait pas à s'encombrer de corvées et de la charge mentale qu'impliqueraient le débarras du bien et sa revente. Ainsi, avec sa location, il restait libre de quitter l'île sa valise à la main.

Le soir-même, j'avais fait des recherches sur les sites de ventes immobilières. J'avais eu le désir soudain de vouloir posséder un de ces biens. Seulement, je ne savais pas par quel moyen y arriver. Comment, de ma situation, je parviendrais à celle-ci. Je voulais sortir de cette latence.

— « J'ai une très bonne amie qui compte venir s'installer d'ici la fin du mois. Si elle rachète un hôtel que nous avions repéré vers Ban Tai, elle voudrait te rencontrer ! » annonça Carla lorsque nous l'avions rejoint avec ma mère prendre un petit-déjeuner près du port de Bangrak.

Nous avions rarement le temps de petit-déjeuner, surtout à l'extérieur, mais Carla tenait à voir ma mère pour lui partager une annonce importante. Je supposai qu'ils devaient quitter l'île rapidement.

— « Pourquoi moi ? Elle ne me connaît même pas...
— Parce que tu en es capable !
— Oui, tu pourrais très bien gérer un hôtel, et tu sais parler trois langues, bientôt quatre en apprenant le thaï. Il serait grand ? » demanda ma mère.

— « Une douzaine de chambres, avec un petit coin de restauration pour le petit-déjeuner.
— Il est face à l'océan ? »

Cela n'avait pas d'importance, tant que j'avais un travail qui me permettait de rester auprès de ma mère et ma sœur, mais j'avais pris l'habitude d'être proche de l'eau. Je ne réalisais pas qu'une telle opportunité pouvait m'être déposée entre les mains, mais mon cœur s'était emballé à l'idée de pouvoir recommencer à zéro ici, à commencer avec un emploi. Si j'en avais un, je pouvais obtenir un permis de travail et vivre sur le territoire thaïlandais.

Toutefois, nous avions été informées deux semaines plus tard que la vente n'aurait pas lieu. Le rêve d'une vie ici que j'avais déjà commencé à nourrir s'était évanoui.

3

À la mi-février, Carla avait envoyé un message à ma mère en lui annonçant qu'elle partait avec son mari et son fils, et qu'il ne fallait pas chercher à les recontacter. Elle aussi avait été éphémère.

Ma mère avait été accablée quelques heures, mais par son habitude de renier des émotions qui la rendaient vulnérable, je l'avais trouvée inchangée. Contrairement à moi, elle était habituée à l'impermanence de cette vie insulaire et de toutes les relations qui y naissaient.

Puis, elle avait été occupée. Nous avions reçu une requête de la part d'un couple d'anglais qui souhaitait se marier sur notre plage, et nous préparions l'évènement depuis des jours. A priori, la meilleure amie de la mariée était venue l'année précédente et en avait parlé au couple, qui avait décidé sans hésiter de célébrer le mariage sur ce bord de plage. Les parents et grands-parents des futurs mariés avaient logé dans les bungalows les trois jours précédant l'évènement, et prenaient leur petit-déjeuner sur la table la plus proche du bord d'eau. Nous ajoutions quatre chaises à la table initialement conçue pour quatre, car ils tenaient à s'y serrer au nombre de huit, et apportions le thé, les toasts, la brioche perdue et les œufs brouillés. Nana s'appliquait à couper les mangues et les pastèques pour les leur apporter et ils les dégustaient et passaient leur langue sur leurs lèvres pour apprécier à nouveau le goût sucré que les fruits avaient laissé. Le couple et leurs témoins, logés dans une villa à dix minutes de la plage, venaient chaque midi manger avec eux.

La veille du mariage, un peu avant vingt-trois heures, un grand feu de camp avait été allumé à même le sable par mon beau-père, aidé de Theodore. Des amis de ma mère qui étaient restés tard s'étaient réunis autour du feu, trinquant au dîner de ce soir qu'ils ne cessaient de complimenter, aux futurs mariés, et à la Pleine Lune qui se reflétait dans l'océan. Theodore m'avait fait signe de les rejoindre. Je n'aimais pas m'immiscer dans ces échanges entre adultes, je n'avais rien à ajouter et je ne voulais pas que l'on me demande ce que je faisais ici. J'étais désœuvrée. Les autres n'aimaient pas savoir que certains vivaient sans but. Cela fit tilt dans mon esprit, mais je pouvais disparaître du jour au lendemain, en ne laissant aucun vide car personne ne se souviendrait de moi. Je n'aurais rien laissé et n'aurais marqué personne.

Cela me rendit triste, et en colère. Les deux émotions se battaient dans mon cœur qui s'était emporté en réalisant que j'étais loin de la vie que j'avais imaginée pour moi-même il y a quelques années.

Ma sœur s'était endormie sur un de ces poufs d'extérieurs que nous prenions l'habitude de ranger tous les soirs dans la grande maison.

En m'installant près de Theo, qui avait ratissé de sa main le sable de la place à ses côtés, j'essayai de me cacher derrière la courbe de son dos, réconfortée par la chaleur que l'installation dégageait. Avec un peu de chance, les personnes à sa droite ne remarqueraient pas ma présence. Après en avoir pris une gorgée, il avait planté sa bouteille en verre dans le sable, à nos pieds.

— « De l'eau ? »

Il sourit, et mit sa main sur sa nuque pour la masser.

— « J'essaie de changer cette mauvaise habitude.

— Oh non, ne change pas », protestai-je, d'une voix plus silencieuse que je ne l'avais souhaité.

— « Pourquoi ? »

Je voulais lui dire que je tenais à garder cette image de lui, une bière ou je ne sais quel cocktail à la main, les plis de sa peau aux coins de ses yeux, près de ses oreilles, son regard cherchant des moments de vie auxquels nous étions trop occupés pour nous attarder. Rien qu'au cours de cette soirée, il m'avait confié avoir remarqué la mariée adresser un regard rempli d'appréhension vers sa mère lorsqu'elles étaient allées se placer à l'endroit où la célébration aurait lieu le lendemain, ma sœur, qui avait frotté ses yeux avant de déclarer qu'elle allait se reposer dans la grande maison, et enfin, ma mère, qui avait ordonné à Nok de rentrer sans tarder et de se coucher tôt pour être en forme.

— « Je t'aime bien comme ça », lançai-je en regardant les pépites de feu qui se détachaient du foyer pour voler dans le ciel, comme si ce que je venais de dire ne venait pas de faire propager dans tout mon corps une vulnérabilité qui m'inonda d'une chaleur insoutenable.

— « Tu es cruelle. Ah, j'ai hâte de voir ce mariage », finit-il par dire.

— « Tu es invité ?

— Le marié m'a invité pendant qu'on préparait le feu. Tu seras mon +1 !

— Je serai sûrement en cuisine demain.

— Je ne compte pas passer la journée avec eux, j'ai juste envie de participer à la cérémonie et célébrer leur bonheur. C'est un mariage, tout de même ! »

Le feu se refléta dans ses yeux et dessina de grandes flammes qui s'agitèrent. Je remarquai la fatigue qui le marquait de plus en plus.

— « Je n'ai pas assisté à un mariage depuis des années.

— Ça ne m'étonne même pas. Tu n'appartiens nulle part », lançai-je, en dessinant des cercles dans le sable pour m'occuper au cas où il se sentirait offusqué. Désormais, il me fixa en secouant la tête.

Pourtant, c'était ainsi que je le voyais : un homme qui n'appartenait à aucun territoire, à aucune coutume. Sans famille, il errait à travers le monde en s'intégrant si simplement et parfaitement à chacun des groupes qu'il rencontrait. Aujourd'hui encore, il avait été convié à célébrer l'union d'un couple dont il n'avait jamais entendu parler un jour plus tôt et il se réjouissait ce soir du bonheur que cet évènement leur procurerait. Hier, il offrait le dîner à un couple de retraités Allemands qu'il avait rencontré le matin-même et avec qui il avait ri aux éclats. Je les avais entendus depuis la cuisine. Je ne savais pas déterminer s'il pouvait être intégré à notre famille, puisque même s'il était proche de nous, je vivais avec le sentiment constant qu'il partirait un jour, et que nous ne serions plus qu'un souvenir lointain dans sa vie, lorsqu'il serait ailleurs.

Quand les futurs mariés se retirèrent pour retourner dans leur villa, ils enlacèrent leurs parents qui, eux-mêmes, rejoignirent leurs bungalows en empruntant le petit passage depuis la plage qui menaient aux logements.

Theo discutait avec ma mère qui nous avait rejoint après avoir nettoyé le bar et sorti les verres à pied qu'on avait inventorié dans l'après-midi. Elle m'adressa un sourire, et je me remémorai son mariage.

Après six ans de relation, et Nina qui était arrivée entre temps, mon beau-père avait demandé à ma mère de l'épouser. C'est avec moi qu'elle avait eu un coup de cœur sur sa robe de mariée. Nous étions sorties de la boutique bouleversées par la joie, mais surtout soulagées après des mois de recherche. Cela rendait l'évènement concret. Elle avait rencontré mon beau-père juste après avoir mis fin à une relation intermittente qui avait duré dix ans, avec un homme plus jeune qu'elle, tout juste sorti de l'adolescence, qui voulait profiter de sa jeunesse, plaire aux femmes et conserver son indépendance, venant nous rendre visite lorsqu'il en ressentait le besoin. Oscillant entre ces deux vies. Lui-même avait rencontré ma mère un an après la séparation de mes parents, lorsque je n'avais que deux ans à l'époque et, la garde alternée n'ayant été prononcée qu'au divorce, plus de deux ans après, il avait fait office de père de substitution, quand bien même je conservais de flous souvenirs de ma toute petite enfance à chercher, à la sortie de l'école, ou dans le parking de notre quartier, le visage de mon père qui venait souvent me rendre visite. Il restait au loin, adossé contre sa voiture rouge, à guetter mon visage qui le cherchait inconsciemment, son regard me suppliant de ne pas l'oublier, de ne pas perdre dans ma mémoire l'homme qui était une partie de moi.

J'avais oublié ce souvenir, parce que l'idée qu'à un moment donné, mon père m'avait cherché et voulu une place dans ma vie semblait si irréelle.

À un si jeune âge, je n'avais jamais eu de souvenirs de mes parents ensemble, de leur amour, bien qu'il fût éphémère et qu'il eut fané avant d'avoir pu éclore. J'étais la seule trace de leur relation, et voulais moi-même disparaître.

Je doutais de la sincérité des sentiments que ma mère éprouvait pour mon beau-père, mais j'avais l'espoir qu'elle puisse être heureuse après tout. La savoir aimée et voir qu'elle était prête à se marier à nouveau m'avait convaincue, parce que les humains souhaitent aimer et être aimés, c'est dans leur essence même.

Étant la plus fidèle partenaire de ma mère, je m'étais souvent demandée pourquoi je sentais de temps en temps qu'elle attendait mon consentement, comme une fille l'attendait de sa mère. Mais, suivant son cœur, j'étais persuadée, à l'époque qu'elle épouserait mon beau-père quelque soit mon avis.

Et aujourd'hui encore, je ne pouvais envisager me marier. L'idée de m'engager dans une telle institution, de l'amour à promettre et exposé aux yeux de tous, de l'immuable quotidien à deux, tout cela m'angoissait. J'avais toujours préféré l'amour secret, timide, qui se dérobait aux yeux des autres et ne demandait aucune promesse. Cet amour discret avait quelque chose de rassurant, de plus libre et peut-être plus vrai.

Mon beau-père entreprit de commencer à éteindre le feu. La journée serait longue et je voyais déjà les heures de sommeil diminuer. Lorsque ma mère se leva pour aller réveiller Nina dans la grande maison, Theo mis sa main sur mon épaule, qui était restée appuyée contre son bras alors même que nous n'avions plus à nous serrer autour du feu, maintenant qu'il ne restait plus qu'un couple de résidents et les serveuses du restaurant. J'eus l'envie soudaine de mettre ma main sur la sienne pour le remercier d'être resté à mes côtés et de m'avoir cachée.

— « Donc, je te verrai demain ? » relança-t-il.

« Le mariage », dit-il, pour me le rappeler. Il se leva et me proposa l'une de ses mains pour me hisser sur mes deux pieds, avant d'ajouter « Tu seras très bien comme ça. »

J'avais mouillé le bas de mon pantalon en nettoyant le sol de la cuisine plus tôt, alors j'avais été mettre une longue robe en toile que je gardais dans la grande maison. Ma mère revint en portant Nina dans ses bras et Theodore s'empressa d'aller l'aider et nous accompagna jusqu'à la voiture pour déposer ma sœur sur la banquette à l'arrière. Mon beau-père rentrerait en scooter.

J'aimais la douceur de la nuit, le vent qui se levait de temps en temps et nous invitait à aller nous coucher, et cet homme qui se tenait sur le bord du trottoir, les mains dans les poches, les lèvres pincées. Il vérifiait que la route soit libre pour que nous puissions démarrer la voiture, parce qu'il voulait veiller sur nous trois, et tenait à nous accompagner jusqu'au bout, comme il l'avait fait en portant ma sœur, en enlaçant ma mère pour lui dire qu'elle avait encore une fois fait du bon travail. Au bout d'un moment, et parce que ma mère attendait que ce soit lui qui rentre en premier, il finit par me regarder, et lancer : « Bonne nuit ».

Le lendemain, je m'étais vêtue d'une robe bleu charrette qui allait avec les éléments de décoration que nous avait confiés la mariée. Vers dix heures, avant que la cérémonie ne commence, nous préparions le déjeuner pour la vingtaine d'invités venus célébrer le mariage en plus des commandes habituelles du restaurant. La partie gauche de la plage avait été réservée pour le mariage et nous avions accrochés aux bains de soleil des couronnes de fleurs. Les seules fleurs sur l'île étaient les fleurs de frangipanier et d'hibiscus et je m'interrogeai sur l'origine des pivoines qui avaient été livrées ce matin au resort. Lorsque les invités eurent célébré l'union et que mon beau-père les guida vers le restaurant pour manger, le repas était prêt et je sortis de la cuisine pour la première fois afin d'observer le lieu de la cérémonie. Sur le sable gisaient des pétales de fleurs que ma sœur avait préparées avec enthousiasme le matin-même. Je retirai mes sandales pour fouler le sable de mes pieds nus lorsque j'aperçus Theodore de dos, un verre de champagne à la main et je remarquai seulement en m'approchant qu'il échangeait avec l'officiant qui avait célébré l'union. À ma gauche, se trouvait un bain de soleil sur lequel je m'assis, et je profitai de cet instant de répit pour prendre une photo de l'arche qui avait été installée et joliment décorée. Au premier plan, le chemin de pétales au sol, à l'arrière-plan, la mer qui venait et partait sans cesse, et Theodore. Il fut surpris de me voir en se retournant. J'avais continué de le fixer, et j'avais apprécié l'observer discuter avec un autre. Il hochait la tête de temps à autre, mettait une main sur la poitrine et la passait dans sa nuque. C'était la première fois que je le voyais vêtu d'un costume léger, ses chaussures dans une main, son verre dans l'autre, et cela me rappelait toutes les versions de lui que je n'avais pas pu connaître, et que je ne connaîtrais pas à l'avenir.

— « Je t'avais dit que je serai en cuisine.
— Je sais, je suis venu te voir.
— Vraiment ?
— Tu étais concentrée. En l'honneur des mariés ? » dit-il en m'offrant son verre.

Il savait que je ne buvais pas, mais je me redressai, et il glissa la flute entre mes lèvres. Le goût amer et sec demeura dans mon palais avant que je ne me décide à avaler.

— « À leur bonheur, surtout. Comment s'est passée la cérémonie ?

— Mémorable pour la famille. Ils étaient en larmes. »

Son visage se battait contre le soleil qui brûlait chaque parcelle de peau que nous avions laissé à nu. Il n'avait pas de main de libre pour se faire une visière, mais s'entêtait à fixer droit devant en direction de la mer. L'officiant passa devant nous en baissant sa tête furtivement, pour me saluer.

— « Ta famille n'est jamais venue te voir dans un des pays dans lequel tu as vécu ?

— Jamais. Aujourd'hui, ils seraient trop vieux pour venir jusqu'en Thaïlande », dit-il en fixant le ciel comme s'il cherchait l'avion dans lequel ses parents pourraient arriver.

Depuis notre côte, il n'y avait aucune chance d'en apercevoir. Il fallait être sur la pointe de Bophut pour voir un avion de Bangkok Airways toutes les heures, de sept heures à vingt heures.

Il n'était pas surpris de ma question et n'avait pas l'air de ne pas vouloir mentionner sa famille.

— « Je vois. Tant que tu ne regrettes pas de ne pas pouvoir les voir.

— Je n'ai jamais regretté de partir, et je ne leur en veux pas s'ils ne peuvent pas venir me voir. C'est mon choix, c'est moi qui suis parti. Je retournerai les voir, un jour. Viens, suis-moi. »

Il allait vers l'arche à nouveau. Des pétales caressaient nos pieds nus en courant vers la mer. Je voulais les suivre dans leur course folle vers leur liberté.

— « Dans quelques années, tu te tiendras ici. Ta mère sera heureuse de préparer cet évènement pour toi », déclara-t-il.

— « Je ne pense pas.

— Pourquoi ?
— Elle sait que je n'envisage pas de me marier. »
Maintenant, il ne répondait plus, alors j'ajoutai : « L'amour doit rester secret », espérant qu'il comprenne à travers mes mots, qu'en vérité, je ne pouvais imaginer que quelqu'un puisse m'aimer assez pour promettre de rester à mes côtés.
S'il était là aujourd'hui, je lui dirais que je l'attends. Toute ma vie avait été rythmée par le temporaire. Mais s'il hantait encore mes pensées aujourd'hui, huit ans après notre première rencontre, c'est probablement parce qu'il faisait partie de ces éléments immuables en moi. Il s'était hissé à une place que je n'avais jamais eu l'intention de créer.
Alors que mes parents, amis, amants avaient été de passage dans cette existence, j'avais été rassurée par le souvenir de sa présence. Peut-être que, finalement, j'étais capable d'aimer dans la durée, que ma vie n'était pas déterminée par l'éphémère. Seulement, à trente-deux ans, je songeais à l'amour de jeunesse auquel j'avais rêvé il y a des années. Cet amour qui n'était jamais venu, parce que je n'avais jamais cherché, parce qu'il ne m'avait jamais trouvé. Aurai-je été ou serai-je le grand amour de quelqu'un dans ce monde ? Je n'étais même pas sûre que ma mère m'ait autant aimée. Je n'avais mendié l'amour qu'à deux personnes dans ma vie, et j'avais fini par les perdre. Ma mère, et Theodore.
Après ces années de silence, et si j'occupais toujours une place dans son cœur, j'étais prête à lui faire la plus grande des promesses. *Je me tiens ici, comme à l'époque. Où es-tu ?*

Ma sœur venait de raccrocher d'un échange téléphonique avec son père, qui avait donné des nouvelles et m'avait passé le bonjour. Après avoir soupiré longuement, elle se remit dans le lit pour terminer un exposé qu'elle avait déjà commencé la veille. Elle avait refusé que je lui fasse de la place sur le bureau de disponible dans notre chambre d'hôtel. Je l'observais, de sa chevelure tantôt tressée, tantôt lâchée en pagaille, à ses jambes qui avaient toujours été longues, mais qui aujourd'hui dépassaient les miennes. C'est avec amertume que je réalisais qu'elle avait grandi loin de moi. Dehors, la pluie venait de s'arrêter et quelques oiseaux en avaient profité pour chanter. Était-il encore possible d'effacer les années qui nous avaient éloignées ? J'étais persuadée que les sœurs n'avaient pas besoin de ce temps, la mienne avait toujours vécu dans mon cœur même à des milliers de kilomètres. Pourtant, parfois nous ne pouvions pas rattraper le temps perdu.

La dernière semaine de février, ma mère proposa qu'on assiste à un concert ouvert. Je profitai de ce moment pour être avec elle, mais en longeant les différents stands de coquillages ou de nourriture qui s'étaient installés autour de la scène principale, je remarquai qu'elle était au téléphone. Je commandai donc à manger seule et m'installai sur une table dans l'allée centrale. En observant mon environnement, j'étais entourée de groupes d'amis, de familles, parents, enfants, grands-parents. J'aimais le réconfort de ma propre présence, et j'avais pour habitude de faire beaucoup d'activités seule, mais ce que je ressentis à ce moment était de l'abandon.

Dans ce monde dans lequel je n'étais ni touriste ni native, je me sentis étrangement exclue et la scène me rappelait une solitude que je connaissais très bien. Ma mère réapparut vingt minutes plus tard, son téléphone en mains.

— « Qu'est-ce que tu as pris ? », demanda-t-elle sans lever les yeux. Si je ne répondais pas, elle ne le remarquerait pas. À mon plus grand désespoir, j'eus raison. Elle picora de temps à autre dans mon plat, et décida qu'il était temps de rentrer.

Je sus en me couchant que mon cœur était lourd. A trois heures du matin, je me réveillai en suffoquant. Il n'y avait pas assez d'air dans mes poumons qui se contractaient au fur et à mesure qu'ils paniquaient. Assise sur le bord du lit, je régulai ma respiration avant de chercher à me rendormir, et me rendre à l'évidence : je n'y arriverai pas.

Le soleil éclairerait l'île dans moins de deux heures. Alors, les yeux rivés au plafond, je guettai les bruits de la cocoteraie, puis celui des vagues qui ne faisaient que des clapotis car elles étaient encore endormies. Lorsque j'aperçus un faible faisceau de lumière à travers le rideau, je me glissai hors de la chambre, puis de la maison, déverrouillant le portillon qui émettait toujours un grincement aigu. Je n'avais pas pensé à me chausser, mais le sable était encore tiède. 5h44. Theodore devait forcément être réveillé. Avais-je le courage de courir jusque chez lui en longeant la côte ? Il ne faisait pas encore trop chaud et en marchant assez vite, j'y arriverais en dix minutes. Nous aurions cinq minutes avant qu'il ne commence à travailler. Il pourrait également décider de ne pas travailler et rester avec moi pour la matinée. La vague qui vint se déposer à mes pieds mit fin à ma rêverie.

J'avais rarement perçu les levers de soleil de l'île, et remerciai l'angoisse qui m'avait tirée de mon sommeil pour me permettre d'assister aux premiers étirements du soleil et de ses rayons. En quelques secondes, des touches de rose se joignirent au ciel ambré. Des larmes avaient coulé le long de mes joues et lorsque je m'en aperçus, elles se multiplièrent. Sur le bord de l'eau, elles rejoignirent une plus grande famille, plus salée, plus libre, moins funeste. En rentrant, le portillon émit le même cri plaintif, et je me glissai à nouveau dans le lit en prenant soin de ne pas réveiller ma sœur.

Lorsque j'ouvris à nouveau les yeux, la sensation que la maison était vide m'envahit. Ce sentiment d'abandon. Il était un peu plus de midi. « *Tu étais brûlante. Dis-moi lorsque tu iras mieux* », indiquait un message de ma mère sur mon téléphone.

Était-elle venue toucher mon front en se levant ? Nina avait dû se réveiller grâce à mon réveil et se préparer seule. En observant mon profond sommeil fiévreux, elle avait dû réveiller ma mère pour qu'elle l'accompagne jusqu'à l'entrée de la résidence. Et celle-ci avait dû se dire que je la rejoindrais plus tard, dans la matinée.

Malheureusement, le sentiment de vide qui m'avait réveillée à l'aube et poursuivie dans mon sommeil persistait, comme pour me rappeler que le gouffre dans lequel j'essayais de sortir depuis des mois était réapparu. Ici, j'étais devenue quelque chose entre mon ancienne vie et ma nouvelle. J'étais la fille de ma mère, la sœur de Nina, mais je n'existais pas, et personne ne me connaissait réellement. Mon ancienne vie portait des cicatrices que je ne voulais plus supporter et ma nouvelle n'avait aucune base, elle menaçait de s'effondrer à tout moment.

Ma tante m'appela dans l'après-midi pour avoir de mes nouvelles. Nous échangions rarement par téléphone, mais je tenais à lui parler de temps en temps, quand j'étais frappée par ma solitude.

— « J'ai l'impression que ça n'ira jamais. Peu importe où je vais. Je suis en colère parce que les journées s'achèvent et je ne semble pas aller mieux », finis-je par avouer.

— « Ne dis pas ça. Tu es encore en train de chercher une raison d'être et cela ne peut pas arriver en quelques semaines. Être avec ta mère te fait du bien, n'est-ce pas ? »

Elle ne savait pas que je donnais toutes ses chances à ma mère de m'aider et me soutenir, d'être présente pour moi. Être avec elle me rappelait simplement que je ne serais jamais assez. Nous n'avions jamais évoqué ma santé mentale.

J'étais venue avec mes bagages, j'avais apporté cette peine.

Le temps s'était figé dans la chambre. Ma respiration se faisait toujours aussi lourde, et je pouvais sentir mon pouls à travers mes paupières en fermant les yeux. Certains de mes vêtements étaient encore dans ma valise. L'autre, que j'avais montée au-dessus de la grande armoire, contenait tous mes souvenirs et vêtements plus chauds pour la saison des moussons. Comment ces deux valises avaient-elles pu apporter toute ma vie ici ? N'avais-je qu'à les ressortir et les remplir pour repartir ?

J'entendis un véhicule se garer, puis le portail de l'escalier grincer. Ce devait être ma mère. Elle accourut dans la chambre, et je lus sur son visage que je faisais face à une étrangère, une personne que je ne reconnaissais pas et qui, pourtant, m'avait tant de fois confrontée.

— « Pourquoi tu as dit à ma sœur que tu voulais partir ? Qu'est-ce que tu me reproches, encore ? S'il te plaît, ne me rajoutes pas de travail ! »

Assise sur le lit, les mains sur mes cuisses, je ne pouvais que me taire. Sa colère aspirait mon énergie. D'ailleurs, pourquoi était-elle en colère ? Elle continuait de me demander ce qui n'allait pas, mais elle voulait seulement décharger sa frustration. Alors que j'avais appris à ne jamais avoir besoin d'elle, il fallait aujourd'hui qu'elle se penche sur mon sujet et qu'elle me tire de sa main pour ne pas que je me noie. Je voyais à son irritation qu'elle ne voulait pas avoir à s'occuper de cela, ce n'était pas dans ses plans, ni ce à quoi elle s'était engagée en me proposant de revenir à ses côtés. Ces moments me rappelaient cette partie d'elle, la plus naturelle, celle qui n'avait jamais voulu être mère.

— « Comment peux-tu ne pas voir que j'ai besoin de toi ? J'avais vraiment besoin de toi. J'ai voulu cesser d'exister tous les soirs ces derniers mois, et je sais que la solution ne se trouve pas ici, je pensais juste que tu voudrais m'aider à surmonter ça.

— Tu as perdu la tête », dit-elle, péremptoire. « Tu ne peux pas me blâmer pour tout.

— Je voulais croire que tu pouvais m'aider, pour une fois. »

Ce qui lui importait n'était pas de m'avoir blessée, mais de voir son image salie auprès des autres. L'ombre dans ma personnalité dérangeait, et cela avait toujours déstabilisé ma mère, qui ne voulait pas s'occuper de choses trop compliquées, de choses qu'elle ne comprenait pas. Si elle ne les comprenait pas, alors cela n'existait pas. J'avais ce gouffre inexplicable en moi. Pourquoi n'avais-je pas le droit de lui partager ma souffrance lorsque je l'avais soutenue toute ma vie ? Avec qui d'autre pouvais-je être la plus sincère si ce n'était avec ma mère ?

Cela me rappelait cette femme qui avait perdu son enfant pendant sa grossesse. Lorsqu'elle avait tenté de trouver du réconfort auprès de sa propre mère, celle-ci n'avait pas pu trouver les mots qui calmerait sa peine et la soutiendrait dans son deuil. Cette mère avait été protégée de cette perte, n'avait pas connu cette douleur, alors que sa fille vivrait toute sa vie en pensant à l'enfant qu'elle n'avait pas pu porter plus longtemps, cet enfant qu'elle verrait à travers tous les autres désormais. Comment peut-on guérir une douleur qu'on ne comprend pas ? De la même manière, comment ma mère pouvait-elle m'aider ? Peut-être qu'aucun parent n'était assez fort pour entendre que son enfant souhaitait mourir, et peut-être que la seule solution que ma mère avait trouvée était de renier cet état.

Après qu'elle retourna à l'hôtel pour gérer le petit concert qui aurait lieu le soir, je m'endormis en pleurant. « Je vais y aller » avait-elle chuchoté en claquant la porte et s'être assurée que j'avais arrêté de faire mes valises, prête à partir. J'avais simplement fermé les yeux. J'étais fatiguée de sentir que j'étais un fardeau dans la vie de tous, je voulais appartenir à quelqu'un, à quelque chose.

Lorsque je les rouvris, il était plus de 22 heures et la maison était toujours aussi silencieuse. Sur mon téléphone, il y avait à nouveau un message :

« Je n'ai que toi et tu n'as que moi, je suis désolée d'avoir pensé que tes problèmes seraient résolus en venant ici simplement. »

Je voulais tout lui pardonner. C'était la vérité, nous n'avions été que toutes les deux pendant très longtemps, et j'avais été son pilier toutes ces années. Elle était partie un an auparavant, et je ne l'avais pas suivie. Elle ne m'avait pas proposé de la suivre. Je me débrouillais seule comme j'avais toujours su le faire. Elle en avait toujours été fière. Pourtant, je revenais aujourd'hui, alors qu'elle pensait m'avoir laissé sur un autre continent. Elle avait toujours admiré mon autonomie, et ce qui la dérangeait aujourd'hui, était que j'avais besoin d'elle pour me relever. Comment pouvait-elle ne pas s'en apercevoir alors que mon cœur criait ma détresse ? Je ne pouvais pas la supplier de m'aider.

Plus tard dans la soirée, elle m'avait apporté un plat dans une boîte en plastique que nous utilisions au restaurant pour les commandes à emporter. Elle s'était approchée en me caressant les cheveux et avait simplement déclaré :

— «Tu dois manger. Tu ne peux pas toujours être triste.»

Lorsque seul le bruissement des cocotiers se fit entendre dans la nuit, elle s'était glissée dans le lit que je partageais avec Nina. Entre nous, elle avait à nouveau caressé mes cheveux avant de les plaquer contre mon dos. Il fallait comprendre que nous effacions le tableau pour recommencer. Ces chances que l'on donne sans compter à ceux que l'on veut garder dans notre vie.

Le lendemain, lorsqu'il n'y avait plus de clients, Kat nous préparait du café glacé thai, comme elle le faisait si souvent, quand j'aperçus Theodore par-dessus le comptoir.

Il glissa la tête à travers la porte de la cuisine pour saluer le personnel et je vis à son expression qu'il était surpris de me trouver ici.

— «Tiens, te voilà. Tu nous manquais», dit-il en souriant.

La pensée que quelqu'un avait remarqué mon absence et que cette même personne tenait à me le signifier me bouleversa. Une partie de moi espérait que je serais toujours plus considérée que je ne le pensais. Pourtant, est-ce la manière dont la vie devait se dérouler ? Allais-je toujours laisser tout cet amour derrière moi ?

J'avais pensé à quitter cette île la veille. Avec hâte, j'avais même retiré mes vêtements de leurs cintres dans l'armoire, pour les plier et les faire rentrer dans mes valises à nouveau. Je n'aurais même pas pris le temps de lui dire adieu. Le comprendrait-il ?

4

— « J'adore le mois de mars.
— Parce que c'est le mois de ton anniversaire ? »
Theodore sourit. Il ne me semblait pas lui avoir donné cette information.
— « Nina cherche un cadeau à t'offrir depuis des jours », expliqua-t-il en devinant ma confusion.
— « Je n'ai besoin de rien, ça me suffit, d'être ici. D'être avec elle. »
D'être avec toi, j'aurais pu rajouter.
— « Elle y tient. »
J'aimais le mois de Mars parce qu'il signifiait le début du printemps. Sur l'île, nous avions encore quelques semaines de répit avant de souffrir des grandes journées de chaleur, nous pourrions sortir sans détester le poids du soleil sur nos peaux et marcher le long du bord d'eau sans avoir à attendre la fin de journée.

Dans la mesure où je n'avais toujours pas trouvé de travail, je fus contrainte d'aller prolonger mon visa de touriste. Ma mère nous conduisit à l'Administration, où, munie de mon passeport et de photos d'identité, je songeais au jour où je devrais quitter l'île pour non-obtention de visa, alors même que j'avais envisagé, deux mois plus tôt, de vivre sur l'île définitivement. Après la vérification de mon formulaire et de la validité de mon passeport, je me fus accordée trente jours supplémentaires. Sans permis de travail ou de visa de non-immigrant, il fallait que je quitte le territoire pour quelques jours puis que je revienne pour que mon visa soit renouvelé à nouveau. Je compris que Theodore retournait tous les mois à Singapour, avec comme prétexte la surveillance et le management de l'une de ses filiales, essentiellement pour quitter le pays et revenir afin de renouveler son visa sur le territoire thaïlandais.

« Je ne peux m'empêcher de penser à toi en ce jour si particulier où je suis devenue maman pour la première fois, et je te souhaite le meilleur à venir, sincèrement ».

C'étaient les derniers mots que ma mère m'avait écrits. Ils dataient de mars, lors de mon trente-deuxième anniversaire : le seul message de l'année, le même mot, la même amertume, la même culpabilité qu'elle me transmettait. Rien pour les autres évènements comme Noël ou le Nouvel an, mais l'anniversaire, elle ne pouvait pas l'oublier. L'anniversaire, c'était le jour où j'étais entrée dans sa vie.

Je n'avais jamais répondu, et je savais que, par la suite, même si elle ne tentait pas de me contacter, elle demandait à mes oncles et tantes, parfois à mes grands-parents, comment je me portais, où j'avais prévu de partir en vacances, si j'avais un partenaire, si j'avais parlé d'elle. La mentionner faisait naître en moi une colère douloureuse, puis j'avais pris l'habitude de ne plus l'avoir dans ma vie et m'étais résignée. Elle n'existait plus.

Le dernier anniversaire que j'avais célébré avec elle était celui de l'année où je l'avais rejoint sur l'île, et bientôt, si elle ne revenait pas, je vivrais plus d'anniversaires sans elle qu'en sa présence. Le jour de mon vingt-quatrième anniversaire, elle avait proposé qu'on aille chercher ma sœur à l'école. Sur la route, nous nous arrêtions acheter un gâteau. C'est sur le trajet qu'elle m'interrogea pour la première fois sur ce que nous essayions en vain d'ignorer depuis des semaines. Malgré tout, elle avait besoin de m'entendre mettre des mots sur la relation que j'entretenais avec Theodore.

— « Tu as quelque chose de prévu ce soir ou tu comptes passer la soirée avec nous ? Avec le restaurant d'ouvert et Kat d'absente, je risque d'être occupée, je ne te demanderai pas d'aller en cuisine.

— Non, je veux être avec vous pour la journée. Nina prépare l'évènement depuis des jours... »

Je n'aurais pas supporté la déception dans le regard de ma sœur si je lui avais annoncé que mes plans avaient changé pour préférer la compagnie de Theodore, comme ma mère le sous-entendait.

Le soir, lorsqu'il ne restait au restaurant plus qu'un groupe de jeunes Espagnols qui prenaient leur dessert sur une table que nous avions installée sur la plage, Nok sortit le gâteau que nous avions acheté dans l'après-midi. Celui-ci était recouvert d'une crème pâtissière de couleur pêche, et ornée de roses blanches et mauves. Au milieu, la vendeuse de la pâtisserie m'avait proposé d'inscrire un prénom alors je lui avais demandé d'ajouter « Lili », ce qu'elle s'était appliqué à inscrire en rouge. En regardant les différents autres modèles proposés en boutique, je songeais à commander à l'avance un gâteau du même type pour l'anniversaire de ma mère qui aurait lieu au mois de mai. Je m'étais déjà arrêtée sur le modèle aux grosses pivoines dressées à la crème pâtissière, quelques feuilles ornant le contour du gâteau, et des pépites de papier d'or saupoudrées sur les fleurs.

Idéalement, j'avais souhaité souffler mes bougies pendant le coucher de soleil, qui était mon moment favori de la journée. J'aimais apprécier cet instant, où, extenué d'avoir brillé si fort, il se hâtait à nous quitter, laissant derrière lui des rayons allant de l'orange au fuchsia. Souvent, ses couleurs se reflétaient sur nos visages lorsque nous le regardions directement. Nous étions dans la nature et la nature était en nous.

Installée à la table que ma sœur avait dressée de décorations fabriquées de ses mains, j'entendis le bruit des vagues qui roulaient infiniment à quelques mètres et sentis deux mains se poser sur mes épaules. Le contact de nos peaux me surpris, et le baiser déposé sur ma tempe ne me laissa pas le temps de riposter.

— « Tu ne pensais tout de même pas que je ne viendrais pas ?

— À cette heure-ci ? Tu as tout raté !

— Ne sois pas si dure, j'ai passé la journée à chercher ce qui pourrait te faire plaisir. »

Je n'avais jamais été dure avec lui. Contre toute ma volonté, j'avais été la plus douce et la plus vulnérable depuis que je l'avais rencontré et je détestais voir cette partie de moi. Si l'on admettait qu'il avait arrêté de travailler vers 15 heures comme à son habitude, on pouvait envisager qu'il avait passé deux à trois heures en ville à chercher un cadeau en longeant les allées du grand centre commercial de l'île, quand bien même il connaissait mon indifférence aux bijoux ou encore ma difficulté pour le choix de mes lectures, mais arriver à 22 heures était tester ma patience, quand j'avais passé ma journée à espérer le trouver au bord de la plage, guettant le haut de sa tête depuis le comptoir de la cuisine.

Et pourtant, la surprise de ma journée d'anniversaire fut de le voir là, et, s'il ne l'avait pas déjà lu en moi, je lui aurais déclaré que le simple baiser qu'il venait de m'offrir suffisait pour le pardonner.

Le rituel que je respectais rigoureusement chaque année en soufflant mes bougies était de faire un vœu. Il y avait quelque chose de magique à espérer que certains rêves se réalisent le jour de notre anniversaire, comme si une entité supérieure nous accordait cette grâce.

Aujourd'hui, peut-être parce que j'avais déjà atteint l'âge de vingt-quatre ans, mais, prise d'un bonheur qui me bouleversait, parce que j'avais la chance d'être entourée des personnes que j'aimais le plus au monde, peut-être parce que j'étais véritablement heureuse depuis quelques semaines, et parce que Theodore était apparu dans ma vie, je priai pour que ce bonheur me soit accordé encore un peu.

Nina ne put contenir sa joie en m'offrant une breloque de perles de fleurs et de fruits pour l'accrocher à mon téléphone. Les lettres N I N A et L I L I figuraient dans la boucle et dansaient pendant que je contemplais son travail.

Theodore proposa qu'on aille trinquer chez lui après avoir mangé le gâteau que j'eus pris le soin de couper en huit parts égales : Maman, Nina, Theo, Nana et sa petite fille qui avait été déposée par un de ses frères plus tôt, Nok, et une cliente Canadienne qui résidait dans un des bungalows et qui avait discrètement suivi la célébration.

Ma mère s'excusa en indiquant qu'elle avait du linge propre à aller récupérer avant 23 heures chez Nat, qui laissait la porte-fenêtre de sa buanderie ouverte pour qu'elle vienne récupérer le linge de notre maison déposé la veille. Elle avait pour habitude de s'y arrêter un moment pour discuter en fumant une ou deux cigarettes. Après avoir chuchoté quelque chose à l'oreille de ma sœur, qui avait entendu l'invitation et s'était empressée de rassembler ses décorations pour les apporter chez Theodore, ma mère éteignit les lumières du bar, congédia le personnel, maintenant que les Espagnols eurent quitté le restaurant, et me pressa tendrement l'épaule en guise d'au revoir.

— «Tu viens, n'est-ce pas ? »

Déjà presque dos à moi, Theodore avait marmonné. Si la Canadienne nous écoutait toujours, elle n'aurait pas deviné à qui il s'adressait. J'aurais souhaité qu'il me supplie, qu'il désire ma présence ce soir plutôt que de se retrouver seul chez lui, d'autant plus qu'il n'avait pas encore offert le cadeau qu'il avait mentionné et qui justifiait sa venue tardive. En Australie, offraient-ils les cadeaux après avoir soufflé les bougies ? Sachant qu'il n'avait pas mis les pieds dans son pays natal depuis des années, de quelles coutumes dépendait cet homme ?

— « Je ne sais pas », mentis-je.

— « Je ne pense pas pouvoir me coucher ce soir si tu refuses. »

C'était plus que de me supplier. Pendant qu'il chancelait dans l'allée menant à la plage, je courus enlacer ma sœur et retournai aussitôt auprès de lui pour le suivre diligemment.

— « Viens donc par ici », susurra-t-il, en tirant mon bras pour me placer près de lui. On se retrouve à deux, encore une fois. Allez, dis-moi ce que tu as souhaité… », ajouta-t-il lorsque ma tête s'était trouvée contre sa poitrine.

— « Rien de spécial…Oh, ton cœur ! »

Je n'avais jamais écouté le cœur d'un homme d'aussi près, mais j'étais persuadée qu'il n'était pas censé battre aussi vite, même pour Theodore qui buvait régulièrement.

— « Je suis nerveux », avoua-t-il, en pressant ma main dans la sienne.

Comment un homme de son âge pouvait-il être nerveux face à moi ? S'il élevait légèrement la voix et m'ordonnait de rentrer chez moi en inventant une quelconque excuse, j'aurais baissé la tête et serais rentrée sans poser de questions, sans jamais lui adresser la parole.

— « À propos de ?

— À propos de choses qui m'ont tenu éveillé cette nuit.

— Professionnelles ?

— Personnelles. »

Chez lui, sur la table, attendait un paquet enveloppé d'un papier irisé. Je fis remarquer qu'il n'avait pas emballé le cadeau lui-même, ce qu'il ne nia pas. Je sentais son regard posé sur moi en le déballant soigneusement. Je voulais profiter de cet instant comme si nous n'en vivrions pas d'autres. Le cadeau se révéla être un appareil photo similaire à ceux que possédaient les photographes que l'on voyait sur les réseaux sociaux. Lorsque je levai la tête pour protester, il souriait en mordant l'intérieur d'une de ses joues. Pour la première fois, je remarquai son charme. Ce soir plus que les

autres soirs, il avait dans ses yeux ce voile scintillant qui indiquait un début d'ivresse et une exaltation inexplicable.
— « Je ne peux pas accepter, c'est trop !
— Ça me rend heureux.
— Tu n'aurais pas dû, je n'attendais rien et tu le sais bien...
— Ne me prive pas de ce bonheur. »

Je contournai la table qui nous séparait et l'enlaça en déclarant que je n'avais jamais eu d'appareil photo, et que la plupart de mes photos étaient prises avec mon téléphone portable, ce qui les rendait plus faciles d'accès. Des souvenirs accessibles.

— « Avec cet appareil, tu pourras capturer des paysages plus grands qu'avec ton téléphone. Tu auras de beaux souvenirs.
— J'ai tout en tête, je me souviens déjà de tout.
— À mon âge tu ne pourras plus. Les moments qui te semblaient importants il y a dix ans et que tu avais juré ne jamais oublier auront disparu pour laisser place à de meilleurs souvenirs. Ceux de ton mariage, ton accouchement, les premiers mots de ton enfant. »

Je le toisai du regard. Pourquoi mentionnait-il une vie que ni lui ni moi ne connaissions et quel était l'objectif en rappelant qu'il n'avait pas eu l'opportunité de vivre ces moments de vie ? Cependant, il avait raison. J'avais oublié des détails dans les souvenirs de mes vingt ans à Séoul dans un café dans lequel les murs étaient tapissés de fleurs séchées, les randonnées en Andalousie avec une amie de fac, et même ma collègue que j'appréciais tant et que j'avais quittée avec amertume trois mois auparavant. Tous ces souvenirs provenaient d'une autre vie, et laissaient place à de nouveaux, plus récents, peut-être même plus importants, et pour lesquels j'aurais donné ma vie pour qu'ils soient inscrits dans ma mémoire à jamais. J'aurais aimé me souvenir de mes journées seule à Bangkok en début d'année, à me laisser vivre et découvrir les ruelles de stands de papeterie, celles des citernes aux contenus alléchants et aux tables pliantes occupant une partie du passage, le ferry depuis Surat Thani et les dauphins que j'avais aperçus au loin, puis le moment exact où Theodore m'avait demandé comment j'allais pour la première fois, sans même s'être présenté. Si j'avais su, j'aurais préparé notre rencontre et trouvé un sujet plus intéressant sur lequel nous aurions débattus. Ainsi, j'aurais marqué son esprit dès ce soir-là.

Il me parut qu'oublier était la chose la plus bouleversante qui pouvait arriver dans ma vie. Qu'avais-je pour moi si ce n'étaient mes souvenirs ?

— « Tu es heureuse ? »

Nous étions encore enlacés. J'étais persuadée de l'être, je priais pour que ce bonheur me soit conféré encore quelques jours, quelques semaines, quelques mois. En tirant avidement sur la corde de la chance qui pendait près de mon épaule depuis des semaines, j'aurais pu espérer conserver ce bonheur encore quelques années. Pour toute réponse, je fus surprise de déclarer « En partie grâce à toi ». Cela le fit rire.

Ma vie s'était déroulée dans ma tête pendant des années. Rien sur Terre ne m'avait jamais vraiment ancrée avant, mais j'étais prête à m'engager pleinement dans cette vie.

Debout au milieu de la pièce, j'attendis qu'il s'arrête de rire, tout comme je souhaitai le figer dans ce bonheur candide, lorsqu'il reprit son souffle et déclara :

— « Tu me rends aussi très heureux. En fait, j'ai l'impression de n'avoir vécu que cela depuis un moment, et je redoute le moment où l'on m'indiquera que ma part de bonheur est épuisée.

— Moi aussi ! »

J'avais crié sans même m'en rendre compte, mais je le faisais souvent avec Theodore, parce qu'il lui arrivait de parler de choses qui résonnaient également en moi, de mettre des mots sur mes sentiments, et parce qu'à la fin, nous ne faisions qu'un, comme je l'avais pensé, il y a des semaines. C'était la raison qui me poussait à être auprès de lui. Je voulais lui plaire, je voulais qu'il se mette à penser qu'il m'avait cherché toute sa vie, qu'il avait cherché quelqu'un comme lui, et encore mieux, quelqu'un qui serait lui. Il lisait dans mon âme, et je n'avais rien à lui dire de plus que « Je n'ai rien à te cacher », et c'était peut-être cela, que de trouver une personne avec qui on pouvait être soi-même, parce que cette personne nous connaît autant qu'elle se connaît alors que vous avez vécu loin d'elle pendant des années jusqu'à ce que le temps permette enfin de vous retrouver.

Comme il l'avait fait plus tôt dans la soirée, il mit ses mains sur mes épaules, m'équilibra, et rit de nouveau avant de s'approcher soudainement pour m'embrasser, ce qui étouffa son rire. J'eus l'impression que je l'avais déjà fait auparavant. Au lieu d'un désir retenu depuis des semaines, je sentis la crainte qu'il avait mentionné plus tôt. Je voulais le rassurer et lui déclarer que je ne partirais pas, que ce bonheur ne glisserait pas de nos doigts anxieux ce soir et qui n'attendaient que de s'entrelacer. S'il me connaissait réellement, il savait que je n'étais pas du genre à rester, que je fuyais lorsque j'avais peur, lorsque je me lassais, qu'il était le seul qui suscitait mon intérêt, la seule personne pour qui j'avais envie de donner et donner sans jamais recevoir en retour. Ses lèvres avaient le goût sucré du gâteau que nous venions de manger.

Cherchant mon souffle, je me serrai contre lui de tout mon corps, instantanément devenu fiévreux. Je voulus me perdre dans le sien, parce que ce à quoi il venait de s'abandonner signifiait tant de choses pour moi, à tel point que je crus imaginer ce qu'il venait de se passer.

— « Tu veux aller te laver ? »

Il en était hors de question. C'était la première fois que je m'autorisais à l'enlacer de cette manière, et mon corps devait déjà être imprégné de son odeur. Je voulais sentir lui et être lui en me couchant ce soir.

— « Allons te laver », décida-t-il pour moi.

— « Tu es sûr ? Est-ce que tu fais ça simplement parce que c'est mon anniversaire ?

— Non, non. J'y ai déjà beaucoup réfléchi. »

Depuis combien de temps y avait-il réfléchi ? Quand les choses avaient-elles tourné ainsi ? Il fallait qu'il me le dise, que j'évalue le temps que nous avions perdu à étouffer ce que nos cœurs et nos corps criaient.

Il me guida vers la salle de bains que je m'étais permis de sonder la fois où j'avais violé son intimité en entrant dans sa maison durant son absence. Comment admettre que j'avais également ouvert la porte de sa chambre et contemplé son lit. Ce qui se déroulait n'était pas comme je l'avais imaginé. Mais tout ce que j'avais imaginé auparavant n'avait pas vraiment existé puisque je n'arrivais jamais à finaliser le songe. Je ne voulais pas me retrouver entièrement nue alors qu'il avait le droit de conserver sa chemise et son short en jean, mais je ne savais pas comment le lui faire savoir. Lorsqu'il tira sur mon bustier vers le bas, il s'aperçut que le vêtement ne passerait pas, alors il prit mes deux mains pour tendre mes bras en l'air, et retira le vêtement délicatement. Nous rîmes de nouveau. La nervosité, ou l'émoi. Je déboutonnai la chemise qu'il portait, incertaine d'y avoir été autorisée, et sentis son regard anxieux se poser sur le haut de ma tête, où il y déposa un baiser. J'avais déjà vu son torse nu lors de ses baignades quotidiennes, et je me sentis plus nue que lui, plus vulnérable. Son short tomba au sol. Jusqu'ici, nous n'avions rien fait de mal, et je sentis que si l'un d'entre nous souhaitait ralentir notre fougue, revenir à la réalité et prétendre qu'il avait repris ses esprits, c'était le moment. Il resta un moment à m'observer, avant que je ne comprenne que c'était à mon tour de retirer le short en toile que je portais. Comme pour me convaincre une dernière fois que j'étais prête, qu'après qu'il se soit assuré que je le suivais, que je le retrouvais à mi-chemin, je m'avançai vers lui. Il se pencha pour embrasser mon ventre, et d'une main, retira ce qu'il me restait. Mon rire nerveux se fit entendre dans la pièce qui résonnait, et je reculai vers la douche, où il me suivit.

Une odeur sucrée nous enveloppa, parce qu'il avait pris de la lotion de ses mains avant de masser ma nuque et mon dos. Je ne souhaitais pas mouiller mes cheveux, trop longs, trop laborieux à sécher et je ne voulais pas sentir leur masse mouillée sur mon dos. L'eau qui s'échappait par l'évacuation attira mon attention pendant que ses mains exploraient mon corps alors même que j'étais persuadée qu'il le connaissait déjà, sur cette île où j'avais pris l'habitude de montrer plus de ma peau que ce que j'aurais voulu sous cette chaleur accablante. Cet homme massait ma peau, et je pensais qu'il essayait de ne pas me faire de mal, qu'il prenait le plus de temps que possible, peut-être pour profiter de cet instant et le figer, s'assurant que je voulais cela autant qu'il le souhaitait, ce moment qu'il avait planifié hier matin au réveil, ou enfin, pour permettre à mon désir de redescendre, puis de le rejeter. Lorsque mon corps fut rincé, il indiqua d'un bras une serviette posée sur le seul meuble de la salle de bain. Je ne me souvenais pas l'avoir vu la sortir et détestais n'avoir que mon point de vue dans un moment aussi majeur que celui que nous étions en train de vivre. En attendant qu'il finisse de se doucher, je m'avançai vers sa chambre, et m'assis sur le bord du lit. Tant que j'entendais l'eau couler dans la pièce d'à côté, j'avais le temps de me calmer.

Seule dans cette pièce et nue sous la serviette qui lui appartenait, le temps se fit long avant qu'il ne réapparaisse à l'encadrement de la porte, portant l'appréhension sur son visage, la même appréhension que j'avais senti à la manière dont il m'avait massé le dos en descendant jusque dans mes

côtes dans la douche. Il avait dû me voir ajuster ma position sur le lit, replacer les deux mèches de mes cheveux derrière mes oreilles, puis réajuster ma position à nouveau. Je voulus le toucher, à cet instant plus que n'importe quand.
— « Quoi ?
— Je t'ancre ici.
— Pourquoi ? »
Sans répondre à ma question, il mit fin à la distance qui nous séparait et me hissa de ses bras, ce qui me permis de me retrouver face à lui. « Parce que...j'en ai envie », ses baisers déposés sur mon visage. Je plaçai mes bras autour de son cou, l'agrippai comme un objet perdu et retrouvé, et la serviette qu'il y avait autour de son bassin tomba au sol, nous laissant à présent sans point de retour. Il nous porta jusqu'à la tête de lit, capturant ma bouche de la sienne, tirant d'une main le tiroir de sa table de chevet, et je sentis pour la première fois son corps entier contre le mien lorsqu'il nous allongea. Je voulais être la sienne, le laisser me désirer comme il me le prouvait à l'instant et m'avait désiré depuis la fois où j'avais surpris son regard qui n'était plus celui d'un homme qui me voyait comme la fille d'une chère amie, mais celui d'un homme qui désirait une femme. Il pressa de sa paume mon bas ventre brûlant, entrelaça une partie de ses doigts dans les miens que j'avais posés sur ma cuisse, et j'eus la sensation soudaine de trouver ma place. Ici, personne ne pouvait me faire de mal. Je sus que je ne serais plus jamais entièrement moi-même s'il n'était pas avec moi. C'en était terminé de mon éternelle errance.

Plus tard, lorsque je lui avais demandé pourquoi il avait attendu si longtemps, alors que je le devinais habitué aux occasionnels et aux promesses légères, il avait répondu, comme s'il avait déjà anticipé ma question.

— « Je voulais nous donner le temps. C'est impossible de retourner à ce que l'on était après cela. Pourquoi tu as pleuré ? Je t'ai fait du mal ? »
— « J'étais heureuse. »
Dans la confusion de nos souffles, j'avais tenté d'ignorer la boule qui était née dans mon ventre, pour monter jusque dans ma gorge. Elle, qui m'avait empêchée d'exprimer ce que je ressentais à l'idée que chaque parcelle de mon corps avait été scellée de ses lèvres, et cette boule avait terminé son parcours en se transformant en larmes qu'il avait essuyées en murmurant « Non, non... ». Trop embarrassée pour lui avouer que j'avais pleuré parce que j'avais ressenti, pour la première fois, que quelqu'un voulait bien de moi.

La nuit était déjà fraîche lorsque Theo avait fermé les yeux et rejoins un autre monde. J'avais entrouvert la baie pour laisser la brise caresser mon corps fiévreux. Les étoiles qui veillaient sur moi enviaient le bonheur qui me faisait briller autant qu'elles ce soir.

Puis, je l'avais entendu se lever, se rendre dans la salle de bains, et finalement retourner se glisser dans le lit. Il avait dû m'apercevoir sur la terrasse, et jugé que j'avais besoin de ce temps pour moi-même, car j'avais senti son regard sur moi, imaginé le pas qu'il avait fait en avant, avant de se résigner et décider d'aller se recoucher. Peut-être qu'il ne voulait pas que l'on parle de ce qu'il venait de se passer, peut-être qu'il n'était pas assez réveillé pour en parler. Je connaissais les histoires sans lendemain et les nuits qui ne se veulent pas complexes, mais je ne voulais pas qu'il figure dans ces catégories. Si c'était l'histoire d'une nuit, ou d'un été, qu'allait-on faire sur cette île qui ne connaissait qu'un été sans fin ? Qu'allait-il faire si je ne pouvais à l'avenir passer une nuit sans lui ?

Le lendemain, à l'heure à laquelle le soleil décidait de se coucher et caressait nos visages de sa lumière de feu, nous promettant qu'il reviendrait le jour suivant, je compris que la fête qui se déroulait au centre-ville avait emporté avec elle tous les touristes, sauf les habitués du restaurant. Ma mère passa une main sur ma nuque et me proposa de quitter mon poste pour la journée.

— « Tu sais que je ne réalise toujours pas que tu as vingt-quatre ans. Le temps est passé si vite. »

Je sentis que la petite fille que j'étais lui manquait autant que la jeune mère qu'elle avait été.

En quittant la pièce, mon regard croisa celui de Theo, que j'avais entendu depuis la cuisine. Il était attablé avec mon beau-père -que je n'avais pas vu depuis deux jours- et celui-ci me souhaita mon anniversaire avec un jour de retard en m'embrassant la joue. Lorsque je me dirigeai vers la buanderie, je sentis qu'on me suivait.

— « Dure journée ?

— Hm-hm », marmonnai-je, en coiffant mes cheveux d'une main.

— « Tu ne vas plus m'adresser la parole ?

— J'essaie de dissimuler ce que nous avons fait hier soir, mais cela ne fonctionnera pas si tu me suis.

— Je n'ai rien à cacher et tu es une adulte pour prendre ces décisions. »

En me retournant, je vis que ma réponse l'avait blessé. Ma plus grande crainte était qu'il pense que j'avais regretté. Pourtant, je ne pouvais pas me débarrasser de l'angoisse que me procuraient les regards qui se poseraient sur nous et nous blâmeraient pour avoir succombé. Lorsque j'avais quitté le lit au matin, récupéré mes vêtements là où nous les avions laissés tomber la veille, je ne m'étais pas retournée une seule fois, de peur de croiser son regard, de l'entendre chercher une excuse pour me demander de partir avant qu'il ne commence sa journée, de voir qu'il regrettait ses gestes aussi tendres que déchirants, constater qu'il ne me désirait plus autant maintenant que son corps connaissait le mien. J'avais senti qu'il était réveillé et qu'il n'avait pas osé m'interrompre dans ma fuite. En me glissant par la baie vitrée, et puis en longeant le sable, j'avais presque regretté en pensant que la première personne que je croiserais serait ma mère, et qu'elle lirait tout en moi, du moment où il m'avait soigneusement lavée, jusqu'aux baisers qu'il avait laissés sur mes paupières pour finir dans le creux de mon aine. Dans la journée, je n'avais cessé de penser qu'il arriverait comme à son habitude, par l'allée de la plage, avec les cheveux encore mouillés d'une douche que l'on fait après l'amour, et je redoutais le moment où il saluerait ma mère, elle qui saurait tout.

— « J'ai apporté ton appareil. Ta sœur a déjà pris quelques photos », dit-il en regardant vers la table qu'il venait de quitter.

Je m'avançai vers le banc situé devant le restaurant et attendis qu'il s'y assoie à son tour. Je jouais avec mes doigts, m'excusant d'être bouleversée par un choix que j'avais fait en pleine conscience la veille, au moment où je l'avais suivi chez lui après avoir soufflé mes bougies.

— « Tu n'es pas encore assez âgée pour ne plus te soucier de ce que les autres peuvent penser de toi. Mais dis-moi que tu vas bien... »

Je l'aimais lorsqu'il me parlait ainsi, non pas parce qu'il me reprochait de ressentir ce que je ressentais, mais parce qu'il avait raison à chaque fois. Lorsqu'il prit mon menton entre deux de ses doigts pour le pincer, il m'embrassa à plusieurs reprises, d'abord avec brièveté, puis lentement, et je vis en ces gestes toute la tendresse dont il avait fait preuve au cours des deux derniers mois.

— « Je suis désolée, ce n'est pas ce que je voulais dire. »

C'était la vérité. Il n'avait pas franchi de ligne la veille, parce que je n'avais jamais dressé de barrière avec lui. Enfin, il m'avait fixé en souriant, caressant de ses pouces mes joues rougies par l'embarras. Son visage avait toujours été ainsi. Il y avait dans ses traits un calme et une sérénité qui me confortaient, l'expérience d'une vie qu'il avait vécue avant moi, presque deux décennies.

J'ai conservé cet appareil photo et l'ai ramené. Depuis, il a capturé mes plus beaux paysages. En voyageant, je tentais de retrouver ailleurs l'apaisement que m'avait procuré l'île, les personnes que j'y avais rencontrées, le bonheur que j'avais touché de mes deux mains mais dont je m'étais éloignée rapidement, à reculons, comme si j'avais craint de devoir rendre un objet précieux qui n'avait pas de propriétaire mais dont la garde était trop lourde pour moi.

J'ai cherché, dans chacun de ces paysages, un visage qui me rappellerait le sien. Et je réalisais, pour la première fois, qu'en emportant cet appareil, je l'emmenais avec moi. Je parcourais le monde avec lui.

5

Mars laissa place au mois d'avril qui débuta avec le Nouvel An traditionnel. Toute l'île s'était préparée à cet évènement au cours duquel nous fêtions le Songkran, la nouvelle année, et préparions des bidons d'eau entiers pour les jeter sur les pick-up qui passaient devant le restaurant. Il était fortement déconseillé de se déplacer à pied car les piétons étaient les plus vulnérables et se retrouvaient entièrement mouillés. La veille, nous avions été à la recherche de pistolets à eau que ma sœur devait se procurer pour l'école qui avait organisé une grande bataille d'eau. De nombreux stands s'étaient installés pour l'évènement.

Ce jour-là, il n'y eut que trois clients au restaurant, et la plupart des résidents avaient quitté leur bungalow tôt pour se rendre en ville, où la fête battait son plein. Selon l'échange téléphonique que ma mère avait eu avec mon beau-père qui s'y était rendu avec Raphaël, son ami, il fallait une heure au lieu des vingt minutes habituelles pour rejoindre le centre. Les voitures roulaient au pas pour veiller à ne pas causer d'accident avec l'eau qui jaillissait de toutes parts, ce qui engorgeait la circulation.

J'avais fait mes adieux au doux mois de mars, que j'aimais tant et qui était parti trop vite après l'avoir attendu toute l'année, pour accueillir avril sous cette fête d'eau qui nous purifiait. J'aimais ce mois pour le renouveau qu'il me permettait et l'espoir d'un printemps fécond.

Lorsque j'annonça au personnel du resort que je devais m'absenter pour quelques jours au Vietnam la semaine qui suivait, chacun des membres fit la moue, en déclarant que j'allais leur manquer. Il me semblait que j'appartenais vraiment à leur monde. J'avais prévu de rapporter à chacun un souvenir typique du Vietnam, et Nok m'avait timidement demandé de lui apporter du thé, en me montrant une image de la boîte sur son téléphone. Nous étions proches, et j'avais souhaité qu'elle entretienne avec moi une relation similaire à celle qu'elle pouvait avoir avec un petit-enfant, mais il y avait cette perpétuelle retenue née de la relation professionnelle qui la liait à ma mère et qui m'empêchait de devenir un vrai membre de sa famille : celle qu'elle s'était constituée sur son lieu de travail.

Après avoir difficilement trouvé une place de parking, ma mère me prit la main comme elle le faisait pendant mon enfance avant de traverser la route principale qui nous séparait du Songkran Central Festival. Je nous aimais ainsi, à trois. Une femme accompagnée de ses deux filles : une dont elle avait accouché en étant elle-même qu'une jeune femme de dix-neuf ans, et une autre à trente-quatre ans, à un âge plus conventionnel. La pensée que je pouvais être mère à trente-quatre ans me traversa l'esprit. Ma mère ne m'y forçait pas, ma famille non plus, et je doutais qu'on ne le fasse. Toutes les personnes qui me connaissaient savaient que je n'avais jamais émis le souhait de fonder une famille. Je n'en ressentais pas le besoin, mais une partie de moi ne cessait de se demander si cette envie n'était pas immuable, et si dans cinq, six, sept ans, je regretterais avoir proclamé ne pas désirer être mère. Même mon corps, qui avait porté mes émotions, grandi et souffert avec moi, l'avait assimilé, si bien que je n'avais jamais eu mes règles de manière régulière, et il pouvait se passer cinq à six mois sans qu'elles ne viennent.

La seule famille que je pouvais envisager était celle qui avait été constituée avant ma naissance, de mes grands-parents, à mes oncles et tantes, qui étaient comme des seconds pères et mères pour moi. Puis étaient arrivés ma sœur, mes cousins et cousines avec qui nous avions formé une petite troupe dont j'étais l'aînée. Au fond, je savais pertinemment que je n'aimais pas assez la vie pour vouloir la créer.

Un jour, sur la terrasse d'un café, Theo m'avait confié qu'il regrettait une chose : ne pas avoir eu d'enfant. Ce qui m'avait attristé était qu'il en avait parlé comme une fatalité, comme si ce souhait n'avait plus le droit ou le temps de se réaliser. J'avais feint de me concentrer sur un chat que j'avais aperçu se faufiler à travers la porte qui menait vers la cuisine de l'établissement. Il ne m'invitait pas à lui faire cet enfant, nous n'étions pas à ce stade et ne l'atteindrions jamais. C'est à ce moment-là que j'avais décelé ce que l'on reconnaît dans les yeux de ceux qui nous plaisent et à qui l'on pense plaire, à la manière dont il fixait mon cou, mes épaules, et mes bras que je laissais le soleil marquer. J'avais lu dans son regard qu'il cherchait dans le mien la volonté d'être mère, de porter un enfant et de l'aimer encore plus que je n'avais pu m'aimer.

— « Mon père a eu mon frère à 43 ans, tu sais.

— J'en ai 40 », riposta-t-il, comme pour rappeler que la date limite se rapprochait. C'était la première fois qu'il me confirmait son âge, alors que je l'avais demandé à ma mère le soir de notre rencontre, prétendant vouloir calculer sa différence d'âge avec mon beau-père, et je remarquai qu'il n'avait jamais demandé le mien. Il avait sûrement eu l'information par ma mère, ou ma sœur. Seize ans nous séparaient. Trop vieux pour être mon amant, trop jeune pour être mon père mais pas assez pour renoncer à en devenir un.

— « Ma belle-mère en avait 36, je suppose que c'est son âge qui importait le plus dans la conception de cet enfant.

— Combien de frères tu as du côté de ton père ? »

Il savait que Nina était ma seule sœur. Je n'avais jamais mentionné mon père, et le simple fait que je n'aie pas pensé

à lui depuis des mois ou n'éprouvait pas le besoin d'en parler reflétait l'état de notre relation.
— « Deux. L'aîné a un an de plus que Nina, et le cadet a eu 4 ans il y a quelques mois. Je pense à eux tous les jours.
— Je suis sûr qu'ils pensent à toi, aussi. Il y a donc sept ans de différence entre ton père et sa femme », dit-il en me fixant après avoir opéré son calcul mental.
Mentionnait-il leur différence d'âge en référence à la nôtre ? Je l'espérais, et j'appréciais qu'il considère notre association.
— « Oui, quand j'avais huit ans, elle avait l'âge que j'ai aujourd'hui. Les samedis où j'allais chez Papa, on se rendait chez ses parents où elle habitait toujours. On faisait les boutiques, elle m'achetait des colliers de bonbons, une boîte à bijoux, un baume à lèvres, et à la fin de la journée, on la redéposait. Papa faisait exprès de laisser le coffre ouvert pour que je ne remarque pas qu'ils s'embrassaient pour se dire au revoir si je me retournais. Elle me considérait comme une petite sœur, jusqu'à ce que je grandisse, et qu'elle dresse un mur entre nous, comme si elle me voyait comme une femme, comme si j'étais une concurrente. J'avais été la fille de mon père avant qu'elle ne devienne sa partenaire.
— Tu as bien raison », marmonna-t-il, en faisant tourner sa cuillère entre son index et son pouce.

Il serait l'homme sans descendance. Et je voulais lui dire qu'il pouvait toujours garder espoir à son âge, car il détenait l'âge où il pouvait penser qu'il avait tout vécu, mais également que tout n'avait pas encore été écrit et décidé, tout n'était pas immuable. Il pourrait vivre encore tellement de choses dont j'avais peur de ne pas pouvoir être témoin. J'espérais être celle qui se souviendrait de lui à l'avenir. Avec d'autres sûrement, mais j'eus la conviction qu'il savait déjà qu'il m'avait marquée dans cette vie.

En m'immisçant dans la foule qui recevait des jets d'eau propulsés par de grands appareils venus de la scène principale, je gardai un œil sur ma sœur entre ma mère et moi, et fus reconnaissante de vivre ce moment avec elles. Ma mère riait aux éclats, l'eau avait été remplacée par des bulles de savon qui flottaient au-dessus de nous. Le monde autour dansait au rythme effréné des basses et je ne voulais qu'une seule chose : me souvenir à jamais de cet instant. Nous étions entrées dans un marché de nuit et Nina avait insisté pour qu'on s'arrête manger des soupes de riz avant de rentrer, et notre mère m'avait suggéré de ne pas partir au Vietnam, elle souhaitait que je reste auprès d'elle parce qu'elle se sentait forte avec moi.

Je voulais nous capturer dans cet instant, parce que nous étions trois et c'était tout ce qui comptait. Nos cœurs battants, nos rires et la sérénité de nous savoir ensemble. Pourtant, réalisait-elle à quel point elle était égoïste en me demandant de rester et de la soutenir ? Ne se demandait-elle jamais si j'avais envie de vivre une vie dans laquelle je pourrais vivre pour moi ?

Je devais quitter le territoire thaïlandais avant la mi-avril, avant l'extinction de mon visa, et c'était l'une des raisons qui m'avait poussé à faire ce voyage au Vietnam. Sinon, je n'envisageais pas de quitter l'île, et même le quartier, en sachant que j'étais loin de ma sœur, et de Theodore, qui, par un jour de chance, avait déposé sur mes lèvres un baiser furtif, qui me changeait des baisers sur la tempe qu'il avait l'habitude de me faire. Souvent, il était présent à la fermeture et nous parlions sur la plage et parfois chez lui avant qu'il ne me ramène chez ma mère, mais tout semblait être redevenu comme avant, ce qui m'avait fait penser dans un premier temps qu'il souhaitait mettre de la distance entre nous. Puis, il avait fini par m'avouer qu'il se sentait gêné vis-à-vis de ma mère, lui qui m'avait reproché d'être encore trop jeune pour continuer à me soucier de ce que les autres pensaient, mais il lisait dans ses yeux qu'elle savait, et qu'elle se retenait de ne rien mentionner. Je l'avais assuré qu'elle ne dirait rien, et il avait rétorqué qu'elle n'en penserait pas moins.

Un matin, je surpris ma mère au comptoir. Elle échangeait avec Theo qui avait commandé un *tom yam* avec une portion de riz qu'il avait promis de passer récupérer durant sa pause. Nina, qui s'était déclarée nauséeuse au réveil et était restée avec moi au restaurant, se proposa d'aller lui déposer la commande. D'une main, elle prit le sac qui la contenait, et de l'autre, mon bras, et nous conduisit vers l'allée de la plage pour nous rendre chez Theodore. Ses pas étaient emplis d'entrain, tandis que les miens étaient lourds d'appréhension. Il n'avait pas fait d'apparition depuis trois jours et je n'avais pas osé le contacter sur son téléphone, sachant qu'il était occupé et que j'avais également besoin de temps pour moi. Mon monde ne pouvait pas être éclairé par sa seule lumière. Je lui accordais plus de temps, moins pour la lecture, encore moins pour les projets de ma vie.

Assis à son bureau devant la baie vitrée, il fut surpris de nous voir et un sourire se dessina sur son visage fatigué.

— « Des rayons de soleil ! Quelle surprise, entrez, entrez... », s'empressa-t-il de dire.

— « On vient déposer ta commande, et on repart aussitôt !

— J'avais dit à votre mère que je passais la prendre ! »

Je remarquai l'accent australien que Nina avait adopté, à force d'échanger avec lui. Sans le savoir, il laissait son empreinte sur chacun d'entre nous. Après avoir déposé le sac sur l'un des deux bureaux, elle avait déjà tourné les talons, mais j'avais décidé de ne pas la suivre. Ma décision de rester avait été prise au moment où il avait appelé ma mère. Le regard de ma sœur m'interrogeait, mais je lui fis signe de

rentrer. Je la rejoindrais plus tard. Mon corps m'avait supplié de me rendre ici.
— « Comment tu vas ? demanda-t-il en suivant Nina du regard par la baie vitrée.
— J'avais envie de passer te voir, je peux partir si je te dérange.
— Reste, je t'en prie. »
En anglais, il avait utilisé les mots « *please, do* », ce qui me laissait penser qu'en le formulant ainsi, il me suppliait presque de rester. En se redressant sur son siège, il retira sa main du clavier, et comme une arrière-pensée libérée, ajouta : « En fait, j'avais très envie de vous revoir...tous. J'avais des choses à régler. »
Lorsqu'il m'interrogea sur mon itinéraire au Vietnam, où il avait vécu quelques mois deux ans auparavant, il me conseilla de privilégier Hoi An à Hanoï, et comme il savait que j'angoissais à l'idée de me retrouver au milieu de l'océan, il ne mentionna pas la baie d'Ha Long, qu'aucun touriste ne manquait. De plus, une croisière de plusieurs jours seule ne suscitait pas mon intérêt. Lorsqu'il me prit par les mains pour me placer sur ses genoux, je lui montrai les hôtels dans lesquels j'allais résider, en retenant particulièrement son attention sur le bungalow sur pilotis dans le village de Tam Coc, au milieu des champs de lotus.
— « Je peux dormir avec toi, ce soir ? »
Ma voix n'avait pas été aussi confiante que je me l'étais imaginée, et il s'écoula deux longues secondes avant qu'il ne se décide à embrasser ma joue, qu'il observait depuis le moment où il m'avait fait asseoir sur ses genoux.
— « *Please, do* », répéta-t-il.
Quelques jours auparavant, alors que nous étions installés avec ma mère et Nina sur la table que nous occupions habituellement, j'avais dit à Theodore que je partais pour le Vietnam.

— « Très bonne idée », déclara-t-il après m'avoir regardé longuement.

Je ne sentais aucune obligation à lui annoncer mon départ, mais je voulais qu'il sache que j'allais m'absenter pour quelques jours, qu'il profite de moi avant que je ne parte, qu'il m'empêche de partir, en déclarant qu'il n'avait pas encore eu assez de moi. Je n'eus pas besoin de lui préciser que je partais seule. J'aimais qu'il sache que ma solitude ne me dérangeait pas, et qu'elle me permettait de me ressourcer. Je voulais qu'il connaisse mon amour de l'indépendance, et de la liberté.

Il me semblait que c'était le moment idéal pour m'exiler.

Après le service du soir, je m'excusai auprès de Nok de ne pas l'aider à terminer le nettoyage de la cuisine, et passai rapidement à la maison, pris mes affaires de toilette avant de reprendre ma route, avec l'idée de prendre une douche chez lui, comme la dernière fois.

Sur le chemin, j'écrirais à ma mère de ne pas m'attendre, je lui dirais que j'allais dormir chez Theo, et ce serait à elle de deviner, de mettre des mots sur ce qui me poussait à le rejoindre ce soir, car je n'avais pas encore le courage d'être honnête avec elle. Je n'avais pas de mot pour décrire notre dynamique.

J'entrai par la baie vitrée, et la nuit était tombée depuis ma visite du midi. Theodore avait sorti une bouteille de rosé et déclaré qu'il en était à son troisième verre.

Lorsqu'il entreprit de me partager comment il avait occupé ses dernières journées, mon regard ne cessa d'alterner entre le sien, et la porte de la salle de bains. Je voulais me laver de cette journée passée à l'attendre, je ne me souvenais plus de la sensation de la paume de ses mains contre mon dos et sur mes épaules pendant que l'eau coulait. Il comprit, et proposa de me laver après avoir terminé son verre. À la sortie de la douche, nous nous dirigeâmes vers la terrasse à l'étage, où gisait un tapis de plage épais qui faisait office de couchette. Le vent se leva et permit à nos corps de sécher.

— « Parfois, quand le travail me dépasse, et que j'ai besoin de m'ancrer, je monte. Je me dis que le chemin que j'ai parcouru m'a mené jusqu'ici, et que les maisons dans lesquelles j'ai habité ne valent pas celle dans laquelle je suis aujourd'hui. Quand je pense au passé, et que je viens à regretter certains moments dont j'aurais dû mesurer la valeur, je me dis que rien ne vaut cet instant. Si tu n'avais pas demandé à venir ce soir, je crois que j'aurais encore souffert d'une insomnie.

— Alors sois honnête avec moi. Je n'ai pas peur de toi.

— J'ai peur de te brusquer, je crains que tu ne te renfermes.

— C'est l'impression que je te donne ?

— Oui. »

Quand il vit que je ne répondais pas, il s'agenouilla dos à moi. « Rentrons ». En montant sur son dos, mon corps retrouva le sien. Lorsque je me mis sur le rebord du lit que nous avions partagé deux semaines auparavant, il pointa du doigt le côté gauche « C'est ton côté désormais ». Je crus que nous ne ferions pas l'amour ce soir-là, mais lorsqu'il avait éteint la lumière, et que seule la lune éclairait la pièce, il se pencha vers moi pour murmurer.

— « Tu sais que tu peux me demander.

— De quoi tu parles ?

— De ce que ton corps essaie de réprimer quand tu es allongée ici. »

Et je décelai son sourire moqueur quand il glissa finalement sa main sous mon pyjama pour la placer contre mon ventre et la remonter lentement pour retirer le vêtement. Je voulais qu'il devine par lui-même qu'il me manquait alors que j'étais à ses côtés, que je voulais prendre un peu de lui ce soir pour quand il me manquerait plus tard, parce que je refusais de mendier l'amour.

S'il existait des dieux capables de ralentir ou complètement figer le temps pendant le sommeil des humains, je pense qu'ils avaient exercé leur magie cette nuit car je m'étais réveillée à plusieurs reprises, de peur de manquer mon réveil, ou de voir que Theo avait quitté le lit sans m'avoir prévenue, rassurée de voir que la lune était toujours haute dans le ciel. Je ne voulais pas manquer cette dernière journée avec lui avant mon départ, alors je volais des minutes de son existence en l'observant dormir lors de mes réveils inconscients, ajustant le rythme de mon souffle au sien pour ne faire qu'un, m'interrogeant sur ce qu'il y avait dans ses rêves et dans son cœur. Le souvenir de la première nuit que nous avions partagée avait serré ma gorge, parce que je m'étais remémorée ses mots : « *C'est impossible de retourner à ce que l'on était après cela* ».

Je ne voulais revenir aux regards anxieux et aux effleurements de peaux pour rien au monde. Maintenant que j'avais eu sa main massant mon cuir chevelu et sa langue sur mon corps, comment pourrions-nous revenir à ce que nous étions ?

Raphaël, que je n'avais pas vu depuis des jours, avait proposé de m'emmener à l'aéroport. En entendant le klaxon de son pick-up, je fermai la porte de la maison et avant que je ne puisse y penser, il saisit ma valise pour la ranger à l'arrière du véhicule, me proposant son épaule pour m'installer du côté passager. Il s'engagea sur la route principale et saisit dans la boite à gants une petite poche en velours qu'il posa sur mes genoux.

— « De la part de Julie. Et moi, comme j'ai payé ! 24 ans, j'espère que tu as bien fêté ça. »

J'avais passé la journée avec ma mère et ma sœur avant de passer la nuit avec Theodore, alors je pouvais déclarer que cela avait été un anniversaire mémorable. Dans la pochette, se trouvait un petit bracelet en or rose. C'était une belle attention, je le remerciai. Il y avait plus de deux semaines que mon anniversaire s'était déroulé.

À 32 ans, Raphaël détenait déjà plusieurs sociétés d'import-export, et une autre constituée de guides proposant des excursions sur Samui et les îles aux alentours. Il était de ces personnes à qui l'on ne pouvait rien refuser et un bon partenaire pour Julie qui avait seulement quatre ans de plus que moi, et passait ses journées à remanier le site internet de développement personnel dont elle s'occupait. Souvent, elle me rendait visite au restaurant, commandait son habituel Bloody Mary, et me partageait les doutes qu'elle avait sur la fidélité de Raphaël, avec qui elle était pourtant fiancée depuis deux ans. Pour toute réponse, parce que je voyais rarement Raphaël sans elle, et que je n'y connaissais rien en relations amoureuses, je lui avais simplement déclaré : « Parfois, les choses semblent si parfaites qu'on ressent le besoin de les saboter. »

Sur le trajet, il énuméra les tâches qu'il lui restait à faire dans la journée, sa matinée ayant été bien chargée alors qu'il n'était que dix heures. Il répétait que cela lui faisait plaisir de m'accompagner, que c'était sur le chemin. Comme il avait appris par mon beau-père que ce voyage serait ma première visite du Vietnam, il me confia que sa grand-mère maternelle était vietnamienne. Réfugiée en France à la fin des années 70, elle avait toujours rêvé d'y retourner avant de ne plus pouvoir voyager. Si Raphaël avait trente-deux ans et qu'il était le cadet de sa fratrie, je déduisis que sa grand-mère atteindrait bientôt un âge où elle ne serait plus en mesure de voyager aussi loin. Je glissai discrètement mes yeux jusqu'à son profil : il n'avait aucun trait asiatique. Où était sa grand-mère sur son visage ?

Ma mère m'avait envoyé des messages toutes les demi-heures, s'assurant, avec une inquiétude presque étrange, que j'étais bien enregistrée, installée dans l'avion, et que j'avais atterri sans encombre à Hanoï. Elle faisait une de ces migraines ophtalmiques qui l'obligeait à rester alitée et la dénuait d'énergie pendant des heures. Je savais pertinemment que mon beau-père ne se soucierait pas de sa guérison. Parfois, c'étaient des bouffées de chaleur et des étourdissements qui survenaient, comme pour nous rappeler que nous n'étions pas dans notre pays d'origine et que notre corps ne pouvait plus supporter cette chaleur tropicale et cette exposition continue au soleil. Comme à son habitude, Kat passait s'assurer que ma mère s'alimente. Elle appliquait du baume de tigre sur ses tempes, seul remède contre son impuissance.

J'aimais savoir que mon absence se faisait ressentir, que je laissais un vide dans son cœur jusqu'à ce que son corps en soit malade. Je regrettais seulement qu'elle n'attende que mon départ pour me le montrer. Je pensais à Theodore. À qui il comptait assez pour qu'on s'inquiète de sa sécurité et sa santé. Qui veillait sur lui comme ma mère veillait sur moi ?

Je n'aimais pas arriver dans une nouvelle ville la nuit. Il fallait attendre que le soleil se lève pour découvrir les rues que j'avais sillonnées la veille, dans le noir. Je m'étais endormie après avoir répondu aux messages de ma mère et Theodore. Celui de Theodore indiquait : « *Bonne nuit, tu vas nous manquer ici. Je t'attends.* » J'allais leur manquer, à lui et à ma famille. Mais il avait insisté : *il* m'attendait. Quelqu'un m'attendait, quelque part dans ce monde.

C'était la première fois qu'il m'écrivait, bien que nous ayons échangé nos numéros de téléphone deux mois auparavant. Nous avions pris l'habitude de nous voir tous les jours, mais cette trace écrite qui avait retenu toute mon attention, que je pourrais lire et relire à l'avenir, était la preuve que nous étions devenus ces personnes qui s'aiment assez pour se montrer vulnérables.

Je voulais qu'il expérimente la vie à nouveau, sans moi, et se demande où j'avais été toutes ces années. Qu'il admette qu'il avait erré dans le monde pour finalement me trouver sur cette île.

En me promenant dans le vieux quartier, je découvris les marchés de vêtements et les stands de nourriture. Parfois, il pouvait y avoir un vendeur de ventilateurs, puis une jeune femme qui tenait un stand de produits de beauté. La chaleur de la ville était humide, et le manque d'air dans l'atmosphère faisait coller mes vêtements à ma peau. L'avantage de vivre sur l'île de Samui était qu'une petite brise nous accompagnait quotidiennement, à tout moment de la journée. Elle nous permettait une certaine légèreté.

Dans cette ville au chaos charmant, chacun de mes pas se faisait de plus en plus lourd, et je ressentais la fatigue accumulée au cours de la journée. Alors que je comptais retourner dans la vieille ville où il serait plus pratique de trouver un taxi pour rentrer, une boutique de fleurs sur plusieurs étages attira mon attention.

Le son du piano qui se jouait à l'étage me transporta dans un autre monde. Soudain, je n'étais plus en plein centre de Hanoï, mais dans une petite maisonnette de campagne dans laquelle le propriétaire, que la femme avait quitté le matin-même pour un autre homme, jouait sa mélancolie sur les touches du piano qu'il avait hérité de son grand-père.

Après le comptoir, où je commandai une infusion glacée, j'aperçus un escalier en ébène qui menait à la pièce d'où venait la mélodie. En entrant dans la petite pièce qui était en fait un grenier, je courbai le dos et retirai mes chaussures, comme l'avaient fait les clients déjà installés. La pièce était sombre et la jeune fille qui jouait du piano était accompagnée de ses amis qui la filmait. Leurs yeux, que je peinais à distinguer tant la pièce était peu éclairée, brillaient d'émotions.

De fausses bougies étaient disposées sur les tables, et je m'installai sur l'une d'entre elles en attendant ma commande. L'un des serveurs avait-il remarqué que j'étais montée ? En levant les yeux, j'observai les centaines de bouquets de fleurs séchées qui pendaient avec, de temps à autre, un petit papillon de papier crépon soigneusement réalisé à la main. Devant le piano d'ébène se tenait une bibliothèque dans un renfoncement. En m'approchant pour vérifier si je connaissais les livres plus tard, lorsque la pianiste avait regagné sa table, je réalisai que je ne connaissais aucune de ces œuvres. En passant le doigt au-dessus de la côte, j'essuyai la légère couche de poussière qui s'y était posée.

Je quittai la boutique-café avant que le soleil ne se couche. Le hasard m'avait préparé une belle surprise en me guidant jusqu'ici.

Au retour, je me surpris à envisager entrer dans une boutique pour hommes. Où voulais-je en venir en offrant à Theodore un cadeau ? Je pensais que ce serait déplacé, qu'il serait gêné de refuser, mais comme il l'avait déclaré lui-même en m'offrant l'appareil photo que je ne quittais plus, en acceptant ce cadeau, il me rendrait heureuse. Je voulais qu'il sache qu'il occupait une place dans chacune de mes pensées. En choisissant une chemise crème en lin, je visualisai ses épaules droites, le pantalon en lin qu'il avait déjà et qui irait forcément avec. Il ne fermerait pas les deux premiers boutons, laissant son cou à la vue de tous. Un soir, je pourrais demander à dormir chez lui comme je l'avais fait quelques jours auparavant, et je la remarquerais, pendue sur un cintre. Ce vêtement qui signifiait « *J'ai pensé à toi, loin de toi* ».

J'étais restée trois jours dans la grande ville, longeant les trottoirs intégralement occupés par des portants de vêtements, des tables individuelles de restaurants, et des scooters stationnés. M'immerger dans cette ville, que je n'avais jamais imaginé pouvoir visiter auparavant, m'apportait une certaine sérénité. La vie y semblait douce, et même si je n'y étais pas aussi attachée qu'à l'île, je m'y sentis bien, parce que personne ne me connaissait. Il me semblait que la vie pouvait recommencer de zéro, si loin.

Comme je l'avais craint, le trajet en van depuis la ville d'Hanoï m'avait rendue nauséeuse. En remerciant le chauffeur, qui avait pris la peine de s'enfoncer dans les chemins de terre que les rizières entouraient pour me déposer au pied de l'hôtel de Tam Coc où je passerais la nuit, je pris une bouffée d'air frais. Une dizaine de chambres étaient autour d'une piscine naturelle dans laquelle se reflétait l'immense colline qui se dressait derrière l'établissement. En l'observant trop longtemps, la panique me gagna. Depuis le van, j'avais aperçu les collines de verdure, mais me tenir au pied de l'une d'entre elles me rappela ma mégalophobie. Ces collines, particulières aux paysages provinciaux vietnamiens, m'impressionnaient, et leur taille immense me donnait l'illusion de perdre l'équilibre.

Le réceptionniste, Teng, me surprit avec un anglais parfait et cordial, il se réjouissait de me présenter les différents espaces et services proposés par l'établissement. Les vélos disposés devant l'établissement aux murs jaunes étaient mis à disposition des résidents, c'était l'un des seuls moyens de locomotion du village. Le ménage était en cours dans ma chambre, alors on me proposa de patienter avant de pouvoir y entrer, mais je choisis de déposer ma valise près du comptoir pour regagner en vélo la pagode de Bich Dong, que j'avais l'intention de visiter. Celle-ci se trouvait à moins de deux minutes en vélo.

Sur le chemin, un camion transportant des enfants de primaire me doubla, et en observant le groupe d'écoliers en uniformes, je m'aperçus qu'il était midi. Ils rentraient sûrement pour manger dans leur foyer respectif. Où vivaient ces enfants ? Autour de nous, seules les forêts et les rizières existaient. Au loin, je vis un plan d'eau où se tenait une petite pagode à trois étages. Des restaurants sillonnaient le bord de la route et je pris la décision d'y manger un pho au bœuf, un bouillon aux pâtes de riz qui fit complètement disparaître ma nausée.

Alors que je contemplai l'idée de me lever pour payer l'addition et poursuivre ma journée, une femme aux traits occidentaux m'adressa un sourire pendant qu'elle tentait de serrer la queue de cheval que je l'avais vue refaire quelques secondes plus tôt.

« Hello ». Son accent était celle d'une Française. Depuis que je fréquentais le resort de ma mère, j'avais appris à différencier les accents des touristes.

— « Vous êtes Française », déclarai-je.
— « Oui ! Bonjour ! »

Elle n'avait l'air ni surprise, ni offensée par ma déduction. Je me contentai de sourire. Ses yeux étaient rieurs, et je lui laissai le temps de poursuivre notre échange. Contrairement à ma sœur, qui était naturellement avenante et à l'aise avec les étrangers, je me renfermais souvent dans une timidité inexpliquée qui pouvait être confondue avec du mépris.

— « C'est beau, n'est-ce pas ? Je reviens de la pagode, et je dois dire qu'être ici me fait sentir toute bizarre. Comme drainée de mon énergie, mais rétablie à la fois. » Elle n'avait pas tort et avait mis des mots sur le sentiment lourd qui m'avait envahi depuis que je me tenais si proche des pieds de ces colline calcaires.

— « Oui, c'est comme si l'environnement nous aspirait. Qu'est-ce qu'il y a après ça ? » la questionnai-je, en indiquant du menton le pont qui reliait la route sur laquelle nous étions à la pagode.

— « En traversant ce pont, vous longerez le muret jusqu'aux marches qui vous mèneront à la pagode inférieure. C'est votre premier jour ici ?

— Hm-hm. J'ai quitté Hanoï ce matin. Mais je viens de Koh Samui. Enfin, de France, mais je vis sur Koh Samui depuis le début de l'année.

— Oh ! C'est moins flatteur, mais je suis de Lille. Je suis dans le pays pour dix jours et des collègues m'avaient conseillé Ninh Binh. Après, je rejoindrai Da Nang. »

Nous parlions déjà depuis cinq minutes avant que je ne lui demande enfin son prénom. Clémentine. Je lui retournai le mien, qui n'était pas Lili, comme tout le monde avait pu penser depuis mon arrivée en Thaïlande. Je repensai à Theodore, qui n'avait pas traversé mon esprit depuis la veille. Il faisait partie du lot de personnes qui ne connaissait ni n'employait mon vrai prénom, et ne me l'avait jamais demandé. Pensait-il que je reniais ce prénom et n'en avait pas parlé par crainte de me confronter ou ne voyait-il aucun intérêt à me connaître réellement ? Penser que ma mère lui avait indiqué mon vrai prénom lorsqu'elle lui avait annoncé mon arrivée me calmait car cela déniait l'hypothèse dans laquelle il n'avait jamais songé à s'interroger sur ma véritable identité.

103

Clémentine terminait son sauté de tofu avant de déclarer, comme une pensée qu'elle ne pouvait plus contenir et qu'elle se permettait enfin de libérer après réflexion :

— « Vous êtes seule, mais vous appréciez cette solitude. Je pense que je suis un peu pareil, et c'est la raison pour laquelle je le reconnais dans vos yeux. Le monde autour vous enveloppe, vous le laissez vous caresser, mais il ne peut pas vous transpercer. »

M'avait-elle devancé en m'observant bien avant que je ne remarque sa présence ?

— « Autorisez-vous à être vulnérable. Vous vivrez de belles choses. »

Elle avait raison. Ma vie avait découlé d'une discipline imposée depuis mon plus jeune âge, un contrôle constant et une réflexion stratégique derrière tous mes actes, et lorsque ce que j'avais envisagé ne se déroulait pas comme prévu, je considérais que c'était un échec. J'avais peur d'essayer, de me tromper, et échouer. Je détestais que ma mère prétende être, avec les autres, une autre que celle que je connaissais. Je ne pouvais plus supporter que Theodore ne vienne pas simplement me dire « *Viens vivre avec moi* », au lieu de me pousser dans mes retranchements, comme s'il me prenait à la légère.

Et puis, il y avait cette incertitude dans laquelle je m'étais jetée. Prendre la décision de quitter mon pays natal pour cette petite île thaïlandaise me terrifiait. Je n'avais aucune idée de combien de temps il m'était encore accordé, et si j'avais même le droit d'y entrevoir un avenir.

Comme il n'y avait que très peu de visiteurs à cette heure de la journée, le pont devant la première pagode était libre de tout passage. Je pris l'appareil photo que Theodore m'avait offert deux semaines plus tôt, et immortalisa cette scène. Des marches tombaient dans le lac, comme si elles avaient été destinées à des naïades qui, apparaissant à la nuit tombée, venaient s'échouer sur le sol de pierre, sous la grande pagode, après avoir maintenu leur souffle sous l'eau toute la journée, par crainte d'effrayer les humains.

À mon retour à l'hôtel, je ne fus pas surprise de trouver ma petite valise dans la chambre, puisqu'à Samui, nous le faisions souvent pour les résidents de l'hôtel qui déposaient leurs bagages avant de pouvoir prendre possession du bungalow qu'ils avaient réservé. Après m'être douchée pour retirer la couche d'humidité de l'air qui s'était déposée sur moi et rendait mes moindres mouvements poisseux, j'entrepris d'aller en ville. À travers les rideaux, j'avais remarqué Teng déposer une bouteille de jus au pied de la porte de ma chambre. Et alors que j'avais espéré que l'on m'ignore dans ce petit village vietnamien, comme j'avais été anonyme dans la grande ville de Hanoï, je restais humaine. Les personnes qui m'entouraient restaient curieuses et soucieuses de ceux qui venaient dans leur monde.

En pédalant jusque dans le bourg, je croisais d'autres touristes et nos regards ébahis se rencontraient. Cet environnement nous enveloppait de la sensation étrange mais réconfortante d'être seuls au monde. Je passais devant une école maternelle devant laquelle un groupe de dames âgées dansaient sur une musique diffusée depuis une grosse radio, puis une table de pique-nique, sur laquelle des enfants s'étaient posés pour goûter. L'espace d'un instant, je faisais partie de leur quotidien et cette pensée me motiva à poursuivre mon chemin vers un instrument que j'entendais depuis quelques mètres maintenant. D'où je me tenais, une mélodie jouée par un musicien de rue animait le bourg où je découvrais plusieurs restaurants aux devantures colorées, des services d'échange de monnaie d'où l'on apercevait seulement le haut de la tête de l'employé, et enfin, un grand bâtiment ouvert où les touristes aux chapeaux coniques faisaient la queue pour tenter de monter dans la prochaine barque. J'avais vu l'itinéraire que proposaient ces barques en préparant mon voyage, mais je ne voyais pas le but de faire cette activité seule. Je me contentais de visiter silencieusement, garant mon vélo devant les magasins, m'offrant un anonymat réconfortant. J'y sentais une certaine liberté. J'avais la sensation que je ne pourrais jamais revivre ce moment.

Le lendemain, le taxi que mon prochain hôte avait fait réserver à mon nom m'attendait. Après une vingtaine de minutes à sillonner les chemins entre rizières et bungalows de bois sur pilotis, il prit la route que j'avais empruntée pour rejoindre le bourg la veille. Les deux femmes aux chapeaux coniques que j'avais prises en photo avaient repris leur travail, le dos courbé dans les rizières. Je remarquai que le chauffeur m'observait dans le rétroviseur de temps à autre, peut-être parce qu'il s'interrogeait sur mes origines en voyant mes traits asiatiques, ou peut-être parce qu'il pensait que j'étais inquiétée par le véhicule qui menaçait de se renverser en passant sur les nids-de-poule.

En arrivant à l'hébergement que j'avais fièrement montré à Theodore, on me guida dans le bungalow que j'avais réservé et j'eus la surprise d'avoir deux grands lits, ainsi qu'une baignoire avec vue sur le champ de lotus. Cette paisible vue qui m'avait poussée à réserver ma dernière nuit ici. Je devais me hâter pour profiter de la journée et visiter la grotte de Mua. Pour atteindre son sommet, il fallait monter cinq cent marches, ce qui nécessitait moins d'une heure. En contrebas, se dessinait la rivière Ngo Dong, serpentant les montagnes de la vallée.

Au hangar à vélos que le jeune réceptionniste m'avait présenté plus tôt, j'en choisis un, grimaçant à la douleur qui s'était ravivée dans mon entrejambe au contact de la selle. J'avais chargé mon sac ainsi que mon appareil photo dans le panier accroché au guidon, et je suivis la montagne sur laquelle on observait le corps ondulé du dragon couché.

Après avoir passé la veille à errer dans le village de Tam Coc, j'étais déjà habituée aux chemins de terre entre les rizières, contournant les nids-de-poule, mettant un pied à terre à la seconde où je sentais que le déséquilibre était trop important. Si je chutais, je me serais retenu de le raconter à ma sœur.

Je payai l'entrée sur le site et fus reconnaissante d'être la seule à monter les premiers escaliers. Cet endroit semblait encore préservé du tourisme de masse, ou alors, j'y étais venue tôt. Il était à peine quatorze heures. Les touristes préféraient faire l'ascension pendant le coucher de soleil.

Après une centaine de marches, un paysage majestueux s'étendit devant mes yeux. Le champ de lotus sur lequel avait été construit un ponton dont les chemins se croisaient et se recroisaient n'offrait que quelques nénuphars, compte tenu de la saison, mais son immensité m'absorba entièrement. La brume se dissipa au-delà des cols des montagnes. Les bœufs que j'avais entendus en arrivant sur le site se déplacèrent lentement au loin.

La solitude ne m'avait jamais posé de problème auparavant. Aujourd'hui, devant le vaste paysage qui semblait irréel, je fus bouleversée par une mélancolie intense qui me fit souhaiter partager ce voyage avec mes grands-parents, à qui le paysage vietnamien aurait rappelé celui de leur enfance. La semaine précédente, en apprenant que j'allais seule au Vietnam, ils m'avaient déjà dit que le Laos y ressemblait fortement. Ils avaient toujours été inquiets de savoir que j'entreprenais seule : mes études, mes voyages, ma vie en général. Pourtant, c'était ce qu'il fallait faire dans la vie : supporter l'existence seule pour l'apprécier réellement. En montant encore, une petite plateforme avait été installée avec des bancs pour permettre de se reposer et prendre des photos. Je saisis l'appareil qui pendait à mon cou depuis le début de l'ascension. Theodore avait tout faux, j'étais persuadée que je me souviendrais pour toujours de ce que j'étais en train de vivre. Les photos me rappelleraient seulement que je n'avais pas rêvé.

Tout en haut, semblable à un serpentin, le dragon s'étirait de tout son long. Depuis combien d'années s'était-il tenu ici, à supporter le soleil depuis la plus haute montagne ? Je posai ma main sur la marque que formait l'une de ses écailles, et pensais à ces millions d'autres mains qui s'étaient posées avant moi et à celles qui se poseraient sur la mienne, louant la beauté de la sculpture. Admiré et désiré de tous, il était pourtant voué à une solitude éternelle.

En descendant les marches, un couple de sexagénaire discutait à voix haute en anglais, tantôt reprenant leur respiration, tantôt riant des propos que l'autre tenait. Je tendis l'oreille et restai à proximité d'eux. L'homme se plaignait du livre qu'il venait de publier, et qui ne connaissait pas autant de succès que ses deux premières œuvres, qu'il avait publié au début des années 2000. Ce n'est qu'après dix minutes que je compris que ces deux personnes venaient de se rencontrer, plus tôt, au sommet de la colline, et qu'elles étaient initialement montées seule jusqu'au dragon. Enfin, je remarquai que la femme répondait brièvement, comme pour dire « Vous ne m'intéressez plus, laissez-moi maintenant », ou encore « J'aimerais continuer ce voyage seule ». À la fin, elle avait dû s'arrêter sur un côté pour s'hydrater, et l'homme continuait de lui parler. Je ne les revis pas lorsque j'arrivais à la fin du parcours. Il n'y avait rien de pire que de déranger les individus dans leur solitude lorsqu'on ne pouvait supporter la sienne.

Lorsque je récupérai mon vélo laissé près d'une boutique d'habits traditionnels laotiens, je vis que le soleil allait bientôt se retirer derrière les montagnes. Sur le chemin, je suivis mon intuition pour rentrer, et m'arrêtai manger un bol de pho au bœuf dans un restaurant que j'avais aperçu à l'aller. En attendant ma commande, je rinçai mes mains moites de transpiration dans un évier en porcelaine qui était à l'entrée du restaurant, puis mis de l'eau sur mes joues et ma nuque. On m'apporta le bouillon d'où s'échappaient des flux de vapeur, et un plat de soja et de menthe fraîchement rincés. Je profitai de l'ouverture du restaurant sur la route pour observer les habitants du village s'afférer à leurs occupations. Dans leur quotidien, j'étais venue m'immiscer pour voir à quoi ils s'attelaient. Les collégiens s'échangeaient des cartes sur le bord de la route, deux adolescents qui avaient l'âge de conduire des scooters roulaient avec un pack de cannettes entre leurs jambes. Une femme qui ressemblait à ma grand-mère vint déposer un panier de pains utilisés pour faire des banh mi, ces petits sandwichs de pains qu'on garnissait de viande de porc, de carottes, de concombres et de coriandre avec à l'intérieur un mélange de mayonnaise et de sauce soja. En reprenant la route à vélo, je pensais à la serveuse, qui était aussi la cuisinière, et m'avait offert à plusieurs reprises des sourires bienveillants, à son appréhension lorsque j'avais goûté le bouillon de son pho pour la première fois. Elle avait dû le faire mijoter pendant des heures, le goûtant de temps en temps pour y rajouter de la pâte de bœuf quand elle sentait qu'il n'était pas encore parfait.

    L'environnement dans lequel je vivais était éphémère, des personnes dont j'avais à peine le temps de retenir le prénom partaient, d'autres arrivaient et je ne les revoyais plus après notre première rencontre. Quand elle m'avait vue remonter sur mon vélo après avoir réglé l'addition et donné un pourboire, elle s'était dépêchée de venir glisser dans le panier de mon vélo un banh mi qu'elle avait soigneusement préparé et enveloppé. J'allais contester et lui indiquer par des signes que je ne pouvais accepter, mais je repensais à Theodore qui m'avait appris qu'en acceptant les cadeaux, je rendais les autres heureux. En pédalant, je me retournai pour lui faire signe de la main jusqu'à ce qu'elle ne devienne qu'une petite forme noire au loin : j'avais déjà oublié les détails de son visage. Je ne la reverrai pas. C'était ainsi depuis que j'avais commencé cette vie en Asie.

Je reconnus le dernier virage que je devais prendre pour rentrer et entrepris de m'arrêter profiter du coucher de soleil. Entre deux grandes montagnes, il avait commencé son rituel et ajouté au ciel brumeux des touches de rose pâle qui rendaient la vallée féérique. Le groupe de canards que j'avais effrayé sans le vouloir cent mètres plus tôt allaient me rattraper, ils cancanaient en avançant, redoutant ma présence. Alors que j'avais déjà tout oublié de la serveuse qui m'avait partagé tant de bienveillance, je priai pour me rappeler de cet instant toute ma vie. Ces montagnes, ce ciel, et ces canards qui se hâtaient de retrouver leur marais.

Quelques jours plus tôt, j'avais réservé un van pour m'emmener jusqu'à Hanoï où un autre van me conduirait à l'aéroport. Après avoir dormi un peu de moins de cinq heures, je songeais à continuer ma nuit le long du trajet. Le même réceptionniste qui était présent à 21 heures la veille me guida à 7h30 vers le buffet où était disposé le petit-déjeuner.

Installée devant le panorama offert par les montagnes et le lac de lotus, je mangeai le pancake à la banane qui venait d'être déposé par la cuisinière, et je réalisai que ces deux jours à Tam Coc avaient été mémorables. J'aimais ces souvenirs que je créais seule. Dans quelques heures, il faudrait dire adieu à la serveuse qui avait veillé sur moi comme une mère la veille, puis à Clémentine, qui avait marqué mon esprit de sa douceur. À l'embarquement, je n'étais pas amère à l'idée de quitter ce pays, et au contraire, je ressentais une certaine euphorie en sachant qu'en moins de deux heures, je me retrouverai à nouveau dans le pays que j'aimais tant et que j'avais adopté. Je passais une journée à Bangkok avant de rejoindre l'île. J'avais établi une routine à la capitale, des restaurants où manger, des boutiques et des librairies à visiter. Peut-être que c'était ce sentiment de se sentir chez soi : il n'y avait plus à chercher mieux ailleurs et se convaincre que l'on pouvait être plus heureux dans une autre ville, un autre continent. Une autre vie.

À la douane, l'agent étudia longtemps mon passeport, qu'il tenait d'une main. C'était trop beau, je ne pouvais pas me permettre de rester dans ce pays alors qu'il n'était pas le mien. Les tampons indiquaient quatre entrées et trois sorties sur le territoire en moins d'un an. Comme je le craignais, il interpella l'une de ses collègues, une jeune fille de mon âge, en uniforme, qui se tenait bien droite et je me disais que je pouvais lui expliquer la situation. Je lui dirais que ma mère résidait sur l'île de Samui, et que même si j'étais majeure, j'étais en droit de rester sur le même territoire qu'elle. Ma mère avait un permis de travail, elle avait investi en Thaïlande et avait le droit d'y rester.

— « Avez-vous un billet retour pour la France, votre pays d'origine ? » m'interrogea-t-on finalement.

— « Non, je vais en Malaisie dans deux semaines. Après...je ne sais pas. Je verrais en fonction de mon programme. »

La veille, pour un peu moins de cinquante euros, j'avais acheté un billet pour la Malaisie depuis l'aéroport de Bangkok. Theo m'avait conseillé de le faire avant que je ne parte, puisqu'il se faisait souvent interroger sur ses entrées et sorties du territoire aux douanes lorsqu'il revenait de Singapour.

« Même si tu ne prends pas ton vol, au moins, ils ont une preuve que tu envisages de quitter le territoire avant la fin de l'expiration de ton visa. »

« Il faudrait songer à obtenir un visa de touriste pour trois mois. Ça ne marcherait pas toujours ainsi. »

Le vieil homme m'avait strictement avisé de régulariser ma situation avant que les choses ne prennent une autre tournure. J'avais perdu près de trois quarts d'heure interrogée dans ce petit bureau où mes rêves de vivre ici, dans un monde que j'aimais tant, m'avaient été retirés.

Je pris le métro qui me guida vers le cœur de la ville en moins de vingt minutes. En sillonnant Ratchawith Road, que j'avais empruntée des dizaines de fois, je réalisai que depuis que j'étais arrivée à la capitale, quatre mois plus tôt, beaucoup de choses avaient changé. J'avais retrouvé mon chemin, que je construisais jour après jour. Il me fallait toujours trouver un travail pour résider ici durablement, mais j'avais fait de belles rencontres qui me faisaient espérer rester.

Ma mère et ma sœur étaient venues me récupérer à l'aéroport, et comme si ce séjour nous avait séparées pendant des mois, ma vue s'était brouillée en voyant leurs yeux humides me chercher dans l'allée des arrivées à l'aéroport. J'étais rentrée chez moi.

Au matin, ma mère était encore migraineuse et déclara qu'elle resterait à la maison pour la matinée. Allongée à ses côtés, à la place que mon beau-père n'avait pas occupé la veille, je massais l'arrière de son crâne. Nous n'évoquions pas la colère et la tristesse qui s'étaient emparées de moi les jours précédant mon départ, et je lui avais déjà parlé de la semaine passée au Vietnam. Elle m'avait écrit tous les jours, mais une fois près d'elle, le silence régnait et seules les vagues visibles depuis la fenêtre de sa chambre osaient s'exprimer.

— « Maman...
— Dis-moi.
— Qu'avez-vous fait de la semaine ?

— Le quotidien. Les clients, le ménage, et Theo.
— Il est venu ? » demandai-je, comme une question que l'on pose lorsque l'on a déjà la réponse en tête.
— « Tous les jours. »
C'était le moment. Je lui permettais de transpercer mon intimité. À présent, elle pouvait mentionner toutes ces fois où elle avait tenté d'interpréter mon regard fuyant, et ces soirs où je restais chez Theo après la fermeture du restaurant, juste pour parler de nos journées, et qu'il me raccompagnait en voiture. Je lui laissais le droit de me sermonner.
— « Il vous aime beaucoup », chuchotai-je.
Je repensais à ce dîner au cours duquel il avait confié à ma mère qu'elle, mon beau-père et Nina formaient l'une de ses plus belles rencontres. J'en suis aujourd'hui persuadée, mais il restait sur cette île parce qu'il s'était attaché à eux. Il semblait être satisfait de cette vie à leurs côtés. C'était comme s'il n'attendait rien d'autre. Et parce que j'avais besoin de parler de lui, j'eus l'envie irrépressible de lui demander ce qu'il avait pu dire sur moi en mon absence. Je voulais savoir si, lui aussi, parlait d'une personne pour combler son manque.
— « Mais tu es celle qu'il aime le plus. »
Comment pouvait-elle déclarer ses sentiments de manière aussi précoce quand je n'osais même pas l'envisager. Après tant d'années à désirer une vie dans laquelle il avait une femme aimante, deux enfants et un chien éventuellement, il s'était résigné à vivre celle qui s'était présentée à lui. La vie solitaire et la maison en bord de mer.
Quelques jours après ma rencontre avec lui, lorsque je lui avais demandé si son exil sur l'île était le résultat d'un divorce ou une séparation difficile, elle m'avait dit :
— « Les hommes solitaires d'un certain âge…ils se posent seulement quand ils sont prêts, pas parce qu'ils ont trouvé la bonne personne. »
Cela avait sonné comme une contre-indication.

Dans l'après-midi, déclarant qu'elle allait mieux, elle nous conduisit au resort, et lorsque j'avais feint de l'avoir remarqué attablé, en enlaçant Kat et Nana comme si leur absence m'avait davantage marqué que la sienne, il se leva et d'un sourire espiègle, cria « Bon retour parmi nous ». Je détestais voir qu'il avait compris mon stratagème et je me retrouvais plus humiliée que si j'avais couru sur ses genoux en m'agrippant à son cou.

6

— « Lili ! »

J'avais reconnu cette voix cassée.

— « Armand !

— Tu es revenue aujourd'hui ? J'ai eu un téléphone pour mon anniversaire. Il faut que tu me donnes ton numéro pour qu'on puisse se parler quand on ne se voit pas.

— Je suis revenue hier matin. Quand était ton anniversaire ? » lui demandai-je.

— « Le 1er mars, j'ai eu douze ans !

— Alors tu es de Mars toi aussi », conclus-je.

— « Toi aussi ? Mais d'ailleurs, tu as quel âge ?

— J'ai eu vingt-quatre ans, le 27 mars.

— Tu as vingt-quatre ans ?! ». Sa bouche était restée grande ouverte et il ne la referma qu'après quelques secondes que j'avais passées à l'observer longuement en souriant.

La vision du monde et des personnes étaient floue pour les enfants. L'innocence et la légèreté de ma sœur me le rappelaient au quotidien, dans ses actions, ses envies, ses ressentis. Peut-être s'imaginaient-ils que les adultes de vingt-quatre ans avaient un travail pour lequel ils étaient investis et passionnés, qu'ils étaient propriétaires d'une maison et avait pour projet futur de se marier à un partenaire qu'ils avaient rencontré plus tôt, dans l'adolescence, ou plus tard, à un apéritif entre amis. Les adultes de vingt-quatre ans ne passaient pas leur soirée au bord d'une plage à discuter avec des enfants de dix ans en ramassant les déchets entremêlés aux algues. Peut-être que ceux qui agissaient ainsi éprouvaient le besoin irrémédiable de guérir leur enfant intérieur ?

Lorsqu'Armand partit annoncer à ses parents, qui étaient déjà en train de partager un verre avec ma mère et mon beau-père, que je l'emmènerais au prochain festival du

Temple en ville, Estelle m'adressa un tendre sourire, comme elle le faisait lorsqu'elle échangeait avec ses fils. Son aîné annonça fièrement qu'il avait de nouveaux amis, avec qui il jouait au foot. Les frères étaient doués dans ce sport, et allaient tous les soirs s'entraîner avec l'équipe de l'école, ce qui leur rappelait également leur quotidien en France et leur permettait de ne pas avoir abandonné tous leurs repères.

De retour de la plage, je m'attablai avec les autres, appris qu'ils avaient récemment trouvé un petit terrain en face de la mer, vers le Big Buddha, sur lequel ils envisageaient de faire construire des bungalows, et un restaurant. Les plans étaient déjà édifiés, il ne manquait plus qu'à établir les devis pour le budget final et estimer l'investissement à venir. S'ils avaient besoin d'un manager ou un assistant, je voulus leur confier que j'étais disponible, que j'étais prête à tout pour rester sur cette île, que je considérais désormais comme ma maison. *Ne me laissez pas repartir.*

Je les enviais d'avoir trouvé si tôt une œuvre à travailler, des objectifs à atteindre. Ils savaient où ils allaient, le temps et la maturité leur avaient donné des repères, une base stable et un chemin à suivre. Je n'avais pas encore ce luxe. Et puis, comme ma mère et mon beau-père, et comme Theo, ils devaient avoir quarante ans, ils avaient eu une vie avant de mériter celle-ci, une histoire de renoncements qui leur avait permis d'avoir ce qu'ils possédaient aujourd'hui. Ils avaient mérité leur place dans cette vie, contrairement à moi qui peinais à définir ce que j'allais en faire.

Theodore revenait d'un dîner avec des amis Australiens qu'il avait rencontré pendant mon absence, et pris place à mes côtés en empruntant une chaise sur une table voisine inoccupée. Il avait bu et je pouvais le deviner à ses iris trop brillants et ses pommettes teintées d'un rouge vermillon. Il fit un signe de tête à mon beau-père en guise de salut, embrassa ma mère, Estelle, son mari, puis moi-même, en fredonnant, et je crus comprendre dans ces millièmes de secondes que je lui avais manqué. Lorsqu'il arrivait, nous changions notre langue maternelle pour parler la sienne, l'incluant dans l'échange en cours, lui partageant les anecdotes qu'il avait manquées. Il altérait le monde par sa simple présence et n'avait pas juste changé le mien.

Plus tard, lorsqu'il profita du bourdonnement de nos échanges et de mon beau-père qui élevait la voix en terminant son quatrième verre d'alcool, il glissa l'un de ses bras derrière ma nuque pour masser une de mes épaules et je tressaillis en voyant qu'Estelle, face à nous, avait furtivement détourné les yeux vers son mari. Theodore m'avait demandé, une fois, si je craignais ce que les autres pouvaient penser. La vérité, c'est que je ne craignais personne s'il était là. *Que sommes-nous ? Qui sommes-nous ? Ne me le demande pas, car je ne sais même pas qui je suis.* Et donc, c'était ainsi que nous étions. Ambigus avec les autres. Avec nous-mêmes.

À la fin de la soirée, Armand se glissa entre Theo et moi et déposa dans ma main deux petits coquillages que je l'avais vu ramasser plus tôt. C'était le cadeau qu'il m'offrait.

Où était Armand ? J'avais vu son visage pour la dernière fois sur la photo du seizième anniversaire de Nina. Ses parents tenaient-ils encore ce resort qu'ils avaient rêvé de bâtir ? Après le lycée, ma sœur nous y conduisit, comme elle me l'avait promis la veille. Il y a quelques années, j'étais celle qui la conduisais et aujourd'hui, je posais ma tête sur son dos et m'accrochait à sa taille, comme si nos rôles avaient été échangés. En empruntant l'allée décorée de galets blancs qui menait vers un grand éléphant en pierre taillée, c'est une Estelle marquée par des années exposées au soleil de Samui qui enlaça Nina devant moi. Elle se concentra quelques secondes, jusqu'à ce que ses rides du sourire marquent son visage. Me reconnaissait-elle ? Je n'avais pas changé, me confia-t-elle. Elle ne me demanda pas comment je me portais, cela semblait logique. Elle partageait nos angoisses et notre désarroi. Puis, elle nous offrit à boire, près de la piscine, à l'ombre, comme je l'avais demandé. Pour éviter de mentionner ma mère, dont la localisation était inconnue depuis des semaines, elle me partagea les hauts et les bas de son établissement, les difficultés à travailler tous les jours, sans repos, la baisse d'activité il y a trois ans qui les avait presque résignés à retourner en France pour retrouver des activités de salariés le temps de se remettre sur pieds. Elle le mentionna. Theodore leur avait prêté une somme conséquente pour leur permettre de ne pas être dans le rouge pendant une saison basse de trois mois. Il avait quitté l'île peu de temps après, et ils avaient continué de le rembourser petit à petit, jusqu'à ce que la dernière échéance il y a quelques mois mette fin au lien qui les reliait encore.

Allait-elle me demander si je me souvenais de lui, et ce que nous étions autrefois, le soir où elle avait remarqué son bras sur mes épaules ?

Si elle me le demandait, j'aurais l'occasion de parler de lui et le ramener dans le présent. Elle pourrait savoir où il se trouve, son mari avait dû garder contact avec lui.

Finalement, je n'étais pas sûre d'être prête à le revoir, parce que j'avais conservé cette image de lui, les yeux fixant les vagues depuis sa maison devant laquelle je m'étais tenue le matin-même. Il y était figé, je ne pouvais l'imaginer ailleurs. Toutes ces années, je m'étais empêchée de penser à lui, parce que la plus grande des douleurs était de savoir qu'il n'avait pas cherché à reprendre contact avec moi, et peut-être parce que j'avais peur de réaliser qu'il s'était servi de moi pour échapper à sa solitude.

— « Comment est-ce que ton beau-père supporte la situation ? » finit-elle par demander, en se permettant de glisser la paume de sa main sur le dos de la mienne. Nous partagions le même manque de souffle.

— « Honnêtement, je n'ai pas échangé avec lui. Je ne lui parle pas depuis que j'ai quitté l'île, cela remonte déjà à huit ans. Il m'a appelé au secours il y a deux semaines, j'ai pris le premier avion et…me voilà. À la recherche d'une mère avec qui je n'ai plus de contact depuis des années.
— Je suis navrée. Merci d'être venue, je sais que ça compte pour ta sœur. Elle a besoin de toi aujourd'hui, plus que tout.
— Oui, c'est peut-être la seule raison pour laquelle je me tiens devant toi aujourd'hui. »
Nina se tenait au bar et fixait l'horizon. À quoi pensait-elle ? Elle ne m'avait pas ouvert son cœur comme elle le faisait si facilement à dix ans. Les vagues chantaient leur mélodie infinie et le soleil brillait haut dans le ciel, il nous étouffait de sa chaleur.
— « Tu veux que j'appelle Armand ? Il étudie à la capitale depuis septembre, il essaie de rentrer parfois. Je me demande s'il compte venir ce week-end. »
Comme une pensée après coup, elle avait déjà saisi son téléphone qu'elle avait posé à côté de son verre. Après mon départ, il avait continué de m'envoyer des messages, des photos de ses médailles, de poèmes qu'il avait apprécié et appris par cœur, puis un jour, plus rien. Je n'avais pas posé de question ni essayé de le rappeler. Après tout, il avait aujourd'hui 19 ans et moi 32. Nous avions changé.
— « Dis-lui seulement que je suis passée, et que j'ai conservé le même numéro. »
Je remerciai Estelle de son soutien, pour le temps qu'elle nous avait accordé, et Nina nous reconduisit au resort, où Nok nous attendait. Il n'y avait eu que très peu de clients dans l'après-midi, et elle rangeait méticuleusement les samosas qu'elle avait pliés et garnis. Elle m'avait appris à les faire, et le processus était encore intact dans ma mémoire. Il suffisait de hacher la viande de bœuf, puis l'assaisonner avec du curry, du curcuma, de l'ail en poudre et des dés

d'oignons jaunes. Ensuite, nous coupions un carré de feuille de riz en trois lamelles égales pour former le corps du samosa. Une fois la garniture cuite, il fallait l'intégrer à la feuille de riz en y déposant une quantité de la taille de deux cuillères à café. En voyant l'implication et la rigueur dans les yeux de Nok, rivés sur les woks qu'elle ne cessait de surveiller et secouer d'une main, je savais que ma mère avait à ses côtés la meilleure cuisinière de l'île, mais surtout, la plus passionnée.

Je mangeais rarement une autre nourriture que celle qu'elle me préparait et elle s'empressait de me préparer mon riz sauté aux légumes dès qu'elle trouvait du temps entre deux commandes. Lorsqu'elle me demandait ce que j'en pensais, je ne savais quoi lui répondre. Je ne m'y connaissais pas, mais j'enviais ce talent qu'elle avait pour la connaissance des ingrédients, des mélanges, de son instinct pour la cuisine. Après huit ans, ma mère tenait toujours à ce qu'elle reste dans sa vie. Encore un membre fidèle qui lui apportait soutien et stabilité.

— « Nok est vraiment la meilleure. Je ne crois pas que je puisse vivre ailleurs après avoir vécu cette année à côté de ton restaurant », avait déclaré Theodore à l'attention de ma mère, à l'époque.

— « Je ne sais pas ce que je ferais sans elle. Le mois dernier, elle m'a demandé un prêt pour s'acheter un nouveau scooter. J'ai accepté bien entendu, avec un prélèvement sur son salaire pendant dix-huit mois.

— Donc elle ne pourra pas quitter son poste pendant toute cette durée. »

Il savait que le préavis n'existait pas en Thaïlande, et nous avions entendu à plusieurs reprises les témoignages d'employeurs expatriés ici qui souffraient du départ de leurs employés lorsque ceux-ci abandonnaient leur poste.

— « Tu sais, elle est déjà partie du jour au lendemain lorsqu'on a repris l'affaire au tout début. Je me suis retrouvée sans cuisinière et j'étais vraiment désemparée. » Elle soufflait sa bouffée de tabac en tournant la tête pour observer l'entrée du resort. C'était un automatisme que nous avions tous adoptés, même Theodore. Ma mère m'avait déjà raconté cette histoire. Après cela, il lui avait fallu du temps avant de faire confiance à Nok à nouveau.

— « Je ne vous connaissais pas à l'époque », avait marmonné Theo.

— « Tu n'étais pas encore arrivé sur l'île. »

Un monde sans Theodore avait bien existé auparavant. J'étais déjà venue deux fois ici avant qu'il n'apparaisse dans leur vie, et avant qu'il n'arrive dans la mienne. Auparavant, comment étaient mes journées sans attendre sa visite au restaurant ? J'étais incapable de m'en souvenir.

Nous avions rarement l'occasion de manger tous ensemble le midi, mais une fois par semaine au minimum, nous partagions un repas. Ma mère avait son habituel plat de riz recouvert par deux œufs sur le plat auquel elle rajoutait du piment en poudre. Ces déjeuners étaient agréables, et toujours accompagnés d'une légèreté similaire aux brises qui venaient faire voleter mes cheveux que je détachais en dehors de la cuisine. Avec eux deux, j'avais le sentiment que rien ne me manquait au monde. J'étais la plus comblée sur Terre.

Les soirs de week-end, lorsque ma mère se l'autorisait, nous sortions, et mon beau-père, qui préférait sortir avec ses amis, déclarait qu'il ne nous accompagnait pas, à mon plus grand soulagement. Tout semblait toujours se détériorer en sa présence. Lorsque nous étions tous les trois, et que je me retrouvais entre ma mère et Theo, je supposais qu'il pouvait en fait la préférer à moi, qu'il avait peut-être même envisagé de l'aimer, elle, avant d'apprendre qu'elle avait un mari et des enfants. Par crainte de briser cette famille et occuper une place qui n'était pas la sienne, il avait étouffé ses sentiments et avait convenu de rester l'ami de la famille. Plus tard, en sachant que j'arriverais, il se disait que je ferais probablement l'affaire. Je m'appliquais à étudier comment il faisait face à ma mère, elle qui savait tout de nous. Rien n'avait changé. Il agissait naturellement, avec ses yeux rieurs, ses mains qu'il agitait de temps à autre, et ses remarques sur la manière dont ma mère avait l'habitude de laisser le fond de son verre. Parfois, il posait son regard sur moi, comme pour vérifier que j'étais toujours là, qu'il continuait à capter mon attention, mais aussi pour m'assurer qu'il avait toujours conscience de ma présence, qu'il ne m'oubliait pas.

Un soir, que nous terminions nos plats et que ma mère s'était déjà levée pour répondre à un appel téléphonique, je débarrassai avant que l'une des serveuses ne vienne le faire à notre place. Puis, je glissai ma main dans sa paume. J'aimais trouver le courage de lui montrer mon affection, et ma main enchevêtrée dans la sienne pour quelques secondes comblait le besoin qui était né quelques semaines auparavant, de sentir sa peau sur la mienne. Il la pressa deux fois, comme un acquiescement, et en l'observant sourire avec candeur, je me surpris à vouloir l'enlacer de tout mon corps, parce que c'était ma manière de lui dire que je l'adorais, et que s'il m'invitait à le rejoindre plus tard, je n'aurais pas pu lui cacher ma joie.

Dans la soirée, alors que nous étions sur sa terrasse à l'étage, il riait aux éclats. Nous avions parlé des premiers baisers. Comme je l'avais imaginé, il portait la chemise en lin achetée dans cette boutique à Hanoï. La brise venant des vagues en face en faisait timidement voleter le col.

— «Ta mère pense vraiment que tu n'as jamais eu de petit-ami ? Tu ne peux pas me faire croire ça ! Toutes les filles confient leurs histoires d'amour à leur mère.

— Je t'assure...mais tu sais, ces histoires se sont déroulées au collège, c'était loin d'être de l'amour. Tu es le seul adulte à savoir. Après, c'était différent, avec les études, l'amour est parti au second plan, et aujourd'hui...j'ai d'autres projets.
— Vraiment ? Est-ce que ta mère sait ? »
Il fixait les vagues noires en bas.
— « Que je n'ai jamais aimé ? Je pense qu'elle était rassurée de savoir que je ne me suis jamais intéressée aux relations. Ça la rassurait, de savoir qu'elle n'avait pas à craindre d'être grand-mère à moins de quarante ans.
— À ton âge, ce ne serait plus considéré comme une grossesse précoce. Et donc, j'ai devant moi une jeune femme qui n'a jamais aimé ? Qui lui a donné ce cœur de marbre ?
— Ce que je veux dire, c'est que, l'amour, je ne saurais pas l'identifier s'il se présentait. Je ne l'attends pas, et je n'y renonce pas. J'aime ma vie comme elle est maintenant.
— Qu'est-ce que ça signifie pour moi ?
— Comment ça ?
— Où est-ce que ça me place, finalement ?
— À toi de me le dire. Tu es le plus âgé », plaisantai-je.

Je voulais m'enfuir. Il m'avait piégée, quand il avait proposé de se baigner dans l'obscurité, le silence de l'île, pour finalement me guider sur la terrasse et me confronter. Il avait gagné ma confiance en m'assurant qu'il n'y aurait personne dans l'eau, et, ayant gardé mon t-shirt pour le nouer à la taille, juste assez pour tremper mes jambes sans le mouiller, j'avais finalement succombé à la fraîcheur de l'eau pour me baigner complètement. Et après quelques minutes, en suivant Theo là où je n'avais plus pied, où l'eau était presque froide, je retrouvai la chaleur de son corps, agrippée à lui, m'autorisant une proximité que je n'aurais jamais eue sur terre.
— « Non. Dis-le-moi, toi.

— Disons que tu es l'une de ces personnes qui me fait aimer la vie en ce moment. »

Pour la première fois, son regard m'avait semblé autoritaire. Il s'était détourné des vagues pour chercher dans le ciel les étoiles qui ne s'étaient pas présentées ce soir. C'est un sentiment que je n'avais ressenti qu'avec lui, mais dans ces moments-là, je n'avais aucune idée de ce qu'il pouvait y avoir dans son esprit et donc, j'avais peur de le décevoir. Il me regardait à nouveau et glissa sa main vers mon bras que j'avais laissé sur le garde-corps du balcon.

— « Peux-tu rester encore un peu sur l'île ?

— Je ne vais nulle part. Tu es celle qui part sans cesse. »

Le poids soudain de sa tête posée sur mon épaule me déstabilisa. Je devinais qu'il respirait mon odeur, s'imprégnait de celle de mes cheveux, que je venais de laver et qui avaient déjà séchés au vent. Les siens caressaient mon oreille, ce qui fit naître un rire qui s'échappa de ma bouche. Peut-être ma manière de libérer ma nervosité. L'un de nous deux avait encore la peau imprégnée de l'odeur de l'océan.

Il avait raison. Ce soir-là encore, je le quittais pour rejoindre ma sœur qui avait dû m'attendre jusqu'à ce qu'elle ne puisse plus lutter contre le sommeil. Il m'avait raccompagné en voiture jusque devant la maison, et j'avais lu dans ses yeux qu'il me laissait le choix de remonter dans son véhicule. Il me demandait de le choisir, lui. Cependant, après l'échange que nous avions eu sur la terrasse, je ne voulais plus le confronter, la nuit nous ferait oublier.

D'habitude, j'aurais attendu au pas de la porte jusqu'à ce qu'il reprenne sa route, puis s'arrête au bout de l'allée de la résidence pour jeter un dernier coup d'œil dans ma direction. Je ne le fis pas ce soir.

Plus tôt, sur la terrasse, j'aurais voulu lui dire qu'en le trouvant, je m'étais également trouvée. Je n'avais jamais connu cette partie de moi, heureuse et entière, et j'aimais cette version, celle qu'il avait fait naître.

Tous les matins, je réveillais ma sœur puis l'accompagnais jusqu'à l'entrée de la résidence, à sept heures trente, pour que le van qui l'emmenait jusqu'à l'école vienne la récupérer. Cela laissait un peu de répit à ma mère, pour qui les nuits étaient courtes et la plupart du temps, sans repos. Parfois, elle devait se rendre au resort à sept heures, et n'était déjà plus dans la maison lorsque nous nous réveillions. Lorsque nous apercevions le van, j'embrassais Nina que je ne revoyais que plus tard dans l'après-midi. J'aimais commencer la matinée en l'accompagnant, elle savait que j'étais là pour elle, à la surveiller au bord de la route, en attendant patiemment le véhicule, tout en espérant qu'il n'arrive pas trop tôt pour lui permettre de parler de ce qu'elle avait voulu me dire la veille, lorsque je n'étais pas arrivée à temps pour l'accompagner dans son sommeil.

Je courus dans la maison, le portail émit son fidèle grincement, et pris mon sac pour prendre un taxi. S'il n'y en avait pas, je courrais jusque chez Theodore. Par chance, il y en avait un qui allait en direction du resort. Vingt bahts pour la course qui durerait moins d'une minute. Le groupe de thaïlandais qui était installé à l'arrière, et occupait les deux bancs disponibles se serrait pour me faire une place, mais je leur indiquai du doigt que je me contenterais de me tenir à l'arrière, sur une petite plateforme sur laquelle une seule personne pouvait tenir.

J'étais rarement allée chez Theodore en empruntant la véritable entrée : celle de la porte qui donnait sur la route principale. Je sonnai en détournant mon regard de la caméra en face, parce que j'étais encore trop intimidée pour arriver chez lui à l'improviste et le regarder dans les yeux, la caméra étant devenue les siens à cet instant. Je n'avais aucune raison de me trouver ici si tôt. Ce n'est que lorsque je m'apprêtai à retourner sur mes pas ou lui demander de bien vouloir me

laisser entrer que je compris qu'il avait déjà autorisé l'ouverture de la porte d'entrée.
— « Je ne te dérange pas ? »
L'euphorie dissipée, je ne savais pas ce que je faisais ici. Theodore avait l'habitude de nous visiter plus tard, vers seize heures. La dernière fois que je m'étais trouvée dans sa maison aussi tôt était la fois où je l'avais raccompagné jusque chez lui pour l'aider à porter un colis qu'il avait fait livrer au resort, et était finalement restée dormir, parce qu'il avait prononcé ces simples mots : « *Reste, s'il te plaît.* » Cette fois aussi, j'avais silencieusement quitté le lit aux premiers rayons du soleil.
— « Non. Tu veux un café ? Tout va bien ?
— Non, merci, ça ira.
— Tout va bien ? » répéta-t-il avec insistance.
Son regard pesait sur mon corps tout entier, et je compris que j'avais mis plus longtemps que prévu à lui affirmer que tout allait bien lorsque je m'aperçus qu'il avait froncé les sourcils, inquiet. Les écrans de son ordinateur étaient allumés, et ils se mettraient en veille rapidement s'il ne retournait pas se rasseoir pour reprendre l'activité dans laquelle je l'avais interrompu.
— « J'avais envie de te voir », finis-je par lancer.
— « J'avais deviné.
— Est-ce que ça te dérange si je reste là ce matin ? Tu pourras travailler, je ne ferai pas de bruit. »
Pour toute réponse, il mit fin à la distance entre nous en m'embrassant. Et je prenais ces actes comme des choses rares, j'en voulais plus et les mendiais dans un silence insupportable. Ses mains, qu'il avait placées sur mes joues, les irradiaient de chaleur. « Reste autant que tu le souhaites », c'était ce qu'il avait déclaré entre deux baisers.
Je m'étais assoupie pendant deux heures, et en sortant lentement de mon sommeil, je réalisai qu'il avait apporté une couverture pour me couvrir des flux d'air qu'envoyait

la climatisation depuis le plafond. Je n'avais pas senti que je m'endormais, mais le soleil, dont les rayons traversaient le velux, avait caressé mon visage et bercé d'une douceur infinie. J'avais longuement contemplé son dos et écouté le son de son clavier qui émettait un doux cliquetis.

Pendant des années, je m'étais demandée si je pourrais vivre avec un homme un jour, si ce songe pourrait se réaliser et à quel moment de ma vie. Ce n'était pas un objectif, et je n'y accordais pas tellement d'importance, mais je voulais savoir si cela me transformerait en tant que femme, et s'il était possible pour une personne comme moi d'être vulnérable et de partager mon cœur et mon toit avec un autre. Si j'aurais un jour ce sentiment d'appartenance.

À cet instant, je pensais que j'aurais pu vivre ainsi tous les jours, avec le réconfort de sa présence.

Au déjeuner, il prit une grande serviette de plage et sortit par la baie pour aller commander à manger chez le voisin restaurateur. « Mangeons dehors, devant la terrasse », déclara-t-il en éteignant ses écrans.

Enfin, lorsque j'allais l'interroger sur son silence, sur sa retenue, et la préoccupation que je lisais dans ses yeux lorsque nos regards se croisaient, puis se détachaient aussitôt, parce que nous n'avions que très peu échangé, alors que nous avions toujours pris l'habitude de partager chacune de nos pensées, comme pour laisser l'autre imprégner notre corps, il devina ce que j'étais sur le point de faire et prit les devants.

— « J'aime la vie quand tu es ici, Lili. J'ai pensé être mal réveillé en te voyant ce matin, mais tu te tenais là, et je n'avais rien à souhaiter de plus. »

Son regard se dirigeait à nouveau vers les vagues, ce qui me permis de le regarder, lui. Je n'aurais pas eu le courage de le confronter droit dans les yeux après cette déclaration. La nuit ne lui avait pas fait oublier les paroles que j'avais prononcées la veille. Peut-être y avait-il repensé, et que ses cernes, plus creusées que d'habitude ce matin, étaient le résultat d'une insomnie causée par mes mots. Peut-être qu'il regrettait de ne pas me l'avoir dit la veille, et avait senti que j'avais besoin d'entendre de sa bouche ce qu'il pensait de moi. S'il savait que je n'attendais rien de lui. J'étais déjà reconnaissante de l'avoir connu dans cette vie.

— « J'aime tout ça. »

Je devais le dire pour le réaliser vraiment. Ces mots étaient dans ma gorge, et les entendre à voix haute me procura un sentiment familier. Je n'avais plus rien à cacher, et je voulais seulement qu'il sache qu'il me rendait heureuse, comme j'avais pu le lui avouer le mois précédent, lorsque j'avais pressenti qu'il allait cesser de taire ses sentiments, et enfin franchir la ligne qu'il avait lui-même dressée.

Il fallait que je retourne au resort. Un jour, nous avions compté combien de pas le séparaient du restaurant. 305. Il n'y avait pas de logement plus proche. Maintenant que j'avais eu assez de lui, je pouvais continuer ma journée.

— « À plus tard », lançai-je, en prenant la route vers le restaurant. Il replia la serviette sur laquelle nous nous étions assis, après l'avoir secouée plus loin, et en me retournant à de multiples reprises, il me regardait toujours, un œil à moitié fermé, aveuglé par le soleil, la serviette sous le bras.

En arrivant, ma mère me remarqua aussitôt, et dans la direction par laquelle j'arrivais, elle comprit, mais ne me posa pas de question. Un peu avant que le soleil ne commence à tomber, et après avoir retiré le tablier qu'elle portait constamment, elle me proposa d'aller nous balader à une plage, dans le quartier de Lipa Noi, que nous n'avions pas visité depuis longtemps. « Juste nous deux », comme une récompense que j'avais décrochée. Nous n'avions pas passé de moment privilégié depuis des semaines.

Alors qu'elle était sur son téléphone, à régler à distance un problème au resort que mon beau-père ne voulait pas fixer, tout le bonheur que m'avait procuré ce moment me glissa entre les doigts. Comme ma mère restait constamment sur son lieu de travail pour manager, ou rester à disposition au besoin de son personnel, mon beau-père avait pris l'habitude de partir en ville ou chez des amis, chez qui il passait la plupart de son après-midi, parfois jusque tard dans la soirée.

À plusieurs reprises, il nous avait laissées nous débrouiller pour changer les appareils de climatisation des bungalows, les portant à bouts de bras et chutant dans le sable des allées. Il ne nous accompagnait jamais aux courses pour le ravitaillement des stocks, et je doutais qu'il sache où se situait le magasin et les locaux des principaux partenaires et fournisseurs. En conséquence, lorsqu'il s'agissait de prendre en main le resort en l'absence de ma mère, elle ne pouvait pas compter sur son mari, qui était également son associé. Par solitude, ou par frustration de se trouver dans un pays qui lui était totalement étranger, il avait pris l'habitude de boire jusqu'à ce qu'il ne soit plus en mesure de réfléchir ou de tenir des propos cohérents.

Parfois, j'en voulais à ma mère pour les choix qu'elle avait faits, tant dans sa vie que dans ses relations. Ce qui m'avait poussée à chercher à être autonome depuis mon plus jeune âge résidait sûrement dans mon dégoût de voir qu'elle refusait de concevoir être seule alors qu'elle était parfaitement capable de mener sa vie en l'absence d'un homme. Je détestais son incapacité à se souvenir qu'elle était une femme avant tout, dont les rêves et les idées étaient tout aussi importants. J'avais imaginé tellement plus, mais elle choisissait délibérément de se contenter de moins, d'accepter bien moins que ce qu'elle méritait.

J'avais su assez tôt que je ne devais pas avoir besoin de ma mère, qu'il fallait apprendre à ne pas la solliciter, et elle avait fait l'éloge de mon autonomie auprès de tous depuis mon enfance. Peut-être qu'elle voyait en moi qui elle aurait pu être, et je voyais en elle qui je ne devais absolument pas devenir. En y repensant, je n'avais jamais utilisé son maquillage et dérobé ses vêtements, qui semblaient si différents de moi durant mon adolescence, comme si nous étions déjà bien trop différentes alors que j'étais moi-même issue de son propre corps. Peut-être que je refusais de marcher dans ses pas, de peur qu'ils ne mènent à la même vie ?

Sur cette plage au sable doux, j'étais avec ma mère. Elle était la mienne, et j'étais la sienne, et il y avait eu ce moment dans notre existence où elle avait été la seule personne à me connaître, et où mon monde n'était constitué que d'elle. Je la regardais marcher, avec amour, plaçant un pied devant l'autre au rythme des vagues. Ou était-ce de l'empathie ?

Des vendeurs ambulants réajustaient la disposition des articles qu'ils vendaient sur leurs chariots. Je m'approchai de certains, à la recherche d'objets fabriqués à la main, cherchai un coup de cœur, un article qui m'attirait, et détournai à nouveau mes yeux pour retrouver la silhouette de ma mère.

La plage était déserte, et seul un couple d'occidentaux avec leurs deux enfants était installé sur un tapis de plage. La mère s'appliquait à visser un petit chapeau rouge sur leur aîné, et le père tenait la main du plus petit en pointant des noix de cocos tombées sur le sable. Un homme grand et mince se baignait au loin et avait déposé ses affaires bien trop proche des premières vagues qui venaient infiniment apporter l'écume. Le soleil s'était couché, et les ombres roses qu'il avait laissées sur nos joues allaient doucement se dissiper.

En retournant au restaurant, alors que la nuit était tombée, et que les premières commandes avaient commencé, je vis Theodore penché sur un cahier avec Nina, prenant son rôle à cœur, et lorsqu'il leva la tête, comme s'il avait pressenti notre arrivée, il nous sourit.

Je m'assis en silence à ses côtés, fixai droit devant moi le mobile de coquillages qui était suspendu à une poutre et émettait un son crémeux et paisible au moindre coup de vent, et il vit la contrariété dans mes yeux. Il me regardait, anxieux, comme ces fois, des mois auparavant, où je mettais mes écouteurs et m'asseyait intentionnellement à la même table que lui, ignorant sa présence alors qu'elle me bouleversait, l'obligeant à me parler, tentant d'écouter ce qu'il pouvait dire lorsqu'il pensait que je ne l'entendais pas, avant que l'un de nous deux ne supplie « *S'il te plaît, ne prétends pas que je n'existe pas.* »

7

Après s'être disputée avec mon beau-père pour la troisième fois depuis le début de la semaine, ma mère ne cessa de le maudire. Comme je devais être à son écoute à chaque fois qu'elle menaçait de le quitter, ou qu'elle déclarait qu'ils finiraient par s'entretuer, je l'écoutais d'une oreille et pensais à ce qu'elle avait simplement à faire pour se débarrasser du poids qu'il était devenu dans sa vie : le quitter.

Il avait accepté de l'accompagner sur cette île, qu'ils avaient visité pour la première fois ensemble quelques années auparavant, mais c'était surtout pour impressionner son entourage. « *Nous quittons la France* », « *À nous la vie paradisiaque* ». En attendant, il n'avait pas participé aux préparatifs qui précédaient la vente de la maison. Il s'était contenté, à son habitude, de rappeler à ma mère les tâches qu'il restait à faire : le vide-grenier à préparer, le passage à la déchetterie pour jeter les meubles du garage qu'ils n'avaient pas réussi à vendre, le dépôt des testaments chez le notaire. Les visas et l'inscription à l'école pour Nina avaient été préparés par ma mère. Je l'avais détestée alors. Pour son départ, son abandon même, et pour sa lâcheté. Elle détestait sa vie en France car elle détestait la personne avec qui elle la partageait. Changer de pays ne changerait rien. Sa crainte de se retrouver seule primait sur tout et maintenant que j'étais à Samui, je lui reprochais de m'obliger à porter ce fardeau avec elle. Après tout, j'avais été là pour elle depuis le début, nous avions grandi ensemble, mais une partie de ma souffrance résidait dans le rôle de pilier qu'elle m'avait attribué. À force de la soutenir dans ses multiples chutes, je faiblissais et tombais la première.

Ma mère n'avait jamais voulu être mère. Je le savais car j'étais comme elle, et je reconnaissais en elle, comme en moi, cette absence de maternité, ce non-désir de procréer. Elle ne voulait aucune trace de sa vie à part sa seule existence. À mes 22 ans, je lui avais déclaré que je ne voulais plus être sa partenaire. J'avais besoin de me couper de ses soucis conjugaux, commencer à travailler sur la personne que je voulais devenir, et me libérer des chaînes auxquelles elle m'avait attachée en prétendant que c'était notre cordon ombilical. Je ne pouvais plus être seulement la sienne. Comme je l'avais redouté, elle avait vécu cela comme une trahison. C'était ainsi avec elle : je pouvais communiquer, le problème résidait dans son refus de me comprendre. Elle avait fini par quitter le pays en m'y laissant. Nous étions redevenues proches grâce à la distance. Au final, ma relation avec elle était constituée de périodes où l'on était si complices que nous ne vivions que de l'amour que nous portions l'une pour l'autre, et puis, une haine inexplicable naissait dans nos cœurs et le remplissait de rage. Nous étions entrées dans cette période et je n'en voyais pas la fin.

Un matin que je sentis le grand gouffre m'aspirer à nouveau, je restai au lit pendant toute la matinée. Puis, lorsque la faim me prit au ventre, je pris un tuk-tuk et comme je voulus partir loin, je n'indiquai aucune destination. Le véhicule me conduisit jusque dans le sud de l'île, que j'avais rarement visité en journée. Cette partie, déjà touchée par le tourisme de masse, commençait à s'européaniser, et finirait éventuellement par perdre son charme thaïlandais. Je m'arrêtai dans un restaurant face à la mer, et la serveuse fut surprise de voir que je mangeai seule.

— « ส้มตำ มันเผ็ด, la salade somtam est piquante », m'avertit-elle, un sourire aux lèvres.

— « กินเผ็ดได้ je peux manger pimenté », confirmai-je. « Sans crabe, s'il vous plaît. »

— Oh, เก่งมาก ! Très bien ! »

Lorsqu'elle vint déposer mon assiette, elle tira une chaise sur la table voisine et m'interrogea. D'où venais-je ? Avec mes traits asiatiques, les thaïlandais s'interrogeaient souvent sur mes origines. J'habitais plus haut, dans le nord de l'île. Je venais de France. Je n'étais pas là pour des vacances. Je n'avais pas de statut, et je devrais bientôt quitter le territoire si je ne trouvais pas de travail. J'étais dans cette période de vie où je n'allais dans aucune direction, j'attendais patiemment entre mon passé et mon futur, appréhendant le prochain chapitre.

Elle me partagea ses connaissances sur le Laos lorsque je lui indiquai que mes grands-parents avaient vécu là-bas jusqu'à ce que la guerre du Vietnam ne les contraigne à fuir.

Je sentis son regard inquiet lorsque je m'allongeai au pied d'un cocotier, dans une partie de plage sauvage où le soleil me fatigua subitement. Il fallait que je ferme les yeux.

Je fus réveillée par la sensation qu'un orage se préparait ; le vent était plus agressif que d'habitude, et je sentis que l'air était devenu humide. Lorsque le soleil illumina de ses derniers rayons fuchsia mon visage, je l'observai en plissant les yeux jusqu'à ce qu'il se couche derrière l'horizon. Je ne trouverai pas la force de rentrer en taxi. La plupart devait déjà être concentrée au port de Nathon, ou à celui de Bang Rak, ou encore en centre-ville pour les touristes qui avaient souhaité prolonger la soirée jusqu'à l'aube. J'aurais également pu appeler Theodore, qui serait venu me chercher en voiture, mais je n'avais pas le courage de le confronter. Pour lui aussi, je ne voulais pas être un fardeau. En longeant le bord de la plage, un hôtel près de la route principale pouvait m'accueillir. J'y passerai la nuit, et retournerai à la maison le lendemain. Devant, il y avait la mer.

J'avançai doucement, pas après pas, puis me glissai finalement dans l'eau. Il n'y avait plus de vagues à cette heure-ci, et le soleil allait définitivement retirer au monde sa lumière dorée. Les vêtements que je portais devinrent de plus en plus lourd sous l'eau. Je n'eus plus la force de me tenir debout, et me laissai tomber. Le regret fut instantané. En remontant à la surface, je me sentis sale. Le sel m'avait rendue poisseuse, j'étais nauséeuse, et l'eau s'écoula de mes cheveux, ce qui me poussa à quitter l'océan pour m'asseoir sur le sable.

À mes côtés, un tout petit oiseau dont le corps était d'un profond bleu canard s'était posé. Par sa proximité, il me sembla qu'il n'avait pas remarqué ma présence et ses pas dans le sable ne laissèrent aucune marque de son passage. Nous étions similaires. Seuls, nous ne laissions aucune trace sur cette plage, sur cette île et dans cette vie.

J'avais vécu seule pendant longtemps. Je connaissais les pensées noires et les nuits sans sommeil, où j'avais pour seule compagnie la lassitude d'exister. Pourtant, cette nuit-là avait été la plus dure de toutes ; parce que je n'étais pas familière au quartier dans lequel j'étais venue, parce que je voulais que ma mère se demande où j'étais, qu'elle vienne me chercher, que Theodore se propose de me récupérer, et qu'il m'enlace aussi fort et aussi longtemps que j'en ressentais le besoin, en m'affirmant qu'avec lui à mes côtés, tout irait mieux. Je dus affronter cette nuit seule.

Je dormis par intermittence. Ma douloureuse solitude m'avait noué l'estomac et le déjeuner tardif plus tôt dans la journée menaçait de me rendre malade. Ce n'était pas la façon dont ma vie devait se passer.

À nouveau, les interrogations qui se posaient sans cesse dans ma tête ressurgissaient, comme une ombre, similaire aux alertes au travail sur mon agenda qui me rappelaient tous les jours les rendez-vous et les dates butoirs. Soudain, le souvenir anxieux des rendez-vous clients, de ceux mécontents, des projets à envoyer, ceux à modifier, les dossiers toujours plus complexes juridiquement, les patrons insatisfaits, qui puisaient dans mon énergie, comme s'ils pouvaient creuser de leurs propres mains dans le tronc de mon corps. La volonté de ne plus continuer dans ce chemin tracé, les dîners négligés, les soirées alitées, les insomnies ou encore les nuits à cauchemars. Toutes les fois où j'avais eu l'intention de parler à ma mère de mes problèmes, des fois où j'avais eu besoin d'elle plus que tout et plus que n'importe qui d'autre, et les fois où j'avais fait face à un mur, froid et dur. Cette existence où je n'étais jamais suffisante m'était insupportable.

Lorsque je conclus que je ne dormirais pas plus que je ne l'avais souhaité, l'horloge au-dessus de la porte qui menait vers la salle de bains indiqua qu'il était bientôt six heures. Mon téléphone s'était éteint durant l'un de mes nombreux moments de somnolence, et je n'avais pas mon chargeur avec moi. Je fermai doucement la porte de la chambre, inconfortable dans cette peau et dans mes vêtements rêches de ma baignade de la veille, bien que je les eusse rincés sous la douche et séchés sur le balcon. Les couloirs étaient encore assommés par un silence qui me pesait. La vie s'était figée. Le monde s'était arrêté de tourner avant de reprendre sa course vertigineuse, son rythme effréné, laissant derrière lui ceux qui étaient trop faibles pour continuer.

Il y avait une boutique 7-eleven à deux cent mètres de l'hôtel, et j'y avais acheté de quoi me laver le visage et me brosser les dents. Dans cette boutique, nous trouvions toutes les premières nécessités, des plats prêts à être consommés, des denrées alimentaires à ne plus pouvoir choisir, ainsi que des accessoires et vêtements. Si seulement j'avais pu y trouver une pilule qui permettait d'éteindre le feu en moi, de chasser l'ombre qui s'était emparée de mon âme hier au réveil, le mois dernier pendant la nuit, et toutes les fois précédentes. Lorsque je me réveillais abattue, la douleur s'emparait de mon corps, elle se délectait, et anéantissait des besoins humains tels que la faim, la soif ou encore le sommeil. Dormir n'était pas un besoin, mais il était nécessaire que je ne sois pas consciente pour fuir l'existence.

Je n'avais emmené qu'un sac contenant mon porte-monnaie, une serviette de plage et un livre, que j'avais arrêté de lire. Avec tristesse, j'avais conclu que le livre, que j'avais acheté à la librairie anglophone en ville, ne résonnait plus en moi. Les mots semblaient mal choisis, ils étaient devenus compliqués, puis illisibles. Pendant un instant, j'envisageai même de le laisser sur la table de chevet. Je n'y tenais plus. Il trouverait un meilleur lecteur. Je mis mon sac sur l'épaule, et me dirigeai vers la réception pour rendre les clés de la chambre et demander si un van ou un taxi comptait se rendre au nord de l'île aussi tôt. Par chance, un employé se rendait chez un écailler dont la boutique était située dans le quartier voisin du mien, et se proposa de m'y déposer sur le chemin. La route se fit en silence. Peut-être avait-il deviné dans mon regard l'affliction dans mon esprit qui renfermait mon visage, signalant qu'il n'était pas nécessaire de se livrer à de futiles conversations ?

Lorsque je foulai l'allée vers le restaurant, qui me rappelait une maison que je connaissais par cœur, un chemin de sable dans lesquels mes pas s'enfonçaient doucement, un milieu si familier qu'il me manquait même lorsque j'y étais, j'aperçus Theodore qui était installé dos à moi. Depuis combien de temps était-il ici ? Il était tout juste sept heures, et le restaurant n'ouvrait pas avant trois quarts d'heure, mais les résidents du resort étaient autorisés à s'installer sur la plage ou sur les tables en dehors des heures d'ouverture.

J'avais tant de fois espéré l'apercevoir avant qu'il ne me remarque, voir les tâches auxquelles il s'adonnait lorsque personne ne le regardait. Prétendre que nous étions à nouveau deux complets étrangers, le regarder droit dans les yeux en lui demandant si, dans mon simple regard, il pouvait deviner la manière dont j'avais déjà entremêlé les deux fils de nos vies. Il fixait l'écran de son téléphone. J'aimais ce moment de la journée parce qu'il n'y avait personne sur le sable et au restaurant, les vagues se réveillaient doucement, et la brise rendait la température encore supportable. Il était trop tôt pour définir la météo du jour.

En passant derrière lui, je posai ma main sur son dos, et il tourna sa tête en me souriant, reconnaissant ma peau au contact de la sienne, et peut-être même qu'il avait senti ma présence, bien avant que je ne le touche, et avait attendu que j'arrive jusqu'à lui. Sur son visage, je ne pus lire qu'une extrême fatigue qui lui fit plisser les yeux. C'était ainsi parfois, il paraissait vieux. Je me penchai vers lui, mis ma joue contre la sienne et mes bras autour de son cou, et nous semblâmes égaux. Il ne semblait plus avoir toutes ces années qui l'éloignaient de moi et lui accordaient le droit de m'être supérieur.

— « Tu as l'air triste. Où t'étais passée ? »

Je secouai la tête, et il prit mes poignets pour les sceller.

— « Je me suis perdue hier. J'ai dû dormir dans un hôtel vers Lamai. Tu as un chargeur compatible avec mon téléphone ?

— Tu aurais pu m'appeler, je serais venu. Ta mère pensait que tu étais chez moi.

— Je n'ai pas envie de faire appel à toi dès que j'en ai le besoin », dis-je, péremptoire. Je pris place à ses côtés et vérifia du coin de l'œil si nous étions seuls. « Tu as un chargeur ? », réitérai-je.

— « Ce n'est pas ce que je voulais dire. J'étais vraiment inquiet. Je dois en avoir un à la maison. Tu viens ? »

Il se leva et s'apprêta à rentrer, sans même vérifier si je le suivais. Je crus déceler dans son regard un soupçon de tourment. « J'ai eu l'impression que tu étais partie ». Le sourire triste que je lui adressai le suppliait de m'enlacer

longuement, jusqu'à ce que je lui permette de me libérer, ce qui signifiait pour moi qu'il était fier de toutes ces batailles silencieuses que j'avais vécues, et qu'à la fin, j'avais choisi de continuer à vivre encore hier soir.
— « Ah, tu es là ! J'ai besoin de toi ! »
Ma mère revenait des courses où elle avait acheté les trente kilos de viande hebdomadaire, ainsi que d'autres aliments pour le restaurant. Qui s'occupait de Nina si elle était ici ? Mon regard s'était attardé sur mon beau-père qui fumait une cigarette sur un bain de soleil. Il ne s'était jamais soucié de s'occuper de sa fille le matin, d'accompagner ma mère, de l'aider à porter les sacs de légumes et de poissons au marché, ni même de débarrasser lorsqu'elle revenait avec la voiture remplie de sacs de courses. Lasse, elle ne lui demandait plus grand-chose. Elle était déjà repartie vers la voiture avec Nana qui avait interrompu le nettoyage des bungalows pour l'aider.

Theodore déposa ses affaires qu'il avait rassemblées, prit mes épaules pour nous guider jusqu'à la route, et nous fîmes trois allers-retours pour débarrasser le véhicule.

D'habitude, j'aurais aidé Nok à répartir la viande dans des pochettes de portions individuelles, mais comme elle n'avait pas de commandes en cours, je pensais qu'elle pouvait prendre le temps de le faire sans moi.

J'avais aussi besoin de me retrouver seule. Il me fallait aller délivrer ma souffrance aux vagues, me nettoyer de cette peine avant qu'elle ne s'empare de moi à jamais.

Avant de déclarer qu'il rentrait chez lui travailler, Theodore déposa un baiser sur le haut de mon crâne qui ajouta à la morosité que je portais une couche de cette tristesse qui creusa un vide dans mon torse. Je compris qu'il ne reviendrait pas de la journée, ou le soir, au dîner. Je serais en cuisine, et je pourrais seulement entendre les bribes de son rire depuis mon poste.

Je partis me baigner avec le maillot de bain que je laissais dans la grande maison et que je n'avais utilisé qu'une fois. Le soleil était déjà haut dans le ciel et m'empêchait de voir à travers la clarté de l'eau. Alors que je pensais être seule à profiter de la mer à cette heure de la journée, un homme avec un chapeau à large bord me fit un signe de la tête avant de monter sur un des paddles que nous mettions à disposition et je l'observai s'éloigner vers Koh Phangan en face. Nous ne pouvions pas atteindre l'île en paddle, mais la plupart des touristes aimait s'en approcher autant que possible.

Plus tard, Nina m'apprit qu'il résidait dans un des bungalows depuis la veille. Il avait mon âge. Ma baignade fut courte, je déliai mes doigts sous l'eau, fis couler des gouttes salées sur mon bras tendu, et enfouis mes orteils sous le sable froid. J'avais seulement besoin de me sentir flotter, d'ignorer que tout était si lourd à porter sur terre. L'océan s'accrocherait à moi, il m'ancrerait pour que je ne parte jamais. Tout ce bleu m'absorbait.

Dans l'après-midi, je rinçai une papaye et un chou blanc pour les râper lorsque ma mère vint se recoiffer dans un miroir que nous avions accroché au frigo de la cuisine.

— « Je ne t'ai pas entendue de la journée », fit-elle remarquer.

Je haussai les épaules, inquiète de mentionner ma nuit et le malaise dont j'étais enduite depuis la veille. J'avais voulu lui dire que je n'avais pas été chez Theo, et que je ne lui avais jamais menti. Seulement, elle n'avait jamais vraiment cherché à découvrir ce que je dissimulais dans mon esprit, parce que si elle me demandait d'être honnête avec elle, et si je voyais dans ses yeux qu'elle y portait réellement de l'intérêt, je lui aurais tout confié.

La radio que Nok avait allumée pendant qu'elle faisait la vaisselle diffusait une chanson à l'air mélancolique et je crus comprendre certaines paroles du refrain.

— « Je ne me sens pas très bien », avouai-je finalement.

Je ne m'en étais pas aperçu, mais elle était déjà repartie. La vérité, c'est qu'en plus de m'être intentionnellement perdue dans l'île la veille, j'avais regardé mon compte bancaire, et m'étais alertée, car je ne pouvais plus ignorer le manque d'argent qui allait arriver d'ici quelques semaines. L'angoisse faisait dérober le sol à mes pieds. Le sable déstabilisait mes talons nus. Ici, je n'avais aucune charge, et vivre sur cette île m'avait appris à me contenter de tout ce que j'avais déjà, elle était tout ce dont j'avais besoin. Toutefois, mes petites économies étaient passées dans ces cinq derniers mois, et je refusais de vivre aux dépens de ma mère à mon âge. Je n'avais toujours pas de travail pour m'assurer une source de revenus. Les choses ne se passaient pas comme je l'avais imaginé avant de quitter la France. Au final, je songeais à y retourner pour trouver du travail, et revenir lorsque j'aurais eu assez d'économies : c'était tout ce que je pouvais me permettre si je voulais aller de l'avant.

Je revis ma mère un peu plus tard pour m'annoncer qu'une table de dix personnes venait de s'installer. Je déclarai que j'envisageais de partir. De plus, mon visa expirerait dans deux semaines, et je devrais quitter le territoire. De son côté, elle n'avait pas idée de l'état de mes finances. J'étais fière de savoir qu'elle n'avait jamais eu à se soucier de cela, et aujourd'hui, j'avais trop honte pour le lui dire explicitement.

— « Pourquoi tu dis ça ? »

— Je n'ai plus le choix. Il ne se passe rien, l'argent part et rien n'entre. Je ne vais pas vivre éternellement dans cette situation. Je ne peux pas.

— On en reparle ce soir », déclara-t-elle en allant servir les boissons aux clients qu'elle venait de mentionner.

Theodore était passé, juste après la dernière commande, apportant des desserts achetés au marché de Nathon pour que le personnel y goûte. Je voulus lui dire que j'allais parler à ma mère le soir-même, m'assurer qu'il serait de mon côté, mais j'eus soudainement honte qu'il ne sache plus de choses qu'il n'aurait dû. Pendant que le personnel se répartissait les pourboires au bar, il releva les mèches de cheveux qui tombaient sur ma nuque, et je me hissai sur les talons pour l'embrasser.

— « Tu es sûre de ne pas venir ce soir, alors ?

— Sûre. »

Mais mes yeux que je sentais déjà humides me trahissaient.

— « Bonne nuit », dit-il. « On se voit demain ».

Je pensais vraiment que je le reverrais le lendemain.

À la fermeture du resort, ma mère me déposa à la maison avant d'aller chercher du linge chez Nat. Je l'attendis sur la terrasse en allumant une bougie pour éloigner les moustiques. Mon beau-père, qui était rentré plus tôt, vint me rejoindre en allumant une cigarette. Je ne supportais plus cette odeur omniprésente de tabac et décidai de rentrer me doucher en attendant. Il ouvrit la bouche, tenta de prononcer quelques mots pour finalement murmurer « Bonne nuit », avant que je ne puisse fermer la porte. Puis, à travers l'écoulement de l'eau sous la douche, j'entendis la voix de ma mère.

— « Maman ? »

La porte de sa chambre s'ouvrit lentement sous ma poussée et elle se tenait sur le lit, éreintée.

— « Maman, on devait parler », lui rappelai-je.

Elle ouvrit ses yeux, qu'elle avait fermés pour se reposer un peu, et son regard me commanda de poursuivre.

— « J'ai besoin de te parler.

— Tu vas avoir froid, sèche-toi avant.
— Ça ira, je n'en ai pas pour longtemps.
— Il faut que tu restes. Comment je vais faire sans toi, avec tout ce qui arrive et l'autre que je ne peux plus supporter... »

« L'autre » désignait mon beau-père qui vivait comme un colocataire dans cette maison et dans sa vie. Je ne voulais pas que nos échanges se résument à détester cet homme, car c'était tout ce que nous avions fait depuis mon arrivée en début d'année. Je désirais une vraie complicité mère-fille, un lien qui reposait sur de l'amour et une affection sans limite.

— « Je ne vais bientôt plus avoir d'argent. Il faut que je rentre, et je reviendrais je t'assure. J'ai besoin de temps pour moi, je ne peux pas mettre ma vie en pause comme ça. Je dois reprendre ma course. »

Elle ne comprit pas, mais insista.

— « Qu'est-ce qu'il y a avec l'argent ? Tu peux rester ici, j'ai assez d'argent pour nous tous.

— Ce n'est pas ce que je veux, et il y a cette histoire de visa...Tu as ton mari, tu as toute ta vie ici. Je n'ai rien », tentai-je d'expliquer.

— « Tu ne comprends vraiment rien », dit-elle sèchement.

La climatisation qu'elle avait enclenchée plus tôt me fit frissonner en même temps que ses mots. Quelques gouttes d'eau tombaient de mes cheveux pour s'éclater au sol. Je l'aimais plus que je ne m'aimais, mais je ne pouvais pas passer ma vie à vivre pour elle.

— « Pars, si tu ne veux pas cette vie alors ! »

Elle se leva subitement, se dirigea vers la salle de bains d'où je venais moi-même de sortir, et claqua la porte en bois. Le fracas signa la fin de notre conversation.

Je reconnaissais ce ton, cette haine qui naissait dans les yeux des personnes que nous aimions le plus sur terre pour nous dévaster, et je sus que je la perdais à nouveau. Ma mère n'avait jamais consommé de drogues, et quelconque produit psychotrope. À part le tabac, qu'elle avait commencé à fumer, pour faire comme les autres, rien ne pouvait altérer son comportement, pas même l'alcool, qu'elle consommait rarement et avec modération. Dans ces instants, j'avais souhaité que ce soit ces ombres qui s'emparent d'elle et l'éloignent de moi, je voulais excuser ses mots en prétendant qu'elle n'avait pas toute sa tête.

Ses mots me nouèrent la gorge et je dus me battre longtemps pour ravaler mes larmes avant d'attendre un sommeil qui ne viendrait pas. Ma mère avait-elle besoin de me briser pour trouver en moi une partie d'elle ?

Je voulais partir. C'était la solution que j'avais toujours trouvée.

Le lendemain, j'accompagnai ma sœur en silence jusqu'au bord de la route et vis qu'elle avait remarqué mes yeux gonflés par le chagrin. Je passai la journée dans la maison, allongée dans le lit que j'avais longtemps partagé avec elle, m'interrogeant sur ce qui m'avait poussé à en arriver à ce moment précis. Ma mère ne m'appela pas à l'aide au resort. Le silence. C'était ma punition pour ne pas aller dans son sens.

Je voulais quitter cet endroit, et cette vie. Cela fit tilt dans mon esprit pour la première fois depuis des semaines, mais quitter l'île était la seule manière de me libérer du sentiment constant d'être drainée et épuisée. Épuisée de prouver que j'avais ma place dans ce monde, que j'étais là pour une raison, je devais m'exiler à nouveau, comme je l'avais fait cinq mois plus tôt en quittant mon pays natal. J'avais dû attendre que ma mère me rejette, j'attendais qu'elle me blesse pour me donner le courage de partir. Il me fallait cette raison pour ne pas me dire que je l'abandonnais.

En y repensant, je ne me souvenais déjà plus de la dernière fois que j'avais lavé les verres à pied dans l'évier qui se situait entre le bar et la cuisine. Entre les deux, je nettoyais rigoureusement les contenants, dans lesquels des fonds de vins ou de cocktails résidaient. Un soir, je m'étais coupée au niveau de la phalange de mon auriculaire en lavant un verre à pied, et tout s'était déroulé si vite que le sang s'était mélangé au vin que je venais de vider dans le bac de l'évier. Je n'avais pas paniqué, je n'avais alerté personne, et ce n'est qu'après avoir serré mon doigt dans d'épaisses couches d'essuie-main, et vu que le sang, qui n'avait cessé de s'écouler, avait coloré la totalité de la compresse, que j'avais discrètement alerté ma mère qui était attablée avec des amis ce soir-là. Après l'incident, une cicatrice était apparue après une semaine où je nettoyais rigoureusement la plaie qui révélait ma chair. Il était arrivé la même chose à ma mère, au même endroit, comme c'était le doigt le plus susceptible d'être coupé lorsque nous lavions les verres. Nous porterions la même cicatrice.

Bientôt, je ne me souviendrai plus de la satisfaction d'un plat préparé et dressé avant que le client n'ait eu le temps de revenir d'une baignade entre la prise de la commande et l'arrivée de son plat. Tous ces rituels et ces habitudes glissaient de mes doigts, sans que je ne puisse me dire que c'était la dernière fois, en partie parce que j'avais présumé qu'il y en aurait toujours d'autres.

Je tentais de récupérer ces données, souvenir par souvenir, comme si la chance de revivre ce quotidien, et d'être entourée de visages familiers ne se représenterait plus jamais. J'étais coincée dans ce désir d'ailleurs sans me rendre compte que cette vie était la seule qu'il m'était donné de vivre. Pour la première fois de ma vie, j'aurais voulu déposer mes valises et ne jamais avoir à repartir. J'aurais voulu appartenir à cet endroit.

Même si je souhaitais qu'une personne vienne me voir, m'enlace et écoute ma peine, je devais rester dans ce confinement. Même Theodore ne m'avait pas envoyé de messages. Il aurait pu m'obliger à lui indiquer dans quel hôtel je logeais depuis des jours. Je lui en voulais de ne pas prendre son véhicule pour ratisser les rues avoisinantes, crier mon nom dans les marchés aux fins de me trouver, égarée, me chercher en vain, mais cela n'avait jamais été dans notre dynamique.

Je repensais au billet d'avion que j'avais acheté pour mon retour en France, dépensant mes dernières économies. À mon retour, qu'allais-je dire à ma famille ? J'avais souhaité récupérer mon appartement, revenir en arrière, retrouver ce que j'avais laissé. Qu'on me redonne mon espace, que je puisse dormir sans jamais être dérangée, parce que je ne supportais plus d'exister. J'avais testé l'échantillon, je souhaitais maintenant le rendre et reprendre tout ce à quoi j'avais renoncé.

La colère en moi m'empêchait de passer au-dessus des évènements. Pour punir Theo, je n'avais pas l'intention de lui annoncer mon départ. En vérité, je ne savais pas comment le lui annoncer, et je ne voulais pas découvrir que cela ne provoquerait rien en lui, qu'une certaine forme de soulagement se dessinerait sur ses traits fatigués, qu'il aurait haussé les sourcils, soupiré, puis aurait continué à rire et discuter comme il aimait tant le faire. Il n'aurait plus à me supporter, n'aurait plus à me laver et partager son lit dans lequel il prenait plaisir à dormir seul depuis si longtemps.

Ce qui me blessait le plus était de ne pas pouvoir expliquer à ma sœur la raison de mon silence, et celle de mon départ. Elle avait dû rentrer de l'école et s'apercevoir que je n'étais plus là. En l'accompagnant au bord de la route pour attendre son van ce matin-là, je l'avais enlacée au cas où je ne la reverrais pas, car je savais que ma valise, que j'avais préparée en silence la veille, m'attendait. J'avais déjà songé à ma fuite.

La semaine de l'anniversaire de ma mère, personne ne prit contact avec moi pour me convier à l'évènement. Au cours de la soirée, je vis défiler des photos prises par mon beau-père et publiées sur les réseaux sociaux. Comme ma mère, mon beau-père et même ma sœur, Theodore ne semblait pas accablé par mon absence, et je lui en voulais d'être heureux sans moi. Je leur en voulais de me montrer leur bonheur sous le nez en clamant qu'eux n'avaient pas besoin de ma présence pour se sentir accomplis.

J'imaginais Theo rire avec d'autres personnes, de son rire sincère qu'il employait avec des personnes de son âge. Après tout, il avait connu ma mère avant de me rencontrer, et y était bien plus à sa place que moi. Ma tristesse s'était transformée en colère et personne ne voulait découvrir qu'à travers la première couche de ma plaie, se cachait le deuil de l'amour que j'avais en moi et qui n'avait aucun endroit où aller. Je n'avais aucun endroit où aller.

Dans cette existence solitaire, je m'étais résignée : il n'y avait que moi qui pouvait me sauver. Aux yeux de tous, je n'étais plus qu'une boule de rage qu'on avait laissée trop longtemps. J'éclatais au simple toucher et je m'effondrais pour exprimer mon désarroi. Peut-être que si je dormais assez longtemps, ma mère viendrait me réveiller, et je n'aurais plus à me battre seule contre la vie. Pourtant, elle ne serait plus jamais ma mère.

Dans cette chambre d'hôtel, je voulais fuir le monde, me cacher de toute peine, de cette souffrance qui était revenue en me laissant croire qu'elle était définitivement partie. Je m'étais faite toute petite, recroquevillée dans ce lit, tiré les rideaux pour que personne ne puisse me déranger, mais la douleur m'avait retrouvée, et ne me quitterait plus.

Ces journées confinées n'avaient été que des heures sombres. L'existence m'avait éreintée.

Alors que mon départ approchait, je pensais à tout ce bonheur qui s'était présenté à moi de mille façons ces cinq derniers mois. J'ai souvent eu des difficultés à me rappeler de la chronologie des évènements, mais je me souvenais de tout, par éclats aléatoires, et réalisais que j'avais pris pour acquis les moments avec ma sœur, les soirées avec ma mère, enveloppées de l'odeur des cigarettes qu'elle allumait et écrasait sans cesse, perdu mon temps à envier ma famille restée en France, qui avait le confort de se savoir tous ensemble. J'enviais leur monde, que je ne supportais plus des mois auparavant, devenu totalement étranger maintenant que je n'y existais plus.

Ma tante m'avait écrit après que ma mère l'informe que j'étais partie. « *Peu importe où tu iras, ça n'ira pas tant que tu ne te soigneras pas. Reviens ici, on t'aidera.* »

Plus jeune, j'avais toujours considéré que les meilleurs moments de ma vie se passeraient durant ma jeunesse. Tout était plus beau lorsque la vie ne nous avait pas encore marqués de manière indélébile, que la route qui s'ouvrait à nous à l'âge adulte n'avait pas encore été empruntée, nous enlisant sur le chemin. C'est de là que naissait la nostalgie, ce sentiment que je portais comme une seconde peau. Ce besoin constant de revivre une jeunesse éternelle, simplement pour revoir une ancienne version de moi, revivre des moments heureux, ceux qui n'étaient pas encore entachés de l'irrémédiabilité du passé.

Ce jour-là, j'eus le sentiment accablant que c'était ce moment. Je ne serais plus jamais aussi heureuse que je ne l'avais été. Je craignais de ne ressentir plus que ce grand vide jusqu'à la fin de ma vie, cet arrêt dans le temps devant l'impermanence de ma jeunesse.

Un soir que je trouvai l'énergie de me hisser hors du lit, je décidai d'aller me balader en bord de plage. Pour cela, je devais marcher un petit quart d'heure en descendant vers la rue principale, puis longer les bars que j'avais aperçus les jours précédents. Dans cette balade qui me permettait de profiter une dernière fois de l'île que je voulais tantôt imprégner dans mon cœur, tantôt rayer de ma vie, je m'attardai sur un groupe d'hommes qui parlait bruyamment dans un bar resté ouvert. Il était un peu plus de 23 heures. Je l'aurais reconnu dans la pénombre, je sus que ce n'était pas mon désespoir qui l'imaginait là. Il se contenta de lever le menton en souriant légèrement, comme pour me faire comprendre qu'il m'avait vue, et qu'il me laissait décider de le rejoindre si je le souhaitais.

Si je décidais de retourner dans la chambre d'hôtel dans laquelle je retrouverais ma solitude, il aurait accepté ma décision. Il ne m'aurait pas retenue, et je ne sais pas si c'était le soulagement de le trouver là, après autant de temps, ou si c'était parce que je savais qu'il ne viendrait jamais me retenir si je l'ignorais, mais des larmes s'étaient formées et brouillaient ma vue alors que je tentais de reprendre mes esprits. Quand j'eus le réflexe de porter mes mains à mon visage pour me cacher, il avait trottiné jusqu'à moi.

Je voulais qu'il me regarde droit dans les yeux, qu'il essaie de lire ce qui m'accablait, et m'avait poussé à m'isoler pendant des jours. Son regard dans le mien ne m'avait jamais intimidée, parce que même si cela signifiait être vulnérable, je n'avais jamais craint être blessée par lui.

— « Qu'est-ce que tu fais ici ? Tu dors dans ce quartier ? »

Je hochai simplement la tête. Il n'aurait qu'à lire en moi, ou s'accommoder de mon silence, car je ne pouvais pas expliquer cet isolement volontaire et inconsolable.

— « Allons, laisse-moi te raccompagner. Parle-moi ... »

Si je commençai à parler, je risquai de pleurer à nouveau. Je ne voulais pas qu'il me voit comme une petite fille qui ne savait pas pourquoi autant de chagrin l'accablait, et qui ne pouvait simplement pas contenir ses émotions. Que ressentirais-je si même lui venait à invalider mes sentiments ? Je le suivis dans la rue, il nous guida vers le 7-eleven du trottoir en face, et je remarquai le signe de main qu'il avait fait aux hommes qui l'accompagnaient avant que je ne me retrouve en face de lui, pour leur signifier qu'il les quittait pour la soirée.

À l'avenir, me choisirait-il parmi toutes les personnes qu'il connaissait et qu'il avait connu ? À ce stade, étais-je en droit de penser que j'étais même devenue plus importante que l'Italienne qu'il avait presque épousée il y a quelques années, et dont je n'entendais jamais parler, ou agissait-il ainsi avec toutes les femmes qui avaient partagé sa vie ?

Il sortit de la boutique aussi vite qu'il n'était rentré, deux cannettes à la main.

— « Je ne peux plus rester ici », déclarai-je lorsque j'étais assez calmée pour ne plus sangloter. Ma vue brouillée par les larmes et le manque d'énergie.

Les chiens errants avec lesquels j'avais appris à cohabiter s'étaient couchés près de la devanture de la boutique. Emplis d'un chagrin profond, ils n'avaient nulle part où aller, et aucun maître à leur recherche, et je sentis que j'étais comme eux.

— « Ne pars pas. Tu vas nous manquer », dit-il dans un murmure.

Alors qu'il me paraissait complètement étranger dans ce bar, accompagné d'hommes que je ne connaissais pas et dont il n'avait jamais parlé, et parce qu'il n'avait pas cherché à me contacter depuis la dernière fois, je le retrouvais à l'instant, dans ces mots. Me demandait-il de ne pas retourner me cacher dans ma chambre d'hôtel en fuyant à nouveau, ou me suppliait-il de ne pas quitter l'île ? Ce qui m'obligea à m'interroger sur ma capacité à rester s'il me le demandait.

En m'asseyant sur le bord de trottoir, je remarquai qu'il avait ajouté « s'il te plaît » en se concentrant au loin sur une voiture dont les feux aveuglaient ses yeux fatigués. Il se pencha et caressa le dos de ma main avec la sienne, que je pris, pour la relâcher, parce que je voulais lui faire comprendre qu'il pouvait me raccompagner à l'hôtel s'il le souhaitait, s'il avait le temps. Je n'avais pas mentionné mon départ, alors j'en avais déduit que c'était ma mère qui l'avait mis au courant. Elle devait également compter les jours pour être libérée de ma présence : elle pourrait arrêter de prétendre vouloir comprendre le gouffre qu'était ma dépression. Et lui, s'il ne voulait pas que je parte, n'aurait qu'à me suivre.

En reprenant le chemin vers l'hôtel, il me suivit lentement, comme pour me permettre de l'y autoriser, mais aussi pour me donner l'opportunité de lui déclarer qu'après réflexion, nos chemins s'arrêteraient là.

Une fois dans la chambre, il en fit rapidement le tour, fixa le plafond, et m'attira contre lui, plaçant son menton au-dessus de ma tête. Quand il prit enfin la parole, le son de sa voix émis une vibration dans mon corps.

— « Ce n'est pas toi, ça. »

Peut-être était-ce la manière dont il avait assemblé et formulé ces mots, mais il était convaincu que je n'étais pas aussi morne que je l'étais à l'instant. Non, peut-être qu'il se convainquait de ne pas avoir su déceler cette partie de moi. Dans ma tête, je le griffai de colère et hurlai « *Regarde-moi bien ! Ne m'ignore pas toi non plus.* »

J'avais toujours fait en sorte de le dissimuler mais je ne voulais pas qu'il voit cette partie, celle que la dépression ravageait après l'avoir ignorée pendant des jours, car elle revenait plus violente, comme si l'ignorer l'avait rendue plus forte. Comment lui parler de l'envie de vivre qui s'échappait de mon corps en me faisant oublier mes proches, mes émotions, mes souvenirs ?

Dans mon désarroi, j'étais venue pleurer dans les bras de ma mère pour la première fois de ma vie, et au lieu de m'enlacer, elle avait détourné les yeux.

Je m'étais persuadée que j'étais le genre de personne vers qui les autres se tournaient lorsqu'il s'agissait de prendre. Je savais que Theodore n'attendait rien de moi, que je pouvais être triste et qu'il ne me le reprocherait pas. Pouvait-il simplement ouvrir mon crâne en y laissant une cicatrice le long de mon front, et retirer la partie de mon cerveau d'où naissait cette immense tristesse ? Ou devait-il combler d'un amour prématuré le vide dans mon corps ? Pouvais-je lui confier une telle mission ? Je dus me retenir de lui dire que celle qui se tenait devant lui était qui j'étais vraiment, parce que, de tout mon cœur, j'avais espéré qu'il le devine. Depuis qu'il était entré dans ma vie, j'avais aimé tellement de choses. Désormais, où était parti tout cet engouement ?

Il m'embrassa doucement, comme s'il avait peur de briser le silence qui régnait. Puis, il retira mon gilet et le déposa sur le lit. « Fais-moi confiance. Ne ferme pas les yeux. » Sa langue de citron et d'alcool brûlait la mienne. Je la sentis poursuivre vers ma nuque, puis mes omoplates, et je craignais qu'il n'arrête si je fermais les yeux. Son menton, son cou et ses épaules avaient le goût d'eau de mer. Pour la première fois, je le sentis, ce désespoir sensuel.

Je touchai son visage pour mouler la forme de ses traits au creux de ma paume, pour m'en rappeler pour les années à venir, et en cherchant mon souffle dans le sien, je sus qu'il lirait en moi, que par-là, je le laissais être le seul à accéder à mon corps et y laisser un peu du sien. Tant que je pouvais entendre son cœur contre mon sein, et tant qu'il me tenait près de lui, je ressentais autre chose que la colère et l'amertume. Ce que nous partagions ce soir me fit croire que je pouvais me contenter de sa présence et ignorer tout le reste.

En s'appuyant sur l'un de ses coudes, il traça de son doigt une ligne allant de mon cou jusqu'au bas de mon ventre et remarqua que j'avais perdu du poids. Parce que je ne voulais pas qu'il sache que j'avais pour habitude de ne plus m'alimenter lorsque je n'allais pas bien, je me contentai de hausser les épaules, et m'étendis de tout mon long sur lui, ventre contre ventre, mon oreille sur sa poitrine. Le battement de son cœur, régulier, apaisant, commençait déjà à me bercer alors que le mien menaçait de m'essouffler. Je l'entendais battre dans mes tempes, vibrer contre la peau de Theodore, et il me semblait que c'était la seule chose que l'on pouvait entendre. Comment pouvais-je aimer silencieusement ?

— « Tu as mangé correctement ? » demanda-t-il, presque déjà endormi.

— « Je ne me souviens plus. Je ne supporterai pas de rester ici », lui confiai-je.

— « Tu ne devrais pas faire ça. »
Je l'interrogeai du regard.

— « Tout ça... »

À ce moment, j'aurais pu l'informer de la date de mon départ, le laisser me supplier de rester encore, deviner qu'il envisageait de m'accompagner lui-même à l'aéroport, et au dernier moment, verrouiller la voiture pour m'y emprisonner, je me serais résignée à rester. Au lieu de cela, je baissai la tête pour observer une dernière fois la façon dont mon corps s'emboîtait si naturellement contre le sien, mais il me cherchait du regard, et à présent, tous les chagrins qu'il avait pu connaître s'étaient rassemblés dans ses yeux avant qu'il ne murmure : « Je veux vraiment que tu sois heureuse. »

Je craignais que mon bonheur sur cette île ne dépende plus que de lui, mais je ne pouvais promettre de l'aimer quand je n'avais pas encore appris à aimer la vie, à m'aimer. Comment ceux qui aimaient la vie pouvaient simplement songer à ceux qui s'engageaient dans cette lutte tous les jours ?

J'aurais dû lui dire que je prendrais l'avion le mercredi suivant, et qu'il n'entendrait plus jamais parler de moi. Le connaissant, il ne demanderait pas de mes nouvelles, car ce serait avouer à ma mère, à ma sœur, au monde entier, qu'il pensait à moi. Ce serait admettre qu'il avait pris la décision de rester ici car cette île était le seul endroit où nous avions existé.

Lorsque ma douche le réveilla le lendemain, il m'attendait, encore allongé. J'avais été surprise de ne pas le voir réveillé avant moi. Par son sourire mélancolique, je devinais qu'il n'allait pas me convaincre de rester dans son monde, et une partie de moi avait souhaité qu'il me confesse qu'il pouvait nous aimer pour deux, si je lui demandais.

Quand il sortit de la douche, il ne mit pas les vêtements qu'il avait portés la veille, resta nu et se glissa à nouveau dans le lit. Il proposa que l'on reste couchés jusqu'à ce que la faim nous tiraille, que le monde se détériore. C'était ce que j'avais fait ces derniers jours. Logée près de son cœur qui battait et me rappelait qu'il était lui aussi simplement humain, je pensais que cela me consolerait à l'idée qu'il figurerait à l'avenir dans mes souvenirs. Bientôt, il serait figé dans le passé, dans ces non-dits que j'avais peur de libérer et que je viendrais à regretter plus de fois que je ne le pensais dans cette vie qui venait à peine de commencer, et qui ne m'était plus donné de vivre. Il ne cessa d'embrasser mes paupières, mon menton ainsi que mon ventre, comme pour le soigner d'avoir été privé de nourriture. À la fin peut-être, je porterai son odeur encore plus que lui-même.

« *Si seulement je pouvais comprendre ta peine.* » Ce furent les mots les plus gentils qu'on m'ait jamais adressés. Il avait pris ma main et la serrait, me transmettant son désespoir ainsi que tout cet amour qu'il ne faisait que taire.

Je m'en voulais de m'être intéressée à lui, à sa vie, de l'avoir suivi lorsqu'il m'invitait par courtoisie. De lui avoir fait penser que je pouvais l'aimer, et qu'être avec lui seulement me suffirait pour être heureuse. J'avais mis du temps, mais je m'étais dépêchée de regagner la rive sur laquelle il se tenait en oubliant celle de laquelle je venais de sauter. Le courant avait menacé de m'y ramener, et avait fini par le faire.

Theo m'avait murmuré à l'oreille une chose dont je me souviendrai toujours. S'il n'avait pas pris contact avec moi, c'est parce qu'il me laissait le temps de prendre l'air.

Je suffoquais dans cet environnement, et il avait raison : je devais expirer ailleurs, et choisir de partir n'était pas fuir. C'était m'accorder ce répit avant de me reconstruire. Sa présence et son soutien ne pouvaient m'aider, je n'aurais fait qu'ignorer le problème encore une fois, j'aurais ignoré mes sentiments et feint que le plus grand des problèmes était en moi. Les personnes que je rencontrais ne pouvaient pas devenir mon foyer.

Pendant ces dix jours de solitude, j'avais pensé qu'il s'était réjoui de mon absence car il avait retrouvé sa vie d'avant. Peut-être qu'il s'était dit que me rencontrer avait été une erreur, car depuis, il n'avait plus à penser qu'à lui-même. Je voulais même lui demander si me voir ainsi le rendait malade, si l'idée de me savoir aussi désespérée le rebutait.

Je l'avais bien trouvé, et j'en avais déduit que la raison pour laquelle il m'avait permis de m'isoler et de prendre un temps de réflexion était sûrement parce qu'au cours de sa vie, il avait lui aussi eu besoin d'air.

Peut-être était-ce la raison pour laquelle il se trouvait aujourd'hui en perpétuelle migration, à la quête d'un environnement meilleur ailleurs, dans ces nombreuses existences jamais pleinement embrassées. Il ne semblait pas trouver ce qui le libérerait de sa sempiternelle solitude. Il était passé par ces crises, il y a des années maintenant, dans lesquelles la vie est insoutenable, et il avait eu ces rencontres, ces caresses, ces paroles qui promettent réconfort, confiance et amour à la fois. Ce n'étaient que des arrière-pensées dénuées de sincérité, et je vivais de la même façon cette période aujourd'hui. J'aurais pu rester dans cette chambre à ses côtés pendant des années. Je me serais contentée de cette vie, jusqu'à ce que Theodore se lasse de moi, de mon âme bleue et du corps que je négligeais, il m'abandonnerait ici en quittant silencieusement la pièce, et ma vie, dont je me serais vidée sur ce lit. Seulement, il faisait partie de ces personnes qui aimait inconditionnellement le monde, et ce qu'il y avait à vivre, et je ne pouvais pas m'accrocher à lui en prenant le risque de le faire sombrer avec moi.

Nous ne pouvons pas rester là où nous n'appartenons pas. Quand était-il lorsque l'on n'appartenait ni à la vie, ni à la mort ? Partir. Revenir. Partir. Détruire et reconstruire. Ma vie s'était résumée à cela. Je partais encore une fois. Au final, c'était tout ce que j'avais fait ces derniers mois. Où avais-je ma place ? Je semais avec engouement des graines de mes rêves, ci-et-là, puis, lorsque la terre n'était pas assez fertile, ou parce que je négligeais ces rêves, que mon envie s'était dissipée, je partais à nouveau. Seulement, ces graines ne grandissaient pas, et je me retrouvais désormais avec toutes ces vies, ces rêves inachevés auxquels je n'avais pas renoncé, mais que je ne pouvais plus retrouver.

— « Viens à la maison », proposa-t-il.

Il ajouta, comme une pensée après coup : « Je ne veux pas te savoir seule ici. » Et encore, pour me persuader « Je ne travaillerai pas. » Il y eut un long silence. Et parce que je le quittais dans cinq jours, peut-être que je lui devais bien cela.

— « Je ne m'ôterai pas la vie, si c'est ce qui t'inquiète. » Soit « *Je survivrai ce soir pour te revoir demain* ».

— « Allons voir le coucher de soleil depuis ma terrasse », finit-il par déclarer, sa main touchant la mienne de manière répétitive, jusqu'à ce que je la saisisse. Nous avions moins d'une demi-heure. Il se revêtit à la hâte, et je le suivis dans sa course, comme si ce petit jeu nous amusait, que le coucher de soleil était devenu tout ce qui nous motivait. Je saisis un sac en toile pour y mettre quelques nécessités, et il sourit en me regardant faire. J'allais le suivre. Toujours en urgence, car le temps manquait déjà, nous avions couru jusqu'au bar dans lequel je l'avais vu la veille, et où il avait laissé sa voiture. Il me fit signe d'y entrer pendant qu'il débarrassa les différentes publicités qui avaient été glissées sous les essuie-glaces. Sur la route, il ne cessa de me jeter des regards, comme si je pouvais disparaître d'un moment à l'autre, sauter subitement sur la route en ouvrant la portière, ou m'enfoncer dans le siège jusqu'à me dissoudre. Je posai ma main sur celle qu'il avait posée sur la boîte de vitesse, ce qui déclencha en lui un rire qui me contagia rapidement.

Sur le sable devant la terrasse qui ne m'était déjà plus familière, il déplia une serviette et m'invita à m'asseoir entre ses jambes, qu'il avait étendues. Cet excès d'amour et de démonstration de petites attentions prouvaient qu'il savait que j'étais sur le point de le quitter, de partir de sa vie, de revenir à la mienne. J'assistais à la naissance d'un nouveau lui à la mort du temps qui nous avait été accordé ensemble.

— «Tu ne portes pas de soutien-gorge ? » demanda-t-il, le menton posé sur mon épaule, ses bras autour de ma poitrine, emprisonnant les miens.

— « Jamais. Je ne me sens pas bien avec.

— Cela ne m'étonne pas de toi.

— Pourquoi ?

— Tu es comme ça. Tu as tendance à te débarrasser de tout ce qui entrave ta liberté. »
Qu'il se souvienne de moi ainsi.
— « En y repensant, j'ai toujours aimé ces filles. Elles quittent tout si elles se sentent piégées et c'est un challenge de les garder.
— Tu dois les repérer de loin.
— Oui, il y a un côté meurtri dans leurs visages qu'elles tentent de dissimuler. Elles vivent plus dans leur tête que dans notre monde. Tu peux les toucher, mais tu ne peux pas les transpercer. Mais tu sais...elles veulent vraiment être aimées. »

J'observai les vagues qui venaient vers nous, sans vraiment nous atteindre, sans jamais vouloir nous toucher, de peur de perturber ce moment que nous partagions, celui durant lequel il se permettait de me montrer un peu plus qui il était réellement alors que ma carapace avait été totalement anéantie.

— « Tout est mieux avec toi. »

Il feignit ne pas avoir entendu ce que je venais de prononcer, pour que je le répète. Ce qu'il souhaitait réellement, était que je le reconnaisse. Et comme il le faisait si souvent, attendant que je lui révèle un secret avant de m'en révéler un en retour, il murmura « Je veux faire les choses bien avec toi. »

La vie apportait par vagues des épreuves qui déferlaient au pied de la porte, s'infiltrant par les infimes espaces, érodant le bois, rouillant la serrure de son acide poison. À cette époque, il y avait Theo. Et il me sembla qu'il ne craignait pas de se mouiller, de me porter pour éviter que l'eau ne me touche, rincer les parties de mon corps brûlées par l'eau salée. J'espérais qu'il devine toutes ces fois où j'avais été seule contre ces vagues. Pouvait-il sentir ma silencieuse gratitude ?

— « Tu me réveilleras si je m'endors ? »

— « Ne t'endors pas maintenant, le soleil se couche à peine. Restes avec moi. »

J'imaginais qu'il ne souhaitait pas seulement que je reste éveillée avec lui, mais qu'il me priait de rester sur cette île, avec lui, à partager sa maison et sa vie. Je commençais une bataille contre le sommeil parce que je voulais vraiment vivre cet instant.

Le soleil, immense, derrière deux traînées de nuages, s'apprêtait à tomber de fatigue également. Le bateau à la voile rouge qui faisait son habituel tour pendant le coucher de soleil et attirait la majorité des touristes de l'île naviguait au loin. Il se passa une demi-heure, peut-être même une heure durant laquelle le temps avait semblé s'écouler plus lentement.

— « On rentre ? »

Je me hissai sur mes jambes pour lui tendre la main afin qu'il se lève à son tour.

— « Tu voulais que je te porte ? » m'interrogea-t-il, en secouant son pantalon pour en retirer le sable.

— « Je me sens mieux. »

Nous étions restés les jours suivants à vivre comme si, pour un court instant, il nous avait été donné la chance de vivre ensemble. Un échantillon de ce à quoi la vie pouvait ressembler si nos choix avaient été différents. Il était à ce moment la seule personne au monde à se soucier de moi, et le seul en qui je pouvais avoir confiance. Lorsque je ressentais le besoin d'aller dormir car l'existence m'avait épuisée, il me laissait m'éclipser et je m'étais réveillée à plusieurs reprises sous son regard fiévreux.

— « Tu parles dans ton sommeil. »

— Vraiment ? Qu'est-ce que j'ai dit ?

— À toi de me dire. C'était en français. » dit-il en se rapprochant, ce qui fit bouger le matelas.

Il observait la façon dont je m'étais endormie dans son lit. Je dormais par intermittence, parfois pendant vingt minutes, et d'autres, trois heures. Quand j'avais retrouvé assez d'énergie pour me lever, et de ne pas me laisser tomber dans un nouveau cycle de sommeil, je le trouvais sur son canapé, ou sur sa terrasse, un verre à la main. Il ne me posait plus de question sur mon état d'esprit, ou sur mes projets futurs. Il profitait simplement de ma présence, comme je me consolais avec la sienne.

— « Je crois que tu as dit « Maman ». Le reste, je ne sais pas. » De sa main, il déplaça une mèche de cheveux qui était restée collée sur mon front. J'oubliais parfois que nous ne parlions pas la même langue. Pourtant, il était le seul à comprendre qui j'étais jusqu'ici, sans que nous ayons à communiquer, sans que je n'aie à traduire par des mots ce que je pensais, ou comment je me sentais. Mais à cet instant, été née en moi la crainte qu'il ne comprenne jamais ma langue maternelle, comme la peine qui était en moi.

— « Tu m'observes depuis longtemps ?

— Je ne sais pas trop, je t'ai vu bouger il y a un moment, alors je suis venu. Ça te dérange ?

— Non. Non, non... », lui dis-je en dissimulant sous le drap que mon visage entier rougissait. Il secoua le tissu pour m'y retrouver et se pencha pour déposer un baiser sur mes lèvres encore engourdies par le sommeil.

J'aimais quand il agissait selon ses envies et qu'il n'avait pas peur de se montrer vulnérable. Dans sa maison, il n'y avait que nous deux et le monde autour ne comptait plus. Même le temps s'était arrêté. Nous nous permettions d'être plus intimes que nous avions pu l'être, et peut-être que cela avait été motivé par le pressentiment que nous ne nous reverrions plus, mais j'avais pris l'habitude de me coller près de son corps pour entrelacer mes jambes aux siennes. Ces nuits-là, je ne dormais pas simplement avec lui, je fusionnais avec son corps.

Il avait observé en détails ma vulnérabilité, car je m'étais présentée, l'avait regardé dans les yeux, et lui avait crié toute ma vérité en lui permettant de m'accepter ou de me rejeter, et en un regard, empli d'empathie ou de consolation, il m'avait prouvé que j'avais bien une place dans ce monde.

— « Tu ne lis plus ? » demanda-t-il depuis la cuisine d'où il revenait avec une bouteille d'eau fraîche.

— « Je n'en ai pas envie.

— Qu'est-ce que tu veux faire ?

— Rien. Rien du tout.

— Ne faisons rien dans ce cas. » Il me tendit la bouteille et son sourire fut si tendre et pourtant si douloureux à voir qu'il me rendit nauséeuse. J'aimais ce quotidien sans but, si silencieux et protecteur.

Il tenait dans la main un citron qu'il avait coupé en son long avant d'en presser la moitié dans un verre à whisky rempli d'eau glacée. Cette acidité me rappelait ses baisers, et je me demandais comment cet agrume avait pu n'avoir aucune signification de toute ma vie, et être si important aujourd'hui. Comment, si Theodore ne faisait plus partie de ma vie, cela resterait quand lui serait parti.

Nous mangions à la nuit tombée, devant sa terrasse, et parfois dans le lit. Il se réveillait plus tôt que moi, parce qu'il avait une raison de se lever : sa balade matinale au bord de l'eau, ses pieds foulant le sable encore tiède, et le séjour qu'il aérait en grand. À son retour, si j'étais réveillée, il me parlait des personnes qu'il avait pu rencontrer en mon absence, de ce qui avait suscité son intérêt récemment, de ce qu'il se passait sur d'autres îles avec le début de la haute saison qui arrivait, en prenant le soin de ne jamais mentionner ma mère, mon beau-père ou ma sœur. « Fais comme chez toi », m'assurait-il, mais à ce moment j'étais persuadée que je n'aurais plus jamais de chez-moi.

L'avant-dernier matin, j'avais entendu le vendeur de citrons verts crier dans son mégaphone. Il avait l'habitude de passer dans le quartier vers huit heures. Nous ne devions pas le rater au restaurant, au risque de devoir aller en ville ou dans le marché du quartier voisin pour en avoir, mais à un prix un peu plus élevé. J'avais senti que Theodore était encore à mes côtés. Il avait tenu sa promesse et ne travaillait pas. Ce n'était pas contre lui, mais j'avais un piercing à l'oreille gauche, mal cicatrisé, souvent gonflé, qui m'obligeait à dormir sur mon oreille droite et je me retrouvais finalement à tourner le dos à l'homme avec qui je partageais ce lit. Je retenais ma respiration pour tenter de deviner s'il dormait toujours. Seulement, des yeux entrouverts fixant votre nuque ne se font pas entendre. Il faut une certaine intuition. Alors, je me retournais et mettais ma main sous mon oreille gauche pour la protéger du frottement contre l'oreiller en grimaçant. Je refusais de me débarrasser des choses qui me faisaient du mal, quand j'avais tant d'amour pour elles. Il avait les yeux ouverts.

— « Pourquoi tu ne le retires pas ? », demanda-t-il, d'une voix si claire, loin de celle qu'il pouvait avoir lorsqu'il venait de se réveiller, me laissant penser qu'il était conscient depuis un moment.

— « Je l'adore, je veux le garder pour la vie. »

— J'aimerais te garder pour la vie aussi. » Il l'avait déclaré sans raison, sans même hésiter, se levant d'un bond pour se diriger vers le couloir, sourd à ce que j'aurais pu rétorquer.

Et j'imaginais sa vie s'il venait à me garder chez lui, protégée du monde extérieur, et il me semblait que la décision ne dépendait pas de moi, mais de lui. Il avait songé à m'avoir, mais me pensait trop perdue pour m'établir avec lui. Il n'était pas prêt à sacrifier son indépendance contre ma présence, et je sentis que je le compris à ce moment, parce que j'avais été tourmentée par le même dilemme.

Cohabiter avec lui, en sachant que je n'avais pas à retourner chez ma mère ou rejoindre ma sœur à l'issue de la journée, parce que cela ne serait plus jamais envisageable, était la seule forme de vie commune que j'avais vécue dans ma vie. Par la suite, je n'avais pas expérimenté la vie en la partageant avec un autre, comme si le faire signifiait le trahir, même à des milliers de kilomètres et des années plus tard. Cela avait été étrange, pour moi qui avais toujours vécu seule si ce n'était dans le foyer de ma mère, de vivre sous le toit d'un homme qui lui-même n'avait pas encore imprégné cette maison comme la sienne.

Instinctivement, je dessinai, bien que d'une manière très floue, l'image de nous deux dans cette maison, encore réservés en journée, jetant un coup d'œil vers l'un lorsque l'autre ne regardait pas, demandant comment le sommeil de l'un s'était passé, se retrouvant la nuit, sans plus aucune ambiguïté, dans ce lit, corps contre corps, dans le seul bruit de nos murmures et des vagues qui venaient secrètement près de la baie pour nous écouter. Et puis, ce songe s'arrêtait abruptement. Je réalisai que j'avais voulu qu'il ne puisse plus vivre dans cette maison si je n'y étais pas, mais je ne lui avais accordé que cinq jours. Comment avais-je fait pour ne pas parvenir à garder une seule personne dans ma vie ?

Je lui avais dit que je n'avais jamais été aussi proche de quelqu'un, passé plus de deux nuits d'affilées sans me lasser ou avoir peur. Il était le premier. Comment j'avais craint être ridicule, en pensant à toutes ces femmes qu'il avait dû avoir avant moi, de vraies femmes qui savaient ce qu'elles voulaient et qui n'avaient pas peur d'entrevoir un avenir avec lui. Comment je devais lui sembler si commune, moi, qui n'avais rien à lui apprendre et apporter. Mais il m'avait rejoint sur le lit, serré la taille et enfoui son visage dans mon corps en déclarant «Tant mieux».

À l'issue de ces cinq jours, je n'eus rien besoin d'annoncer, mais il devait savoir que je devais rentrer à l'hôtel dans la journée.

— « Je t'y emmène », déclara-t-il après m'avoir vu ranger ma brosse à dents dans une pochette au lieu de la remettre dans le pot avec la sienne sur l'évier.

— « Je vais y aller seule. Merci. »

Il ne rétorqua pas et continua de scruter mes moindres mouvements, ces gestes qui préparaient un adieu, appréhendaient la séparation. Sur le lit, gisaient les vêtements que j'avais portés la veille. Je les glissai dans mon sac, ça, et tous les souvenirs que j'avais de Theo. En me tournant pour contempler une dernière fois le lit et la fenêtre par lequel le soleil venait déposer ses rayons au petit matin, qui se transformaient en une aura rose lorsqu'il allait se coucher, une pensée me traversa l'esprit : j'allais devoir apprendre à vivre sans l'homme qui m'observait depuis l'encadrement de la porte désormais. Après l'avoir tiré à la perfection, si bien que le drap était devenu lisse et ferme, il n'y avait plus la preuve que j'y avais passé mes dernières nuits. Rien qui pourrait rappeler mon passage ici.

Devant sa porte d'entrée, dans le chaos des voitures qui passaient et faisaient gronder leur moteur, il scrutait au loin un taxi. Je devais le dire, avant qu'il ne soit trop tard, avant de ne plus avoir assez de temps pour lui dire ce que je tenais à lui partager. « Je suis désolée. »

C'était la vérité. J'étais désolée de ne pas pouvoir l'aimer assez, de ne pas assez aimer la vie pour rester. J'avais souhaité combler sa solitude avec un peu de la mienne, je m'étais intéressée à son passé et lui à mon futur, mais jamais nous n'avions évoqué qui nous étions ensemble, ni qui nous pourrions devenir, comme un bonheur que l'on pense éternel tant qu'il reste secret.

— « Ne le sois pas », murmura-t-il.

J'étais presque rassurée de savoir que je pouvais lui tirer une peine venue des entrailles et qu'il serait capable de pleurer mon départ. Logée dans son torse, je me disais que c'était probablement la dernière fois, et réalisais que peut-être, depuis des années, j'avais attendu d'être enlacée ainsi. Tout me parut familier, mais aussi étranger, comme si, déjà, tout ça ne m'appartenait plus. Je ne me rappelais pas l'avoir connu aussi grand. Je savais qu'il ne me demanderait pas quand nous nous reverrions, car il ne le demandait jamais, et surtout, il savait. Il devait forcément savoir que je partais.

Il mit fin à notre étreinte lorsqu'un taxi s'était garé sur le côté en nous apercevant en loin. Theodore lui glissa un billet en lui indiquant le nom de mon hôtel ainsi que le quartier dans lequel il se situait. Même sa manière de s'adresser à ce conducteur thaï était nouvelle pour moi.

Parce que je ne pus me résoudre à monter à l'arrière du taxi, dont la porte était tenue par Theo, il prit une dernière fois mon visage entre ses mains pour poser ses lèvres sur mon front. Je cherchai ses lèvres des miennes avant de l'attirer contre moi une dernière fois, parce que j'avais besoin de m'imprégner de cette sensation pour toutes ces années qui me resterait à vivre. Il murmura entre nos lèvres « À très bientôt. » En montant dans le véhicule, je ne me retournerai pas. Je ne voulais pas que ma dernière image de lui soit définie par cet adieu. Le conducteur patientait. Il assistait à la séparation de deux âmes qui ne partageait plus qu'un seul corps. Il assistait à la fuite de toutes les chances qui m'avaient été données dans cette vie.

La veille de mon départ, je m'étais endormie avec ma sœur blottie contre mon ventre. Dans l'après-midi, je m'étais glissée dans la maison telle une étrangère en déverrouillant la porte d'entrée grâce aux clés cachées dans le gant de jardin sur la terrasse. J'avais rassemblé l'ensemble de mes vêtements, mes souvenirs, ma vie à nouveau, que j'avais rangés rudement dans mes deux grandes valises. Lorsque ma mère avait deviné que je passerais la nuit avec ma sœur, dans le lit que nous avions partagé ces derniers mois, elle n'avait émis aucune contestation. Même après m'être lavée, je sentais par moment l'odeur que Theodore avait laissé sur moi les jours précédents. Je craignais que ma sœur ne le remarque, que l'odeur qu'elle tentait de retenir de moi serait confondue avec celle qu'elle connaissait de Theo. En observant son visage qui avait retrouvé sa sérénité dans son sommeil, les larmes silencieuses qui avaient coulé sur ses joues avaient séché pour les colorer d'un rose qui réveillait le nœud logé dans mon estomac depuis des jours. De retour en France, cette sensation partirait-elle ?

Nous avions passé notre dernière journée ensemble en nous promenant dans les rues du centre-ville, à la recherche du temps. Elle cherchait à l'arrêter pour que le soleil ne se couche jamais, et je cherchais à retourner en arrière pour retrouver le moment où tout avait déraillé.

Mon vol était à 19h40. Le vol jusqu'à Bangkok durait moins d'une heure, et l'avion qui m'emmenait à Paris était à 23h30. D'ici la fin de la journée, et en quelques heures, je serais à l'autre bout du monde. J'avais toute la journée pour faire mes adieux au personnel. Kat, Nana et Nok ne m'avaient pas vue depuis plus de dix jours.

Le soleil se retira pour m'offrir son ultime spectacle d'un vermillon flamboyant dans un ciel qui était jusque-là laiteux. Je ne m'en lasserai jamais. Si Theodore n'avait pas fait son apparition de la journée, je lui en donnais l'opportunité. Je me serais sentie capable de courir dans ses bras, me pendre à son cou en le suppliant de me pardonner de ne pas lui avoir dit que je partais à l'instant, de m'attendre, ou même de venir me voir en France. Deux jours auparavant, j'avais senti que notre étreinte serait la dernière. Il n'y aurait pas d'autre chance. Il fallait que je passe au chapitre suivant, que je trouve le courage de continuer même en sachant que ma mère et lui ne feraient pas partie de la suite. Comment pouvais-je vivre sans ma mère à l'avenir ? Qu'est-ce que la vie lorsque notre mère n'en fait plus partie ?

Raphaël s'était à nouveau proposé de m'emmener à l'aéroport. Cette fois-ci, Julie nous accompagnerait. Mon départ soudain l'avait surprise, je regrettais de ne pas pouvoir lui accorder de vrais adieux, mais j'étais soulagée de savoir qu'au moins, je lui manquerais. Elle m'avait envoyé un message auquel je n'avais pas eu le courage de répondre. « *Que s'est-il passé ? Passe-me voir avant de partir. On ira manger quelque chose ensemble.* » Il n'y avait pas eu d'autres messages par la suite, mis à part celui que j'avais lu au réveil, qui m'informait que ma mère avait retiré à Raphaël sa mission. C'est elle qui m'emmènerait à l'aéroport.

Les larmes qui n'étaient encore qu'une boule d'angoisse dans ma gorge menacèrent de couler lorsque Kat me prit dans ses bras en me confiant : « ดูแลตัวเองดีๆนะ. Prends bien soin de toi...et reviens-vite. » Je vis dans ses yeux de maman qu'elle avait compris qu'une chose s'était brisée en moi, et que la relation avec ma mère s'était dégradée à tel point que je devais la quitter avant qu'elle ne me blesse davantage.

Comment lui expliquer que mon monde s'effondrait, et que je ne reviendrais pas ? J'avais compris la leçon, et le chemin de guérison que j'avais tenté de commencer ici était en fait une corde à laquelle je m'étais suspendue trop longtemps. Par peur de tomber, je m'y étais maintenue jusqu'à épuisement en plus de chuter inévitablement.

Ma sœur rentra de l'école un peu après 17 heures, et s'empressa de m'enlacer. Je pensais à elle et à l'angoisse qui l'avait tenue éveillée la veille, puis à la peine qu'elle avait portée tout au long de la journée en attendant de me retrouver le soir en sachant que ce serait pour me faire ses adieux. Je ne pouvais l'affronter, car à chaque fois que mon regard croisait le sien, je lisais qu'elle ne comprenait pas, et ne me pardonnerait pas de la laisser.

Ma mère annonça tout haut que nous devions partir dans cinq minutes. Je repensais aux fois où elle m'avait conduite à l'aéroport lorsque j'étais venue pour des vacances. À l'époque, nos cœurs portaient le deuil de la séparation. Aujourd'hui, il n'y avait plus que de la colère. En m'installant du côté passager, Nana et Kat continuaient de m'envoyer des baisers et me faire de grands gestes de leurs bras. Le silence régna pendant tout le trajet et j'entendis de temps à autre ma sœur renifler.

À l'embarquement, l'hôtesse m'informa que du retard était prévu sur mon vol initial jusqu'à Bangkok et que la correspondance pouvait être mise en péril. Il était plus prudent de me faire prendre l'avion dont l'embarquement était en cours. C'était trop tôt. Les adieux que j'avais imaginés allaient être réduits, tout allait se passer si vite.

— « Je dois prendre l'avion qui est en train d'embarquer. Ils partent tout de suite ... ils vont m'attendre. » C'était les premiers mots que je lui adressais depuis des jours, et certainement les derniers.

Très vite, nous nous rendîmes toutes les trois vers la zone de contrôle où elles ne pourraient plus me suivre. Je donnais à ma mère toutes les chances de laisser tomber son masque et me prouver que je comptais pour elle. En l'observant soutenir les épaules de ma sœur, que je venais d'enlacer pour la dernière fois, je me surpris à m'imaginer brisant les murs que j'avais dressés autour de moi par colère, et l'enlacer à son tour pour lui dire adieu, ou pour lui signifier que je ne lui en voulais pas. Je dus me reprendre car je savais que je ne pouvais pas. De toutes les personnes, j'avais pensé qu'elle me comprendrait le mieux, et je m'en voulais de lui avoir pardonné encore et encore, jusqu'à ce qu'on atteigne ce point de non-retour. Elle restait là, le regard vers le sol, que je fixais à mon tour. Elle ne me dirait pas au revoir. C'était ma punition pour l'abandonner en me choisissant moi, pour la toute première fois.

Lorsque la navette me conduisit au pied de l'avion, j'étais bien la dernière. Là-haut, les passagers s'impatientaient et riaient de mon désespoir, et je voulais leur dire « Je vous en supplie, laissez-moi un peu de temps, ma maman doit encore venir me dire au revoir. Vous me tuerez en me laissant partir. »

Comment pouvais-je continuer d'exister après avoir expérimenté une toute autre version de moi-même à l'autre bout du monde ?

Je sus à cet instant, que rien ne me ferait plus mal que ce que j'étais en train de vivre, et que je ne trouverais pas le courage de revenir après cela. Ma dernière pensée fut pour Theodore dont le visage se floutait déjà dans les souvenirs que je brassais encore et encore, de peur de ne plus pouvoir me rappeler cette vie abandonnée trop tôt, et j'imaginai qu'il avait dû trouver le mot laissé sur sa baie vitrée, celui où je lui demandais de se souvenir de moi :

Je ne sais pas ce que je laisse derrière moi, mais je pars avec tout ce que tu m'as donné.
Merci.

8

J'avais appris, par la suite, que ma mère et ma sœur avaient attendu que l'avion ne décolle avant de quitter définitivement l'aéroport. Était-ce pour s'assurer que c'était le dénouement dont elles avaient besoin ? Avaient-elles espéré que j'en redescende en criant « *Je reste ! J'ai menti, je reste...* » ?

Je me tenais à nouveau devant cette baie où mes jambes m'avaient guidées depuis l'allée de la plage au restaurant, parce qu'elles se souvenaient du chemin, et parce que j'aimais savoir que je pouvais réveiller un peu du passé, je n'avais pas fait demi-tour. Et j'étais là, déséquilibrée par le sable, ramassant des choses que j'avais laissées derrière moi sans m'en apercevoir. Les stores californiens avaient été tirés depuis mon arrivée, depuis des mois, m'avait confié Kat au resort.

C'était mon rituel du matin. Je me mettais à penser qu'en le souhaitant très fort au coucher, je me rendrais devant cette baie vitrée le lendemain en l'apercevant à travers ses deux écrans d'ordinateur, les hélices de son ventilateur au plafond en marche. Je voulais que mes pensées l'atteignent peu importe où il se trouvait aujourd'hui. *Tu es encore ici. Si j'ai le courage de m'avancer un peu, je peux te voir réajuster ta posture sur ton siège parce que tu es assis depuis six heures ce matin, que ton dos te lance alors même que tu t'appliques à t'asseoir correctement. Ton regard croise le mien, et comme si tu avais craint imaginer ma présence, tu te précipites vers la baie pour l'ouvrir en grand et m'inviter à entrer. Tu me dirais « Tu peux rester. J'aime te savoir sur le canapé pendant que je travaille. »*

Lorsque mes grands-parents, puis mes tantes avaient été visiter ma mère les saisons suivantes, ils avaient pu le rencontrer. « L'ami de famille », « celui sur qui Maman peut compter ». Toutes ces éloges à son attention ne l'atteindraient jamais, il ne saurait pas à quel point sa présence était agréable. Nécessaire.

Et alors qu'il avait intrigué et marqué le cœur de mon entourage, qu'il s'était hissé une place dans nos vies à tous, j'avais voulu le garder pour moi seulement, conservant l'unique photo que j'avais de lui, accessible sur mon téléphone. Il revenait de la mer, le ventre et les cuisses couvertes de sel et de sable, un sourire en coin et le regard vers l'eau où ma sœur se baignait encore, conscient de la photo que je prenais de lui, les mains stables, les joues rougies par le soleil et l'avidité derrière mon écran.

Au fil des années, j'avais gardé secret ce que nous avions vécu. Cet amour insulaire dans un temps suspendu. Isolé, préservé, il ne pouvait vivre qu'ici.

Il naissait dans mon cœur le désir de savoir s'il m'avait mentionné. Avait-il demandé pourquoi je ne revenais pas ? Vous a-t-il invité chez lui, pointé le canapé du doigt et déclaré « C'est d'ici qu'elle me regardait travailler » ou encore, « Son coin lecture », se remémorant certains passages que je lui traduisais de ma langue à la sienne, et d'autres extraits de livres en anglais qu'il venait lire à ma requête, acquiesçant. Je désirais que mon départ l'ait affligé, ne serait-ce qu'un peu, ou énormément, au point où il s'était enfermé dans sa maison pendant une semaine avant de pouvoir retourner au resort et réaliser que j'étais bien partie sans le lui dire.

Puis, lorsque Nina était revenue en France, elle avait mentionné son départ. « D'ailleurs, Theo quitte l'île. »

Et avant même que je ne puisse me décider entre feindre que ce qu'elle venait de dire n'avait pas d'importance pour moi, ou mentir en déclarant que ce prénom me disait vaguement quelque chose, elle avait ajouté « Tu te souviens de Theo, n'est-ce-pas ? » Je ne me souviens de rien d'autre que Theo. Son départ signifiait qu'il était parti dans un lieu inconnu, je ne saurais le retrouver. Ainsi, je savais pertinemment qu'en revenant, je ne le retrouverais pas. Par ailleurs, pourquoi m'aurait-il attendu ? Il devait être parti sur un autre continent, loué une autre maison dans laquelle il travaillait du matin jusqu'au soir, s'autorisant parfois à sortir, revoir des amis qu'il s'était fait la veille. J'aimais qu'elle le mentionne dans la mesure où cela me donnait une raison de penser à lui. Et s'il venait à mourir, loin de nous et de la vie qu'il avait vécue sur l'île, personne ne le saurait, et personne ne songerait à me l'annoncer. Mais mon corps, lui, ne saurait-il pas me faire savoir, par une intuition que seules les personnes qui ont toujours de l'affection pour l'autre possèdent, qu'il n'était plus de ce monde ? Ou étions-nous depuis trop longtemps séparés ?

Et alors la question que je me posais depuis des années résonnait à nouveau dans mon esprit. Où était ma maison, si elle n'était pas là où les personnes que j'aimais se trouvaient, maintenant qu'ils étaient partis, que je ne savais plus où les imaginer sur cette planète ? Avais-je une maison et en avais-je jamais eu une ?

D'après Kat, la maison de Theodore n'avait été louée que quelques mois par une photographe après son départ. Elle passait la majeure partie de ses journées à déambuler sur la plage, cherchant à éviter de mouiller le bas de sa robe ou de son pantalon. Ma mère avait eu l'occasion d'échanger avec elle à de nombreuses reprises. Elle était Russe et portait un fort accent en anglais. Elle commandait sa soupe habituelle, ou une salade grecque pour les jours plus légers, et repartait. Puis, elle était partie au bout de six mois, en agitant le bras au loin en guise d'au revoir, avec le dernier panier repas qu'elle était venue récupérer au bar.

Par la suite, le propriétaire avait pris l'habitude de venir retirer les feuilles des arbres qui s'était accumulées sur la terrasse, il ouvrait la baie en grand pour faire entrer l'air marin, vérifiait qu'un lézard ou un serpent n'était pas entré par une fenêtre mal fermée, comme chaque habitant de l'île le faisait, et refermait la maison, baignée dans le silence de l'abandon.

Comme je l'avais redouté, une partie de ma vie s'était arrêtée ici. Aujourd'hui, je pensais pouvoir reprendre le cours de celle-ci, mais il manquait certaines pièces : Theodore. Ma mère. Et le bonheur authentique que l'on m'avait accordé et que je n'avais jamais pu retrouver.

Je voulais écrire sur le sable, devant cette maison : « *Ici, reposent les vestiges de ma première vie.* » J'aurais pu m'allonger de tout mon long, sur le sable fin qui dégageait une chaleur lourde, et j'aurais sangloté jusqu'à ce que la marée monte et vienne recouvrir mon corps.

Quand j'avais quitté cette île, rien n'avait changé dans ma vie, et le monde avait continué de tourner. Je trouvais injuste de devoir demeurer la même alors qu'il y avait ce vide en moi, mes seuls souvenirs pour me maintenir en vie, bouleversée de n'avoir qu'eux pour justifier qu'elle avait été ébranlée. À un moment, j'avais pensé que j'aurais pu être enceinte de Theodore, que porter son enfant aurait changé le cours de nos vies, et que, de cette manière, quelque chose aurait réellement changé, j'aurais à vivre pour cet enfant encore plus que pour moi-même. J'aurais eu une raison de m'accrocher à la vie.

Ainsi, je n'aurais pas eu à affronter la suite seule si j'avais avec moi cet enfant. J'avais honte d'avoir eu des pensées aussi égoïstes, alors que j'avais déjà imaginé la petite fille que j'aurais senti grandir dans mon ventre. C'était évident, cela aurait été une fille. J'étais l'aînée de ma mère, qui était elle-même l'aînée de ma grand-mère, elle-même l'aînée d'une arrière-grand-mère décédée si tôt qu'elle n'en avait plus que de vagues souvenirs. Je ne pouvais pas le rompre, ce cycle-là.

C'était la première journée sans pluie depuis mon retour. Le sable avait retrouvé sa forme d'origine, libre et léger. Les algues s'étaient retirées, emportées au loin par l'océan, là où on ne pouvait plus les atteindre et où personne n'avait jamais été nager. S'il n'y avait pas de bain de soleil de disponible, m'asseoir sur le sable ne m'aurait pas dérangé. Le soir, j'aurais appelé ma famille en France pour leur donner des nouvelles, et j'imaginais déjà ma mamie la main sur le torse, le souffle ralenti, l'inquiétude de ne jamais retrouver son enfant empreinte dans ses yeux. Lorsque les personnes disparaissent, elles ne mettent pas fin à leur existence sur terre, et choisissent délibérément de se cacher et nous laissent conserver l'espoir de les revoir. J'en voulais à ma mère de leur infliger ce deuil fictif.

Si elle était partie en laissant tout derrière elle, j'acceptais son choix. Je prendrais ma sœur avec moi et elle reviendrait en France, je m'assurerais qu'elle ne manque de rien. Nous serions deux à ne plus avoir de mère, parce que nous avions toujours été à deux.

Je devais faire le point avec Nok en cuisine. Bientôt, il faudrait contacter le poissonnier pour qu'il nous apporte la commande de poissons et de fruits de mer plus tôt que d'habitude. Je devais aller au marché pour faire un stock avant le service du soir, mais contemplais l'idée de le demander à Pit. Il était serviable, jeune, et m'épaulait dans tout ce que j'entreprenais au sein du resort, en l'absence de ma mère et avec l'organisation de l'établissement qui restait inconnue à mon beau-père qui avait pris la décision de fermer trois bungalows sur huit pour ne pas être submergé.

Assise à l'ombre d'un toit en bambou sur la plage, je ne me souvenais plus de la dernière fois que j'avais pris ma mère dans mes bras. Elle me manquait, mais ne faisait plus partie de mon monde depuis des années déjà.

Si je devais la perdre définitivement aujourd'hui, je pense que mon cœur se souviendrait encore de la colère qu'elle avait fait naître en moi. Plus tard, dans quelques années, je pourrais m'en vouloir et refuser de me pardonner pour ne pas lui avoir dit adieu, pour avoir laissé le temps gangréner notre relation. Au final, je n'avais pas parlé à mon père depuis mes vingt ans, et à ma mère depuis mes vingt-quatre ans, et étrangement, c'était ainsi que je me portais le mieux. J'en voulais à mes deux parents de m'avoir mis au monde pour m'y abandonner, mais j'avais réalisé que je ne pouvais pas obtenir la meilleure version de ma vie à leurs côtés.

Kat s'était approchée, deux verres à la main, parce qu'elle veillait à ce que je m'hydrate et me nourrisse correctement avec l'angoisse que nous portions depuis la disparition. Elle me demandait finalement pourquoi je n'étais jamais revenue après avoir quitté l'île. Je lui mentis en disant que j'avais trouvé un travail en France et que j'avais préféré voyager ailleurs. J'avais parcouru l'Indonésie, la Mongolie, et le Japon. Ces destinations rêvées depuis mon adolescence.

Lorsque j'étais revenue cinq ans auparavant à l'aéroport de Bangkok pour une escale avant d'atterrir à Jakarta, je n'avais jamais été aussi proche de mon pays d'adoption. Pendant quelques années, je m'étais interdite de retourner dans ce pays que j'aimais tant. Je ne cessais de penser que ma Thaïlande était juste là, que l'île n'était plus qu'à un vol de moi. La distance avait été réduite, mais je n'étais pas complètement là-bas, et je réalisais que je n'effacerais jamais la marque que ce pays avait laissée dans ma vie. Placé sur un piédestal depuis des années, au rayon de mes meilleurs souvenirs et des opportunités manquées, je ne m'autorisais qu'à le regarder sans jamais y toucher à nouveau, de peur de briser ce que j'avais consacré à l'oubli, par crainte de réaliser que j'avais gâché une vie qui avait été tracée pour moi.

Kat m'enlaça et je sentis dans son geste maternel qu'elle voulut absorber mes maux, mes cicatrices et ma colère. J'étais persuadée qu'elle me voyait encore comme avant, et je voulais lui dire qu'en revenant dans son pays, et qu'en me tenant ici à ses côtés à l'instant, respirant la même odeur que portait ses cheveux aujourd'hui comme à l'époque, j'étais redevenue celle que j'étais il y a huit ans.

Des gouttes s'abattaient à nouveau contre le toit en bambou. Cette pluie n'en finissait pas. Elle pleurait la disparition de ma mère alors que j'étais incapable de le faire. Peut-être qu'elle pleurait également cette vie ici, il y a des années, ces personnes parties et jamais revenues, ces choses commencées et oubliées, et cet amour insulaire qui n'a rien su combler. Sur cette île plus que nulle part ailleurs, je portais le deuil de toutes les personnes que j'aurais pu devenir.

Mon beau-père n'était pas revenu au resort depuis mon arrivée. Allant d'une île à une autre, il ne trouvait le sommeil nulle part et errait sur les terres du continent. Peut-être que ce que souhaitait ma mère était simplement de prendre l'air ? Elle aussi devait suffoquer ici. Elle aussi avait probablement attendu toutes ces années que Nina soit assez grande pour ne pas souffrir de son absence. Et finalement, lorsque son mal-être a atteint son sommet, elle a tout quitté. Je mentais lorsque je déclarais que je ne connaissais plus ma mère, parce que huit années de silence avaient profondément altéré notre relation. Je connaissais ma mère mieux que personne d'autre, je savais qu'elle n'était pas du genre à réfléchir avant d'agir. Actuellement, elle devait être en train de renier sa vie et renoncer à tout ce qu'elle avait connu et bâti. Elle s'achèterait de nouveaux vêtements et de nouveaux produits de beauté quelque part dans le monde, persuadée de recommencer une nouvelle vie dont elle profiterait du silence placide. Peut-être que l'imaginer ainsi ailleurs me réconfortait, car tant que je la savais vivante, je pouvais repousser son deuil. Celui que j'avais commencé huit ans auparavant alors qu'elle était toujours vivante.

Je repensais à cette fois où, après avoir quitté son travail, elle était venue me chercher à l'école un vendredi soir alors que c'était d'habitude ma grand-mère qui m'attendait au portail, et, sans que je ne puisse lui poser de question, elle m'avait dit de m'installer dans la voiture et avait conduit jusqu'à ce que la nuit ne tombe, réservant une chambre d'hôtel directement au comptoir resté ouvert. J'avais su qu'elle fuyait cet homme, qui avait partagé notre vie pendant si longtemps, et avait sûrement découvert une autre de ses tromperies. Même si je n'avais pas conscience d'où nous nous trouvions, et que j'eus l'impression que nous avions parcouru la moitié de la France, je ne manquais de rien car elle était avec moi, me regardant de temps en temps à travers le rétroviseur intérieur et allongeant son bras vers l'arrière pour presser mon genou. Peu importe combien de fois elle fuyait, elle m'avait toujours emmené avec elle.

Et j'avais espéré, qu'aujourd'hui, elle aurait pensé aux deux filles qu'elle laissait derrière elle.

— « Où sont tes filles ? J'aurais aimé les revoir » lançai-je, maintenant que Kat coiffait mes cheveux d'une main. Le geste me fit l'effet d'une caresse et je dus me ressaisir pour ne pas m'endormir.

— « Elles sont parties pour les études. L'une en Malaisie, l'autre en Indonésie. Elles me manquent ! Tu le verras par toi-même, mais quand on est maman, on aimerait que nos enfants restent auprès de nous pour toujours. »

Son long soupir me fit tendre la main vers la sienne pour la réconforter. Était-ce ce que ma mère avait ressenti lorsque j'avais été faire mes études dans une autre ville, que j'étais revenue pendant le confinement pour rester auprès d'elle, et repartie à nouveau lorsque j'avais trouvé un travail dans une ville voisine ? Elle ne m'avait pas adressé la parole pendant des mois suite à mon déménagement soudain, jusqu'à ce que ce soit elle qui décide de partir en quittant la France pour choisir la Thaïlande, me laissant à son tour. Mon départ il y a huit ans l'affligeait-elle autant que Kat qui repensait à ses filles à l'instant ?

Dans la fin d'après-midi, Pit vint me trouver dans le bureau que ma mère avait fait installer dans une aile de la maison à l'entrée du resort. Il avait un très bon niveau d'anglais qui me permettait d'échanger librement avec lui.
— « Tu veux sortir avec nous ce soir ? » proposa-t-il en essuyant son front. Sa demande m'avait surprise. J'avais retrouvé son CV dans l'ordinateur de ma mère. Il avait trente ans et était diplômé d'une école de commerce renommée à la capitale, et se trouvait pourtant ici, dans un complexe hôtelier pittoresque qui tentait de recopier un style balinais.
— « Pourquoi « nous » ?
— Deux amies à moi. Des filles », précisa-t-il, comme pour me rassurer. « Je te ramènerai en voiture, si tu veux. »
Il débrancha les lampes que nous avions chargées au cours de la journée pour les sortir lorsque la nuit tombait. Il avait pour mission d'en déposer une sur chaque table du restaurant, et celles de la plage. Avant que je ne puisse répondre à son invitation, il m'interrogea.
— « À quoi est-ce que tu penses ?
— À rien du tout.

— Si. Tu es toujours perdue dans tes pensées. Ça me fait penser à ta mère.
— Tu la connais bien ?
— Assez, oui. Je l'invitais souvent à boire lorsqu'elle n'était pas trop fatiguée. Elle me parlait de toi en me disant que tu avais mon âge... et lorsque je lui demandais pourquoi tu ne venais pas la voir, elle soupirait. « La vie », c'est ce qu'elle répondait. »
Et comme je ne répondais pas, il ajouta : « Mes parents m'ont eu tard dans leur vie alors je n'ai pas eu la chance d'être proche d'eux. »
— « Pourquoi ?
— Je pense qu'ils voulaient que je devienne la personne qu'ils avaient décidée pour moi. Après avoir réussi mes études, j'aurais dû travailler dur pour ensuite reprendre l'entreprise de mon père, me marier et fonder une famille pour assurer notre descendance. Tout ça. Je n'aurais pas dû devenir serveur.
— Mais c'est *ta* vie », murmurai-je.
— « Exactement. Ça », dit-il en scrutant la pièce, « C'est ma vie. C'est ce que j'ai choisi.
— À partir de quelle heure, ce soir ? » lui demandai-je en esquissant un sourire. J'oubliais que ma sœur n'était plus une enfant, et que je pouvais la laisser dans la chambre d'hôtel pour sortir de mon côté. Pit m'emmènerait dès après sa débauche, et nous irions nous préparer chez lui avant que ses amies ne nous rejoignent. Je me surpris à espérer que le restaurant soit désert ce soir, pour que je puisse déclarer que nous fermions plus tôt que prévu.

À minuit, et après avoir passé une heure chez Pit qui avait invité Lada et Nalee, les deux amies qu'il avait mentionnées plus tôt, nous nous rendîmes dans un bar dansant au cœur de Samui. Les deux jeunes femmes, dans leur vingtaine, avaient mis de beaux bijoux, et leurs longs cheveux bruns dégageaient une odeur légèrement épicée et solaire, qui donnait envie d'y plonger le visage pour mieux les respirer. Nalee me sourit puis me sauta au cou pour me transmettre l'excitation de la soirée qu'elle ne pouvait plus contenir. J'eus le soudain désir de vouloir lui ressembler. Je voulais être aussi jeune à nouveau alors que notre écart d'âge n'était pas si important ; me déplacer avec la même sensualité, aimer mon corps et ma vie autant qu'elles le faisaient en se regardant dans le miroir et en souriant constamment. Alors qu'elles ne cessaient de toucher mon visage plus clair qu'elles et enviaient qu'il ne soit pas exposé au soleil de l'île comme le leur, je désirais leur goût pour la vie.

Pit dansait près d'un homme qui avait l'air plus jeune que nous et qui venait d'entrechoquer son verre contre le sien. Je lus dans leurs regards ce que j'avais rarement deviné chez certains lorsqu'ils décelaient une attirance immédiate chez d'autres, et réalisais avec surprise que je m'étais trompée en prenant son invitation pour une tentative de rapprochement. Ce qu'il avait vraiment voulu me dire plus tôt, dans la maison, était qu'il avait décidé d'écouter son cœur et de vivre sa vie comme il l'entendait ici.

Je sortis de la pièce dans laquelle nous étions enfermés depuis près de deux heures, et m'assis au bord du trottoir en tentant de prendre l'air marin par grandes bouffées. Fidèle à moi-même, je quittais toujours un environnement lorsque je suffoquais. Quelques minutes s'écoulèrent avant que Pit ne vint s'accroupir à mes côtés. Nos échanges de l'après-midi résonnaient encore en moi, car de mon côté, j'attendais toujours la compensation pour cette vie non vécue.

Je pensais à cette île que j'avais rencontrée pour la première fois il y avait près de dix ans, à la manière dont je l'avais désirée puis détestée, et aux rêves que j'avais fait d'elle, à ce qu'elle m'avait offert, puis repris, et comment elle m'avait guérie pour me blesser. Il me prit l'urgent besoin de lui dire que je l'enviais d'avoir réussi ce nouveau départ, cette vie loin de tout ce qu'il avait pu connaître, et cette sérénité dans le deuil de sa famille, alors je lui dis tout bas, juste assez pour que seul lui entende ma confession : « Je suis contente que tu te retrouves ici », puis, « j'aime ta vie ».

Cette île était l'endroit où il s'était exilé. Je me demandais combien d'autres personnes avaient eu le courage d'entreprendre le même voyage jusqu'ici, dans un élan irrationnel mais profondément humain de se retrouver, ou de se reconstruire dans l'espoir vain que le simple fait de s'ancrer ici, sur cette île suspendue hors du monde, suffirait.

J'avais tenté ma chance moi aussi, huit ans auparavant, et venais seulement de réaliser ce matin, au réveil, qu'en quittant cet endroit, et en y étant de retour aujourd'hui, ce n'était pas ce lieu qui me manquait et qui avait creusé un vide colossal dans ma vie, mais la personne que j'étais à l'époque. Ma jeunesse me manquait, et j'avais laissé tellement de ma vie ici. Koh Samui, refuge, témoin silencieux des amours et des rêves qui naissent et meurent, des fuites et des retours. Comment avais-je pu envisager qu'elle ne ferait plus jamais partie de ma vie ?

— « J'aurais aimé avoir ton courage », lançai-je en lui proposant ma main pour se relever. Il me fit boire une gorgée de son cocktail et but le reste avant de nous emmener de nouveau dans la salle, où la musique nous emportait loin de l'amertume dans laquelle je me noyais depuis mon retour.

J'avais laissé l'été s'en aller pendant des années.

Comme chaque jour depuis mon retour, je m'approchais de la mer pour aller me confier aux vagues, pour qu'elles me frappent de leur nostalgie, soufflent mes cheveux tombant sur mon visage, et je leur demandais de veiller sur ma mère. *Ramenez-la pour Nina. Je peux vivre sans elle, mais ne privez pas ma sœur de sa mère si tôt.* Souvent, j'étais surprise, et terrorisée de me rendre compte que je me trompais depuis le début, et que, par cette habitude de toujours vivre dans le déni, je refusais d'envisager l'hypothèse dans laquelle ma mère avait été épuisée de l'existence, comme souvent je l'avais été, et s'était laissée emporter par les vagues trois semaines auparavant. L'océan, après avoir vu sa détresse, l'aurait prise avec elle, et c'est la raison pour laquelle aucun corps n'avait été retrouvé. En la maintenant au creux de ses bras, il lui aurait murmuré : « *Ça va aller, tu es en sécurité maintenant...* », l'enlaçant dans les profondeurs de son abîme obscur et salé.

En ouvrant les yeux après ma prière, je retournais à l'abri du soleil, au resort, avant de tourner les talons à nouveau, comme une pensée après coup. Je n'avais pas été voir l'ancienne maison de Theodore de la journée. Peut-être qu'aujourd'hui, le propriétaire était passé, avait ouvert la baie du salon, et j'aurais eu la chance d'entrevoir les pièces de la maison que j'avais connue autrefois.

Nous étions rentrés à quatre heures du matin, dans le seul moment de fraîcheur de la journée. Pit commençait à midi et pouvait bien se réveiller plus tard. Finalement, au vu de son état d'ébriété, et avec ses indications floues, je l'avais déposé au pied de sa maison, nichée dans la cocoteraie, à cinq minutes du resort. Lada et Nalee habitaient dans un studio en ville et étaient rentrées en taxi.

Après deux heures à somnoler dans le lit que je partageais avec Nina, j'avais finalement été réveillée par son alarme et l'avait conduite au lycée, persuadée que le trajet seule au retour me libérerait de certaines pensées. Avec ce manque de sommeil provoqué par les insomnies depuis le début de mon séjour, le soleil qui brûlait de nouveau mon front m'aveuglait. Les insomnies, le prix à payer pour la vie non vécue.

Était-ce un mirage que l'île m'avait montré ? Il se tenait devant l'allée de la plage. Ses deux mains rangées dans les poches de son short, il avait dû observer la nouvelle disposition des tables du restaurant et préférer l'ancienne. Revenait-il de son ancienne maison et regrettait-il de l'avoir quittée ? Il était trop tard pour feindre de ne pas l'avoir remarqué ou dissimuler où je comptais me rendre en prenant cette direction, et j'étais déjà trop bouleversée par sa présence pour prétendre ne pas l'avoir reconnu. Je l'avais reconnu avant même d'avoir eu le temps de m'attarder sur son visage. Lili. Voilà huit ans qu'une personne qui n'était pas un membre de ma famille ne m'avait pas appelée ainsi. Seule ma famille utilisait ce surnom.

Que faisais-je de retour sur l'île ? J'étais venue chercher ma mère. Que faisait-il de retour ici ? Il la raccompagnait. Je mis fin à la distance qui nous séparait en regardant autour de nous pour tenter d'apercevoir celle dont nous parlions. Elle devait forcément le suivre.

— « Où est-elle ?
— Je peux te prendre dans mes bras ?
— Pourquoi ?
— Lili, regarde-toi ! Je n'arrive pas à croire que tu sois là. »

Était-ce sa manière de me dire qu'il ne m'avait pas oubliée ? S'il m'avouait qu'il ne pouvait plus vivre sans moi, que ces huit dernières années avaient été un supplice pour lui, je lui dirais que mon existence n'avait eu d'importance qu'avec lui, et qu'il avait été avec moi toute ma vie. *Tu étais à mes côtés toutes ces années. Je n'ai rien oublié et vis nos souvenirs sans cesse, jusqu'à ce que ton visage se floute, que ta voix ne ressemble*

plus à celle que j'avais connue, et que je perde la tête. Tu ne m'as jamais écrit, avais-je envie de lui reprocher.
— « Où est ma mère ? Comment va-t-elle ?
— Très bien. Elle va très bien. Comment vas-tu ? Quand es-tu arrivée ? ». Il contempla mon silence avant d'ajouter : « Tu n'as pas changé. »

Il n'avait pas tort. Rien qu'au son de sa voix, j'étais redevenue celle que j'étais à vingt-quatre ans, et tout ce que j'avais vécu entre temps et toutes les versions de qui j'avais pu être venaient d'être effacées de ma mémoire et de cet univers. Je me laissai tomber sur une chaise appartenant à une table à proximité. Il s'agenouilla près de moi, et alors que j'enfouis mon visage entre mes mains pour me calmer, j'entendis sa grande inspiration. Il devait chercher de quoi combler le silence. Je n'avais pas changé, rien n'avait changé depuis cet été éternel que nous avions vécu huit ans auparavant, et je voulais lui faire savoir que mon corps portait encore son odeur, que j'avais imprégnée le soir de mon vingt-quatrième anniversaire, que je n'avais pas réussi à m'en débarrasser depuis.

Puis, une peur soudaine et infondée me fit chercher du regard, aux alentours, une femme, et un enfant, voire plusieurs, qui le suivraient et attendraient diligemment à distance que Theodore ne les présente. Je l'avais longtemps imaginé trouver une femme de son âge, ou un peu plus jeune, suffisamment pour pouvoir fonder une famille, sans une pensée pour la vie insignifiante d'autrefois, celle constituée des quelques mois qu'il avait vécus avec moi. Leur existence changerait à jamais la mienne. À présent, je m'attendais à ce qu'il me présente sa famille avec un amour inconditionnel débordant de ses yeux encore plissés par le soleil, le sourire qu'il aurait en leur priant de s'approcher, son enfant hissé sur un côté de sa hanche, le visage enfoui dans le cou de son père. Il souhaiterait me jeter cette tendresse et ce bonheur au visage, moi, qui n'avait jamais voulu d'enfant et qui ne l'aurais pas aidé à réaliser cette vie qu'il s'était imaginé pour lui. J'aurais pincé mes lèvres quand il m'aurait présenté à eux, cherchant une manière de définir qui nous étions l'un pour l'autre à l'époque, car il n'avait jamais mis de mot là-dessus. J'aurais tenté de dissimuler dans une accolade bienveillante que la perte de l'homme solitaire que j'avais connu ne me bouleversait pas, car il se tiendrait devant moi, ancré à cette famille, ces enfants qu'il avait souhaité avoir et qui étaient enfin apparus dans sa vie. Alors parfois, il était plus simple de laisser mourir son souvenir, de le tuer lui pour éviter de vivre dans cette amère existence. Et alors qu'au fil des années, je n'avais jamais su déterminer si je l'avais rencontré trop tôt ou trop tard, là, la réponse se tiendrait juste devant moi : je revenais bien trop tard.

— « Je dois parler à ton beau-père », déclara-t-il après un long silence où nous avions tenté de fuir le regard de l'un et l'autre.

— « Il n'est pas ici. Il est parti à Koh Tao en début de semaine avec des amis pour y chercher maman. Nina est au lycée. Tu... tu peux rester ici en attendant si tu le souhaites. Elle sera heureuse de te voir. »

À cet instant, je craignais qu'il ne m'informe de l'existence des personnes que j'avais imaginées plus tôt. Ils l'attendaient, à l'hôtel. Il ne pouvait pas se permettre de rester plus longtemps.

— « Je ne crois pas qu'elle veuille me voir. Elle m'en veut énormément d'être parti. Après trois ans, elle a encore du mal à me parler.

— Pourquoi ?

— Toutes les personnes qu'elle a connues sont parties. Je n'avais plus de raison de rester. Tu es partie et tu as tout emmené, et j'ai tenu avant de partir à mon tour, mais je ne pouvais plus supporter ces endroits. Il m'aura fallu cinq années avant de me résigner. J'ai compris que tu ne reviendrais pas, et que cet endroit ne me convenait plus. »

Naturellement, ma main avait atteint son bras. Tentais-je de le réconforter ? Lorsqu'il mit sa main au-dessus de la mienne, pour la toucher, se rappeler sa forme, sa tiède chaleur, et aussi pour se réconforter lui-même, car personne ne l'avait fait depuis des années, je réalisai qu'il avait attendu que je le touche pour se permettre de me toucher à son tour. Je réalisai que j'avais le besoin primaire de sentir sa peau contre la mienne.

— « Comment tu t'es portée ? » réitéra-t-il. Cette simple question semblait crier « Tu m'as manqué plus que tout au monde ».

— « Theo, je me suis perdue, pendant des années.

— Alors reviens. J'avais peur de perdre ton visage, ta voix, ton odeur. Je n'avais plus que ta lettre, ta mère, ta sœur et que je craignais que tu nous oublies.

— Je suis revenue, et je n'ai rien trouvé de ce que j'ai laissé. Pas assez de temps ne s'est écoulé pour que je puisse pardonner ma mère.

— Aucune colère ne peut durer éternellement. »

Je lus dans son regard que comme huit ans auparavant, il ne comprenait pas ma douleur. Il arborait encore cette sagesse tranquille dans son raisonnement, une forme d'équilibre auquel on ne pouvait rien opposer. Je redevenais la jeune fille immature, dominée par de vifs sentiments.

Bien entendu, la colère ne pouvait durer infiniment, mais c'était ma manière de me raccrocher à quelque chose, de me convaincre que ce que j'avais vécu avait réellement existé, que le passé était encore palpable, et que le mal avait été infligé. Que me restait-il si l'on me retirait ma colère ?

— « Je ne peux pas te dire pourquoi je ne peux pas guérir comme une personne normale, et pourquoi je dois ressentir l'amour et la haine aussi profondément en moi. »

Je m'entendais déjà le mépriser, je ne pouvais définitivement pas être douce.

— « Tu es humaine, comme tout le monde », dit-il en approchant sa main de mon visage, mais je fixai à nouveau le sable, et il se reprit.

À l'instant, s'il me demandait ce que j'avais fait de ma vie, et s'il avait autant de courage qu'autrefois lorsqu'il me troublait de ses interrogations, perçant ma vie, mon intimité, s'il me demandait si je partageais aujourd'hui ma vie avec un autre, si j'avais des enfants, si quelqu'un m'attendait quelque part, je lui dirais que je n'avais pas changé, parce que ma vie s'était arrêtée ici, même si je voulais lui prouver qu'il n'avait pas été ma seule lumière, parce que je savais déjà à l'époque que sans lui, rien ne serait pareil.

Maintenant que nous étions tous les deux, qu'il m'avait suggéré de revenir, j'étais persuadée qu'il avait continué sa vie seul et je savais qu'il avait deviné, avant même de m'avoir adressé la parole plus tôt, que moi aussi.

En relevant la tête, je peinais à le regarder. Il m'apparut pour la première fois que son regard n'était plus empreint de la fatigue d'autrefois, lorsqu'il me saluait et m'adressait un sourire, parce qu'il savait que je l'avais attendu depuis la seconde où je m'étais réveillée le matin-même, mais parce qu'il se tenait devant moi, et parce que nous nous retrouvions après huit ans sur la même allée de plage que nous avions foulée, avec ces cœurs serrés, ces soupirs partagés, et ce frisson qui avait parcouru nos corps lorsque ma main avait touché la sienne, je vis pour la première fois le deuil qui s'était installé dans ses yeux. Une douleur qui ne vient qu'avec le temps, cet ennemi, et que je ne pouvais lui retirer peu importe ce que j'étais prête à sacrifier en retour.

— « J'ai connu le bonheur ici. Et cet endroit m'a laissé une cicatrice si profonde, j'ai encore du mal à croire que je me tiens ici en ce moment.

— Tu resteras cette fois ? »

S'il savait. Je n'avais aucune raison de rester. De la semaine que j'avais passée à sillonner les allées, les marchés, les bords de plage, je n'avais rien retrouvé de ce que j'avais connu autrefois. Cette île avait existé sans moi, et les années avaient tout emporté de ce que j'avais pu y laisser en espérant le retrouver en revenant un jour, lorsque mon cœur se serait apaisé, que je n'aurais plus de rancune, et que les visages que j'avais tant aimés ne réveilleraient plus la colère que j'avais conservée en moi. Ma sœur allait bientôt avoir l'âge que j'avais lorsque j'étais venue pour la première fois, et je voyais bien qu'elle n'avait plus besoin de moi. Ma mère avait quitté l'île sans laisser de trace. Theodore était parti il y a trois ans, reprenant son éternelle migration. Avec lui, il avait emporté mon moi de vingt-quatre ans. Il s'était exilé avec nos après-midis, nos espoirs, et nos souvenirs.

Mon corps était retourné en France, mais mon cœur restait sur cette île, près de lui, près de ma mère et ma sœur, parce que c'était la seule vie que j'avais voulu vivre, la seule vie qui m'avait été donnée. J'avais dit adieu à une version de moi-même et n'arrivais plus à retrouver qui j'étais au départ.

Je me contentais de secouer la tête. Pourquoi voudrais-je rester alors que tout le monde était parti ?

Je songeai à me lever, parce que le soleil avait déposé ses rayons sur le visage de Theodore qui s'était agenouillé pour me parler. Il plissa les yeux. Peut-être qu'ils les avaient complètement fermés, mais mes jambes ne répondaient plus, et elles s'étaient engourdies par le soulagement de savoir ma mère vivante, en sécurité, quelque part ici, et parce que contre toute attente, c'est Theodore qui l'accompagnait.

Il fit un geste de la tête qui m'invitait à le suivre vers son ancienne maison, à quelques pas. 305, comme nous avions compté, pas après pas, des années auparavant. Je voulus l'interroger encore sur ma mère. Je dus me retenir d'effacer la distance que j'avais laissée entre nous, et glisser mon bras sous le sien en lui demandant de trouver la force de me pardonner. Pouvions-nous prétendre être les mêmes personnes : celles d'il y a huit ans ? Imaginer que le temps ne nous avait pas abîmés en nous infligeant ces insomnies, en nous rappelant cette courte vie que nous avions vécue il y a quelques années, trop longtemps pour pouvoir y revenir, juste assez pour se demander si ces souvenirs n'appartenaient pas à une autre vie.

Nous regagnions la route principale jusqu'à son véhicule, parce qu'il me proposa de retourner à un restaurant dans lequel nous étions allés un jour. Aucun de nous deux ne savait s'il existait toujours. Il me prit le bras, et il me demandait de le suivre, de ne plus me battre contre lui, contre le monde, contre la vie. Nous y attendrons que ma sœur revienne de l'école, et nous échangerons sur la vie que nous avions vécue l'un sans l'autre, sur celle que nous avions convenu de vivre après que tous nos espoirs se soient éteints, comme si nous nous étions quittés la veille. Il s'était garé devant son ancienne maison. J'avais voulu lui avouer que je m'y étais rendue tous les jours depuis mon retour, et je me revoyais, glissant à travers sa baie vitrée que je n'ouvrais jamais intégralement de peur de le réveiller, ou frapper à sa porte d'entrée, parce que mon corps me criait de le retrouver. Je voulais redevenir la jeune femme que j'étais.

Le trajet en voiture me permit de l'observer plus attentivement, mais j'avais déjà remarqué qu'il avait minci. Sa main, qui était trop jeune pour être tachetée à l'époque, semblait aujourd'hui plus frêle. Il coiffait ses cheveux de la même manière, m'interrogeait de la même manière, et observait le monde de la même manière. Même sa façon de regarder dans le rétroviseur intérieur, puis vers le mien, à sa gauche, était la même qu'à l'époque. À l'examiner, j'eus le besoin imminent de mettre ma main dans ses cheveux, sur lesquels de fines mèches grises étaient apparues. Toucher ses paupières, les embrasser l'une après l'autre, lui demander ce que ses yeux avaient vu sans moi, combien de larmes avaient coulé en silence, et toutes les joies et les peines qu'il avait vécues si loin d'ici. Il avait vieilli, et cela me bouleversa.

Une fois au restaurant, je savais qu'il me laisserait choisir notre place, qu'il règlerait notre addition en quittant l'établissement, et je n'aurais rien à dire parce qu'en contestant son geste, je l'empêcherais de m'offrir, et donc de le rendre heureux.

Il mentionna son départ de Samui, le décès de sa mère il y a trois ans, son retour temporaire en Australie pour accompagner son père et porter ensemble leur deuil, sa sœur qui n'avait pu venir que pour deux jours, et qu'il n'avait pas eu l'occasion de revoir par la suite alors qu'elle habitait seulement un peu plus dans le sud du pays. Son expatriation en Nouvelle-Zélande l'année suivante, à Auckland la première année, puis à Omaha, depuis, car la mer lui manquait. Les affaires se portaient bien. Il se portait bien. Il ne buvait plus autant qu'avant. Son père retrouvait peu à peu goût à la vie. Sa nièce de vingt-et-un ans attendait son premier enfant, il devait arriver pour février. C'était dans trois mois.

Était-ce tout ce que j'avais manqué de ces années ? Il dissimula qu'il eût eu d'autres relations depuis, mais je le sus, car c'est ce que les personnes seules font. Tester la vie à deux, voir si cela leur convient un moment, puis revenir à leur existence solitaire après avoir évalué les avantages et inconvénients. Il y a toujours plus d'inconvénients lorsque notre existence dépend de celle d'un autre. Theodore semblait être un homme qui n'avait pas besoin de dépendre des autres, et c'est ce qui m'avait poussée à vouloir entrer dans sa vie. Je voulais savoir si j'étais capable de lui donner envie de m'avoir dans la sienne.

Il constata notre silence, et, lorsque je compris que c'était à mon tour de me livrer, je me contentai de lui murmurer que rien n'avait changé. Il fronça les sourcils. « Vraiment ? » « Vraiment. » Ce n'était pas par pudeur que je n'envisageai pas de lui partager ce que j'avais pu vivre depuis, mais je lui parlerai de toutes ces années plus tard, lorsque nous aurions le temps, car je voulais que nous prenions le temps de nous retrouver, et seulement à ce moment, je pourrais lui avouer qu'il avait toujours été avec moi. Mon cœur était encore rempli de rêves que j'avais eu et pour cette raison, j'étais restée la même.

J'étais retournée dans la vie que j'avais laissée. J'avais refermé le livre de ma vie : la vraie, la principale, celle que j'avais quittée en venant ici il y a huit ans, et celle que je m'étais forcée de rebâtir après être partie, et je l'avais reposé pour ouvrir celui de ma vie parallèle : celui de la vie que j'avais vécue autrefois, et à laquelle je n'osais pas repenser, de peur de me rappeler, de peur de renoncer définitivement à une vie que je n'étais pas prête à déplorer, et qui semblait aujourd'hui appartenir à une autre personne.

Au final, peut-être que je refusais d'admettre que ma vraie vie était celle-ci, et qu'elle n'attendait que moi.

Comment pouvais-je lui dire que les premiers mois suivant mon départ avaient été les pires : les insomnies avaient creusé mes cernes, mes joues, mon ventre ? La première année, je n'avais pas pu garder un seul poste, j'avais changé de ville, d'amis, parce que je voulais être une étrangère dans tout ce que j'entreprenais, j'avais détesté tout ce que je construisais et tout ce que j'étais devenue. J'avais souhaité ne plus avoir d'attache et je vivais de mes souvenirs. Personne d'autre ne pouvait y toucher. Theodore, autant que ma mère, hantaient mes rêves et je me retrouvais au milieu de la nuit, réveillée par le besoin irrépressible de pleurer. Un sentiment de perte irréversible m'avalait.

J'avais rêvé de lui à de nombreuses reprises, puis de moins en moins avec le temps. À chaque fois, son visage se floutait, et parfois il n'avait rien à voir avec celui de l'homme que j'avais adoré et caché dans mes souvenirs, mais mon esprit savait, je savais que c'était lui dont il était question. Il fallait reprendre le courage de continuer la vie, de recommencer à nouveau.

— « Un jour, je me suis levée, je ne savais plus pourquoi j'avais été si triste pendant des mois, et la vie avait repris son cours et était soudainement devenue moins compliquée. J'avais repris à célébrer les journées, les victoires du quotidien, et c'était ma revanche sur tous ces matins où je n'avais plus jamais souhaité me réveiller. L'envie de vivre m'avait manqué.

— Tu n'as pas changé. »

Cette remarque, qu'il avait déjà faite plus tôt, venait du fond de son âme, pour transpercer la mienne, et me fit l'effet d'une lance venue me vider de mon sang, tant elle était empreinte de regrets.

D'une certaine manière, il le disait comme s'il en était rassuré. Rien n'avait changé. Je savais qu'il n'avait fait que scruter mon visage, et toutes les parties de mon corps que je laissais exposées au soleil, parce que je faisais de même avec lui, et pensais même être discrète. Je pensais être la meilleure dans ce jeu auquel nous jouions depuis que nous nous étions revus, mais j'avais conscience qu'il savait que, comme lui, je ne pouvais me résoudre à le quitter des yeux. Et alors que je regardais mes mains, que j'avais entrelacées sous la table à cause de l'angoisse, je listais tout ce qui avait changé ces dernières années. Mes bras, tout comme mes jambes, moins agiles et toniques qu'à l'aube de ma jeunesse, puis mon visage, que j'avais vu au fil des jours être teinté de ce masque qu'avait apporté la fatigue de l'existence, le deuil d'une certaine résignation. Ce regard, dans lequel on lisait toutes mes batailles silencieuses. Si seulement il avait conscience de l'ampleur du changement de ce corps qu'il avait connu.

Il y eut un long silence pendant que mes pensées m'envahissaient. Si je n'avais pas répondu à la première remarque, je ne savais toujours pas quoi lui répondre sans que mon cœur ne se serre.

— « Je voulais croire que tu reviendrais.

— Et je suis revenue », réussis-je enfin à prononcer.

Il sourit avant de fixer l'océan à sa droite. Ma réponse était absurde et il n'accepterait pas ma désinvolture. J'aimais le voir ainsi. Il m'avait manqué ainsi.

— « Toujours le cœur de marbre », lança-t-il.

Je soupirai, le fixai droit dans les yeux.

— « Quand Nina reviendra, j'aimerais que tu nous emmènes voir notre mère. Si possible. Si elle le souhaite, bien entendu. »

Il avait acquiescé. Il ne lui demanderait pas son accord car il avait décidé à sa place. Ou peut-être qu'elle avait anticipé et lui avait indiqué que si Nina souhaitait la voir, elle l'autorisait. Avait-elle anticipé que je succomberais et serais venue la chercher ?

À plusieurs reprises, je tentais de boire des gorgées de l'infusion que j'avais commandée, espérant que cela m'aide à combattre ma gorge nouée qui menaçait de me faire pleurer. Je ne savais pas si c'était le soulagement ou la nostalgie qui me poussait aux larmes, mais il y avait une certaine tragédie à revoir une personne que l'on fige dans le passé pour se protéger. Il y avait cette envie soudaine et irréaliste de retrouver ma jeunesse, de lui faire retrouver la sienne, de revivre ces instants fiévreux où nous vivions l'un de l'autre, parce qu'il n'y avait besoin de rien d'autre. Je voulais échanger avec lui, comme à l'époque, en oubliant les non-dits et le silence de la séparation. Toutefois, revenir dans le passé signifiait retrouver une version de moi qui était perdue et malheureuse, et je n'étais peut-être pas prête à sacrifier mes accomplissements pour ce bonheur illusoire.

Revenir dans ce passé, si palpable à cet instant, était admettre que je n'avais jamais renoncé à une vie que je n'avais pu vivre. Il me rappela que ma sœur allait bientôt terminer ses cours. Il semblait avoir hâte de la revoir. En y repensant, il l'avait connue depuis ses neuf ans. C'était presque plus que je n'avais connu ma propre sœur. Comme il proposa qu'on aille directement l'attendre à la sortie de son école, je lui envoyai un message pour qu'elle ne rentre pas avec le van qui la déposait le soir.

Nous restâmes un peu après la foule de parents venus chercher leurs enfants, et je nous visualisai côte à côte, sachant que le monde pouvait nous observer et se demander pourquoi deux personnes se tenaient aussi adroitement et aussi loin l'une de l'autre alors qu'elles sortaient du même véhicule. Alors que nous avions partagé le même lit, le même corps des années auparavant. Le portail était le même qu'à l'époque, lorsque Nina était en CE2. Des collégiens, puis des lycéens sortaient par le même portail, vêtus du même uniforme bleu marine. La cour était immense et l'herbe était verdoyante malgré son exposition au soleil. Mon regard s'attarda sur une petite fille de primaire qui ressemblait à ma sœur lorsqu'elle avait son âge, et je n'eus pas le temps de remarquer que Nina nous avait aperçus, et qu'elle courait déjà dans les bras de Theo.

— « J'ai une surprise », dit-il en desserrant son étreinte.

Elle avait lancé dans ma direction un sourire qui signifiait « Il est déjà la surprise. »

Il nous conduisit jusqu'à un prestigieux complexe hôtelier situé dans un quartier que je n'avais pas revisité depuis mon retour. Nina lui avait parlé de ce qu'elle étudiait pendant ce premier trimestre de terminale, ce qu'elle avait fait des dernières vacances scolaires, et des amis qu'elle côtoyait encore et que Theo avait déjà rencontrés par le passé. Contrairement à ce qu'il avait mentionné plus tôt, elle ne semblait pas lui en vouloir. Ma sœur avait toujours été ainsi. Elle n'avait de ressentiment pour personne, et retenait toujours le meilleur de ceux qu'elle rencontrait. À l'instant, son visage rayonnant que je lui connaissais depuis sa toute petite enfance était dû au retour de Theo. Pour elle, cela évoquait le retour de notre mère, puis le retour de la vie qu'elle avait vécue toutes ces années.

À l'entrée, il salua la réceptionniste, qui lui retourna son sourire, et j'imaginais qu'elle avait déjà retenu son visage, parce qu'il avait un de ces visages que l'on remarque et que l'on retient, et que toute femme voudrait caresser en demandant : « *Pourquoi semblez-vous blessé ? Qu'est-ce-que la vie a fait de vous ?* »

La veille, il avait sûrement flirté avec elle en indiquant qu'il avait réservé deux chambres dans l'établissement : une pour lui, une pour ma mère. Ils avaient ri et au bout de quelques minutes, n'auraient pas caché qu'ils se plaisaient, qu'ils pouvaient se retrouver à la fin de son service, un peu après vingt-trois heures, car elle aurait une clé de sa chambre à la réception, et il l'attendrait en se versant un Pure Malt. Et après avoir passé la nuit à caresser son dos, ses hanches, et embrassé les parties les plus intimes de son corps, il aurait instantanément regretté ces gestes en me trouvant au bout de cette allée un peu plus tôt. Si j'embrassais son cou à cet instant, je pourrais moi-même sentir cette femme.

Il déverrouilla la porte de sa carte magnétique, et laissa Nina la pousser jusqu'à ce que notre mère apparaisse au fond de la chambre, près de la baie qu'elle avait entrouverte et qui donnait sur la mer. Hagarde, elle soufflait la gorgée de tabac qu'elle venait d'aspirer, sans prêter attention à la mélodie qu'avait chantée la porte en s'ouvrant. Il s'était écoulé des années depuis la dernière fois que nous nous étions vues, et pourtant, parce que j'avais vu son visage et son corps changer au fil des années grâce aux photos que ma sœur m'avait envoyées, je m'étais habituée à son visage creusé, ses cheveux plus courts mais toujours d'un brun profond, et ses tâches de soleil qui marquaient désormais la totalité de ses joues. Je n'avais jamais imaginé ma mère à cinquante ans, mais elle se tenait devant moi, semblable à une enfant que l'on voudrait protéger du monde.

— « Maman… », murmura ma sœur. Elle s'empressa de la rejoindre pour l'enlacer par la taille, et, le visage enfoui dans le cou de ma sœur, notre mère m'observa de la même manière que Theodore, lorsqu'il s'était tenu devant l'allée de la plage plus tôt. Elle sembla imaginer ma présence, alors je m'approchai doucement, accompagnée par Theo dont je sentis la main le long de mon dos, tantôt pour me pousser à avancer, tantôt pour m'empêcher de faire marche arrière. Ma sœur sanglotait silencieusement, et c'était la première fois que je l'entendais pleurer comme une adulte, des sanglots si différents, ce qui me peina pour toutes ces années où elle avait pleuré sans que je ne puisse la consoler.

Lorsque je sentis la main de Theo me quitter, je sus qu'il s'était retiré. Je ne sentais plus sa présence dans la pièce. Depuis cette soirée il y a des années, où il m'avait demandé comment j'allais avant même de s'être présenté, j'avais acquis la faculté de sentir sa présence dans n'importe quel endroit. J'aimais sentir son aura ; quand je savais qu'il était présent, et même s'il ne me remarquait pas ou ne me parlait pas, il ne me manquait rien au monde. La seule exception avait été aujourd'hui, parce que je m'étais empressée d'aller rituellement me tenir devant la terrasse de son ancienne maison. Je n'avais pas remarqué qu'il se tenait en face de moi, et qu'il avait dû me voir bien avant que mes yeux ne rencontrent les siens. Je restais persuadée qu'il savait que je comptais me rendre devant sa maison, parce qu'il était le seul à avoir toujours su lire en moi.

— « Tu vas bien ? » demandai-je à ma mère.
Je ne pus me résoudre à la regarder droit dans les yeux. Mon silence devait lui crier que je ne pouvais pas lui pardonner d'être partie en laissant Nina, en me forçant à revenir sur cette île pour tenter de la retrouver. Lorsque sa vie était en jeu, le monde entier venait à son aide. Lorsque le mien s'effondrait, elle ignorait mes cris de détresse. Au fond, qu'est ce qui poussait les gens à partir du jour au lendemain ? Quelle détresse fallait-il pour se résigner à tout abandonner sans explication ? Et puis, laissons ces personnes partir, si c'est ce qu'elles souhaitent. Laissons-les prétendre ne plus exister parce que c'est ce qu'elles désirent réellement lorsqu'elles vont ailleurs, parce qu'elles sont incapables de supporter leur propre vie, les choix et les virages qui les ont menés jusqu'ici. Tout leur est insupportable. Je le savais pertinemment, car ce sentiment m'avait collé à la peau pendant des années, et sur cette île-même.

— « Je ne sais pas, Lili.
— Pourquoi Theo ?
— Il était la seule personne qui savait. Je l'ai appelé, il a pris mon billet sans me poser de questions. Je souhaitais simplement faire une pause d'une semaine, voire deux, puis je suis restée parce que mon corps n'avait pas la force de revenir. J'avais besoin de temps pour moi, pour réfléchir sur ma vie, sur mon mariage, qui me rend malheureuse aujourd'hui. Depuis toujours, peut-être. »

Elle reprit sa respiration en écrasant son mégot sur le cendrier en verre posé sur le rebord de la fenêtre. Sa main était si frêle et ridée par le soleil, la lessive, le tabac.

— « J'étais en Nouvelle-Zélande...c'était très reposant. J'aimerais qu'on y retourne à trois, avec Nina...quand elle aura des vacances bien entendu. Et toi, quand rentres-tu ?
— J'ai encore une semaine. Je suis contrainte de partir après, Maman.

— Comment en suis-je arrivée là ? »

Elle n'attendait pas de réponse de ma part, et je ne voulais pas la blâmer, ce qui n'aurait fait qu'ouvrir à nouveau des plaies mal soignées avec lesquelles nous avions appris à vivre.

Elle avait vécu une vie qu'elle ne voulait pas vivre, et parce qu'elle avait peur de se retrouver seule, elle s'était contentée de cette vie où elle n'avait plus le contrôle. La femme qui se tenait devant moi, à qui je n'avais pas parlé depuis des années, avait pris le mauvais train un jour, et s'était installée confortablement sans billet, sans destination, sans bagages. Elle savait qu'elle avait pris le mauvais train, mais par crainte de descendre au prochain arrêt, ou par peur de faire marche arrière, elle avait continué de prendre d'autres trains qui l'avaient menée loin, très loin, là où tout s'effondre et se brise, au tombeau des regrets et des vies sabotées.

Je réalisai pour la première fois que j'avais pu la perdre, et cela aurait été ma punition. Au jeu auquel nous nous étions bornées à dresser des murs l'une contre l'autre, nous nous étions épuisées. Je ne voulais pas lui pardonner, mais nous avions échangé nos rôles à nouveau, il y a des années, et elle était là, vulnérable, logée entre ma sœur et moi.

Si Theodore nous avait écoutées derrière la porte de la chambre, il aurait entendu les pleurs de trois femmes bouleversées par le pardon et le deuil.

Il avait proposé à Nina de l'emmener dans un café avant de nous ramener, mais j'ai su qu'il accordait à ma mère et à moi-même un temps où nous pourrions échanger sans la présence de ma petite sœur. Nous avions tant de choses à nous dire.

— « Je dois le quitter. Je ne veux plus vivre ainsi, Lili. Je ne supporterai plus de vivre à ses côtés. »

C'était son point de non-retour. Une partie de mon cœur serait toujours attristée de savoir qu'elle n'avait pas eu le courage d'abandonner cette relation qui l'avait drainée.
— « Tu n'as pas besoin de moi pour ça.
— Tu es mon pilier », dit-elle en me regardant pour la première fois droit dans les yeux.
— « J'aimerais vraiment l'être, maman. Mais regarde-moi, je ne suis que ta fille. »

En nous reconduisant à l'hôtel, Theodore contempla l'établissement dans lequel nous résidions depuis mon retour.
— « Cet hôtel n'existait pas avant que je parte. Encore moins à l'époque. »

C'était donc ainsi qu'il mentionnait le passé, ce moment dans l'existence où il nous avait été donné la chance de nous rencontrer, une probabilité aussi minime que de retrouver un coquillage tombé dans le vaste océan, alors même que nous le tenions fermement au creux de la paume de la main, et que la marée s'était retirée.

« *À l'époque* ». « *Back then* », ces deux mots, prononcés à mi-voix, soulignaient l'irrémédiabilité de ce passé, figé depuis des années dans un espace-temps hors de portée. Ce passé qui laissait mon cœur trop lourd à porter les soirs où je réalisais que je ne pourrais jamais retrouver les mêmes choses et les mêmes personnes même si je retournais sur cette île, parce que ce que j'avais véritablement perdu était cette version de moi-même. Celle de vingt-quatre ans.

Pour moi, ce que nous avions vécu s'était déroulé la veille. En fermant les yeux, je me revoyais suivre ses pas dans le sable jusque chez lui, parce qu'il était toujours celui qui ouvrait la marche. Je lui disais que j'arrivais, qu'il n'avait qu'à marcher, et lorsqu'il se retournait pour vérifier si je le suivais, je craignais qu'il ne remarque que je m'appliquais à marcher exactement à l'endroit où ses pieds s'étaient placés.

C'était ma manière de m'ancrer dans sa vie. Le temps ne s'appliquait plus, il ne nous avait pas abîmés. Mon cœur battait si fort car je voulais l'intéresser, je voulais qu'il ne soit fasciné que par moi, et qu'il ne pense qu'à moi, alors que j'avais été frappée par ma propre incantation. Aujourd'hui encore, l'envoûtement demeurait.

Nina ouvrit la porte arrière pour descendre, et lorsqu'elle vit que je ne bougeais pas, elle nous observa longuement, puis tourna les talons pour s'enfoncer dans l'allée qui menait vers l'accueil de l'hôtel. Theodore avait dû lui signifier quelque chose, et il la suivit du regard en continuant d'agiter sa main en guise d'au revoir.

— « Quelle journée », dis-je lorsque ma sœur avait complètement disparu.

— « Je peux t'embrasser ? »

Sa question ne me surprit pas, et j'avais espéré, depuis l'instant où je l'avais trouvé plus tôt, au bout de l'allée de la plage, qu'il avait conservé les sentiments d'autrefois, ceux qu'on avait tus, et que j'avais dissimulés loin dans mes souvenirs en espérant les étouffer, sans jamais pouvoir y renoncer. Son regard se posait sur mes lèvres, puis croisait le mien à nouveau. Il ne me pressait pas de lui répondre, et alors que je voulais qu'il décide pour moi, j'eus l'envie soudaine de lui dire « *Je t'en prie* », ce qui signifiait réellement « *Je sais encore tout de toi.* »

Il prit mon visage entre ses paumes, et approcha ses lèvres pour effleurer les miennes. Il n'irait pas jusqu'au bout, il me demandait de donner du mien, de le rejoindre, ce que je fis. Ce baiser réveilla une grande blessure, des plaies dont je ne me souvenais plus. Cette sensation était assimilée à une époque et un moi différents, que j'avais perdus à jamais, très loin de cet instant présent. Je faillis sangloter lorsque son baiser glissa vers mon menton, mes joues, pour finalement se loger derrière mon oreille. Il avait toujours eu cette habitude de poursuivre ses baisers sur le reste de mon corps.

Je craignis de méprendre cette douceur pour un amour d'antan qui revenait une dernière fois, seulement pour me dire adieu. Il prit le lobe de mon oreille de ses deux doigts, et remonta lentement jusqu'à mon cartilage.

— « Ton piercing a l'air d'aller mieux », dit-il, plissant les yeux.

— « Tu te souviens ? Tu insistais pour que je l'enlève.

— Je me souviens de beaucoup de choses. Je repasse te prendre demain ?

— Tu n'as qu'une chose à faire. Veiller sur ma mère », lui répondis-je, en fermant la porte de la voiture derrière moi. Si je restais, je n'aurais jamais quitté ce véhicule.

Le soir, je ne trouvai pas le sommeil à nouveau. Ma sœur, que je crus endormie, se retourna pour me faire face, un sourire triste dessiné sur son visage encore enfantin. Son haleine était mentholée. Elle s'était brossé les dents plus tôt, oscillant entre la salle de bains et la pièce principale dans laquelle se situait le lit que nous partagions. Je vidai le sac dans lequel la réceptionniste nous avait remis notre linge plié et repassé. Je sus qu'elle avait des interrogations sur le moment que j'avais partagé avec notre mère, lorsque Theo l'avait emmené dans ce café Italien, ou sur la raison qui m'avait poussée à rester dans sa voiture, bien après qu'elle ne nous ait quitté devant l'entrée de l'hôtel.

— « Il y a deux personnes sans qui je pourrai survivre dans ce monde. Maman. Et toi. Je voudrais tellement que tu restes, Lili. »

Petite, elle avait pour habitude de me dire « Je t'aime » avant de s'endormir, parce que je la sermonnais à propos de ses affaires, qu'elle laissait dans le salon, la terrasse, de son sac à dos qu'elle avouait ne pas avoir préparé avant d'aller au lit, ce qui lui donnait une raison de se lever à nouveau, et retarder son coucher. Et moi, par ma réserve, par la pudeur dans laquelle j'avais été élevée par ma mère, et même mon père, je n'avais jamais su montrer à ma sœur cette vulnérabilité, lui montrant mon amour par les actes, au lieu de paroles. Aujourd'hui, je réalisais qu'elle tenait simplement à terminer sa journée sur une note d'amour pour effacer les remontrances du soir. Elle était la seule personne au monde à n'avoir jamais craint m'adresser ces mots.

— « Je t'aime, ma Nina. »

9

Nous ne vîmes notre mère que deux jours plus tard, lorsqu'elle apparut à l'encadrement de la porte coulissante de la cuisine à huit heures, pendant que Nok préparait le premier petit-déjeuner de la journée, et que je coupais une pastèque en dés, achetée le matin-même au marché de Maenam. Nok courut l'enlacer après avoir plissé les yeux, parce qu'elle avait du mal à y croire elle aussi. Je crus l'entendre sangloter. J'en fus persuadée lorsque ma mère renifla au cours de leur étreinte. Silencieusement, je fis le tour de l'îlot central pour remuer les œufs que la cuisinière avait laissés. Lorsqu'elle me demanda comment j'allais depuis le soir où nous l'avions rejoint avec Nina, dans la chambre d'hôtel où Theodore nous avait conduit, je l'informai, pour lui rappeler nos échanges, et sa décision, que mon beau-père rentrerait par le ferry de midi.

— « Merci d'être venue. Tu vas me donner du courage », dit-elle en mettant son visage dans ses mains pour essuyer ses joues humides.

En fin d'après-midi, je fis le tour de la plage pour chercher le chiot abandonné dont Theo et Nina avaient parlé plus tôt, et j'aperçus ma mère et mon beau-père assis sur le bain de soleil le plus éloigné. Des voix s'élevaient, des explications se lançaient dans l'air marin, la sonnette du comptoir annonça qu'un client venait de louer un kayak, une commande fut passée, la porte du frigo se fermait : la mélodie du quotidien. Pourtant, le monde s'arrêtait de tourner pour le couple frappé par l'amertume que j'observai au loin. Après de longues minutes, peut-être même une heure, voire deux, mon beau-père se leva. Je retournai dans la cuisine par peur de croiser son regard. L'odeur des beignets de crevette et de calamar qui se préparaient me confortait. Nok les trempait, quatre à la fois, dans la casserole d'huile, et déposait ceux ayant assez doré dans une passoire avant que je ne les dispose sur un plat. Mon beau-père récupéra son téléphone, qu'il avait laissé sur le comptoir du bar. Il serait venu me demander de raisonner ma mère, de la supplier de lui pardonner et de faire l'effort de l'accepter à nouveau. Elle était tout ce qu'il avait toujours connu. Je ne sais pas si je décelai dans sa démarche de la colère, ou de l'apitoiement. Au final, lui aussi été monté dans un train sans billet. Toutes ces années, il ne s'était pas soucié de la destination, mais avait seulement craint de croiser le chemin d'un contrôleur, qui l'aurait prié de quitter le train après lui avoir tendu une contravention.

Depuis tout ce temps, on venait enfin de lui demander de descendre. Lorsque je m'assurai qu'il avait quitté le resort en faisant gronder son scooter, je fus emplie d'une tristesse inconsolable pour lui et la vie qui s'arrêtait à cet instant, et le vis comme un homme qui avait simplement échoué dans beaucoup de ses rôles. Je sortis de la cuisine, et mon regard croisa celui de Theodore, qui était venu revoir mon beau-père ce matin. Ils ne s'étaient pas revus depuis trois ans. Theo avait toujours eu connaissance des problèmes de leur couple, et il les avait soutenus comme il le pouvait, mais comme moi, il n'avait pas le pouvoir de décider pour eux de leur avenir conjugal.

Il s'avança face à la mer, et s'assis après avoir ratissé le sable de son pied. Nous profitions des derniers flux de lumières qu'avaient laissé le soleil avant de se coucher, nos joues roses, ses yeux reflétant l'horizon encore flamboyant.

Il mentionna le chiot avec lequel il avait joué cet après-midi. Celui-ci était reparti avec d'autres chiens errants, qui avaient dû l'inviter à les rejoindre. Nina avait prié pour qu'il retrouve sa famille.

— « J'ai voulu m'y perdre plus d'une fois », confiai-je, en fixant les vagues.

— « Dans la mer ?

— Hm-hm. Mourir noyée, c'est mourir asphyxiée. C'est la même chose sur terre lorsqu'on vit ce que je vis dans ma tête.
— Qu'y a-t-il dans ta tête ? »
Je mis la main sur son épaule avant de m'asseoir à ses côtés.
— « Je n'ai jamais su. Parfois, je ressens le besoin de tout quitter, je veux tout abandonner et respirer est impossible parce que le néant s'installe et occupe toute la place. La seule chose contre laquelle je me battais depuis toutes ces années était moi-même.
— Tu en as parlé à des professionnels ?
— Plusieurs fois.
— Qu'ont-ils dit ?
— Que le temps réparerait, que les médicaments aideraient, mais ils n'ont fait que taire mes émotions et tuer mes souvenirs.
— Qu'est-ce que je peux faire ? »
Je sentis qu'il fallait que je lui dise, et que j'aurais dû lui dire déjà à l'époque, lorsqu'il avait découvert qui j'étais vraiment et ce que je dissimulais au fond de moi ; que j'aurais voulu être assez pour lui, mais que l'amour, le sien, comme le mien, ne me sauverait pas. Je lui avais caché cela pour rester une femme normale à ses yeux, et pour qu'il n'ait pas à feindre de comprendre le gouffre qui s'emparait de moi, ou qu'il ne souffre pas de vouloir partager ma souffrance. Peut-être qu'en fait j'avais souhaité le protéger, je ne voulais pas qu'il ait à me regarder avec pitié en se demandant quelle folie m'aurait aliénée.

Puis, en prenant mon visage pour l'enfouir dans son torse, pour me protéger de ces pensées, de ce vent qu'apportaient les vagues à chaque fois qu'elles revenaient vers nous pour nous quitter à nouveau, il prit une longue inspiration. J'aimais lorsqu'il respirait mes cheveux, comme si m'avoir contre lui ne suffisait pas, et qu'il était nécessaire qu'il s'enivre de moi comme je m'enivrais de lui. Il avait la même odeur. J'avais vingt-quatre ans à nouveau, et je me demandais s'il sentait l'odeur-même de la nostalgie sur les mèches de mes cheveux.

— « Qu'est-ce que je peux faire pour que tu ailles mieux ? » réitéra-t-il. J'entendis sa voix naître depuis son torse, et ses lèvres frôler mon oreille.

— « Je ne te demande rien. » Je répétai, à voix basse, comme pour me convaincre à nouveau : « Je ne te demanderai jamais rien. »

— « J'aimerais pourtant que tu le fasses. Demande-moi de rester, ou de te suivre. Je pourrais faire les deux.

— Tu pourrais le faire sans que je ne te le demande, si c'est ce que tu souhaites.

— J'ai besoin de savoir que tu me veux dans ta vie. Je t'en supplie, n'attends pas de mériter le bonheur pour être heureuse. Arrête de lutter contre la vie. »

Avant que mes larmes ne m'empêchent de prononcer les mots que je voulais lui partager, et parce qu'il me serrait contre lui, comme si les vagues allaient nous prendre avec elles en nous séparant, je chuchotai : « J'essaie, je t'assure. »

Ce que je ne pouvais me résoudre à lui confier, c'était qu'en regardant la mer, je pensais toujours à lui, à ma sœur et à ma mère. Elle avait porté leur souvenir. Loin d'eux, si je me tenais devant ses vagues, tantôt sereines, tantôt empreintes d'une affliction inconsolable, alors ils étaient à mes côtés, et faisaient partie de ma vie à nouveau. Ils étaient là, mes souvenirs bleus, dans cet océan qui avait tant de fois menacé de m'emporter. C'est ici que je les avais cachés, conservant une place pour eux dans mon monde pour quand ils reviendraient dans ma vie.

Après vingt heures, et parce que ma mère avait repris les commandes au resort, j'enlaçai ma sœur en lui promettant qu'on s'appellerait dans la soirée. Theo tenait à me conduire jusqu'à mon hôtel. Nina était retournée dormir à la maison pour accompagner ma mère. Elle allait retrouver son lit, sa couverture, son grand placard de vêtements, ses peluches et autres babioles. Sa vie était dans cette maison.

— « Papa est allé dormir chez un ami », dit-elle d'une petite voix. Je vis à l'écran qu'elle fixait un point à l'extérieur par la fenêtre. Elle devait aussi observer la pluie qui n'avait cessé de tomber depuis la fin du dîner que nous avions partagé avec notre mère et Theodore.

— « J'ai peur qu'il pense que je l'abandonne...ou que je préfère Maman. Tu vois, ma chambre est ici, mes affaires, mon ordinateur, ma vie. Tout est ici.

— Je suis persuadée qu'il comprendra. Cette histoire est entre lui et Maman, tu n'as rien à voir. Tu es un dommage collatéral, on peut dire. Mais ta vie ne s'arrêtera pas là. Il te reste tant à vivre. »

La nuit s'annonça fraîche, et la grêle tropicale s'abattit contre la baie menant à la terrasse. Je n'eus pas à programmer la climatisation, que j'avais pris l'habitude d'enclencher car la chaleur qui émanait du corps de ma sœur durant les nuits que nous avions partagées ces dernières semaines m'avait confortée durant mon sommeil. Ce soir, la place qu'elle occupait encore ce matin était froide, et la femme de chambre, qui était passée en mon absence, avait changé les draps, les serviettes de bains, ainsi que les deux échantillons de gel douche et de shampoing sur la vasque, que nous n'avions pas utilisé. J'aurais pu proposer à ma mère de l'accompagner et de rester à ses côtés dans sa maison, dans son lit, et comme autrefois, Nina se serait glissée entre nous deux. Je me demandai si nous serions à l'étroit, maintenant qu'elle avait grandi, et qu'elle me dépassait depuis qu'elle avait atteint l'âge de quinze ans. Aurions-nous pu oublier notre rancœur et les années passées à vivre l'une sans l'autre ? Ou alors, j'aurais pu appeler Theodore, qui, j'en étais persuadée, avait conservé le même numéro. Il aurait partagé mon lit, courbé son corps contre le mien après avoir deviné que je l'autorisais à revenir dans ma vie. Encore mieux, j'aurais rejoint le sien, à l'hôtel cinq étoiles dans lequel ils nous avaient conduit, et à la réception, j'aurais demandé à la jeune femme que nous avions rencontrée plus tôt, et qui m'avait longuement observée, que je souhaitais voir Theodore Miles.

— « Je vais dormir avec Maman, je raccroche. » Nina se brossait les cheveux, les tressait soigneusement, mettant une mèche par-dessus l'autre, les resserrait. Il était déjà vingt-trois heures et elle devait s'endormir tôt pour la journée au lycée le lendemain.

Je n'avais jamais su tresser mes cheveux, ni même les coiffer. Il était évident que Nina s'y était initiée seule. Ma mère ne me l'avait pas appris, et je doutais qu'elle l'ait fait pour ma sœur. Elle ne m'avait pas appris beaucoup, par confiance ou négligence, peut-être même par pudeur. J'avais, depuis très longtemps, appris et compris certaines choses par moi-même.

Ce serait la première nuit depuis presque deux mois que ma sœur passerait rassurée. Il fallait qu'elle suive les cours pour le baccalauréat au printemps prochain. Lorsque le temps s'arrêtait pour certains, le monde continuait pourtant de tourner pour les autres.

— « À demain.
— Je t'aime. »

Ma mère vint me réveiller le matin suivant, à l'hôtel. Le téléphona avait sonné pour m'informer de son arrivée, et je l'avais autorisée à me rejoindre dans la chambre. Elle déposa son sac à main sur une chaise libre devant l'entrée, et soupira avant de complimenter la vue sur la cocoteraie depuis la grande baie vitrée.

Je reconnaissais lorsqu'elle essayait d'être douce, parce qu'elle se sentait coupable et qu'elle souhaitait lisser notre relation, la garder propre, la traiter avec attention avant qu'elle n'éclate à nouveau.

Mon beau-père était revenu tôt dans la matinée prendre la plupart de ses affaires personnelles et emménager dans la maison qu'ils avaient acheté quatre ans plus tôt et qu'ils louaient de temps en temps, lorsqu'elle n'était pas occupée par des amis. Il avait décidé qu'il retournerait en France pour être auprès de sa famille. Il ne se battrait pas pour Nina, et ne lui imposerait pas de quitter son établissement scolaire, ses connaissances, son île pour le suivre. Surtout pas l'année de son examen. Il savait aussi qu'elle ne serait pas heureuse sans sa mère, il s'était rendu à l'évidence. Ma mère avait fait de ses filles des filles sans pères.

Puis, elle déglutit pour me faire remarquer qu'elle souhaitait me poser une question.

— « J'ai tout gâché entre nous ? »

Elle voulut me prendre la main. Je l'avais remarqué à la manière dont elle l'avait avancée vers moi, pour s'arrêter et la replacer sur sa cuisse. Elle avait dû se reprendre en jugeant qu'il était encore trop tôt pour tenter de se rapprocher, beaucoup trop tôt pour deux femmes qui s'étaient ignorées pendant des années. J'avais imaginé ce moment pendant huit ans. Ma réponse avait été pensée, modifiée à plusieurs reprises, structurée, et pourtant je répondis confusément.

— « Je ne sais pas. Je ne veux plus être malheureuse. Je ne veux plus dépendre de toi, et subir la vie que tu as choisie. J'aimerais que tu me laisses vivre la mienne, et que tu vives la tienne sans avoir peur, sans te mentir comme tu as pu le faire toutes ces années. C'est tout ce que j'ai toujours souhaité pour toi, je t'assure.

— Je vois. »

Elle se battait contre deux grandes larmes encore logées dans ses yeux qui n'attendaient que d'être libérées pour courir sur ses joues. Ses yeux, abattus, demandaient « *Pouvons-nous nous réparer ? Pouvons-nous parler de ce qu'il s'est passé pour nous donner une autre chance ?* »

Nina vint me rendre visite le soir, et avait apporté des plats que Nok s'était appliquée à nous cuisiner. Je le sus à l'instant où elle avait franchi le pas de la porte de la chambre d'hôtel, mais elle appréhendait mon départ dans cinq jours. Avec la séparation de ses parents, le retour de Theo et le mien, son quotidien sur l'île avait été bouleversé.

« Ne nous quitte pas. » C'était la prière qu'elle m'adressait tous les soirs. Elle me confia que Theodore repartirait pour la Nouvelle-Zélande dans huit jours et qu'elle souhaitait l'accompagner pour s'éloigner de la vie qui allait devenir morose suite à nos départs.

— « Je te promets que tu ne seras jamais seule. »

Cette promesse, que j'avais faite à de nombreuses reprises au cours des dix dernières années, lui rappelait que je lui donnais ma parole : elle n'aurait jamais à supporter la vie seule, parce qu'elle m'avait, moi.

Nous avions prévu de nous rendre au centre-ville vers vingt heures pour le Loy Krathong Festival qui célébrait la Déesse des Eaux, mais également le renouveau. Je n'avais jamais eu l'occasion de participer à cet évènement auparavant, mais je savais que ma sœur le faisait rituellement chaque année au mois de novembre. Cette année, elle avait été à la plage de Bang Rak, sur la route menant à l'aéroport, pour déposer des offrandes avec ses amis.

— « J'avais parlé de toi à ma mère, avant qu'elle ne nous quitte », dit Theodore pour rompre le silence qui s'était imposé depuis que nous avions pris la route. Sa voix était empreinte de son calme naturel, mais je sentais qu'un nœud s'était formé au creux de son cou. Il avait dû vouloir continuer, mais s'était arrêté pour me permettre de réagir. Mon silence lui commanda de poursuivre.

— « Je suis comme toi, au final. Je n'ai jamais mentionné mes passions avec mes parents…parce que je les ai quittés trop tôt, ou parce que je prétextais qu'ils étaient trop loin de moi. Tu aurais aimé ma mère. J'aurais voulu qu'elle te voit, et qu'elle te connaissance, toute pleine de rêves et de pensées sans fin. Tu ne m'aurais pas laissé entrer dans ta vie. Je voulais qu'elle m'assure qu'à quarante ans, cette peine passerait, mais elle n'en a jamais vécu, alors elle ne pouvait rien pour moi. Mes parents se sont rencontrés à dix-sept et vingt ans et se sont aimés jusqu'à la fin. Elle m'avait dit pourtant, que tu reviendrais. Que je n'aurais qu'à t'attendre.

— Tu ne pouvais pas attendre que j'aille mieux. Ce n'est pas une vie. J'ai tourné en rond ailleurs…j'étais perdue.

— J'y pense souvent, mais je veux croire que ma mère t'a ramenée à moi. Je la remercierai ce soir d'avoir veillé sur toi, de t'avoir amenée jusqu'ici. »

De toutes les choses dont il avait pu me parler, ce qu'il venait de déclarer me bouleversa. Cette confession ébranlait tout ce qui avait été partagé entre nous. J'en venais à souffrir du manque inconsolable d'une femme que je n'avais pas connue et ne connaîtrais jamais, et parce qu'elle était la première femme qui avait aimé Theodore, l'avait créé et porté, je la remerciais de lui avoir permis d'être la personne qu'il était aujourd'hui, parce que je voyais désormais en lui tout ce qu'elle avait été et tout ce qu'elle avait pu lui transmettre.

Après avoir stationné la voiture près du centre commercial, nous longions le lac de Chaweng en observant au loin la foule qui s'était réunie depuis la fin de l'après-midi pour déposer au pied du lac des fleurs de lotus fabriquées en feuilles de bananier, avec au centre, des bâtons d'encens et une bougie. Nok avait apporté deux de ces petits radeaux qu'elle avait pris le soin de plier la veille, et me les avait offerts ce matin, caressant le haut de mon crâne. « *Pour ton retour, et ton renouveau.* » C'étaient ses mots. Elle m'avait conseillé de déposer au centre de mon radeau de l'argent, et des fleurs. Lorsque je lui demandai où elle irait déposer le sien, elle m'indiqua qu'elle avait pris l'habitude de se rendre sur la plage de Nathon. Ce coin de mer ne connaissait pas de vagues violentes. Ma mère avait accompagné Estelle, qu'elle était allée visiter depuis son retour. J'étais soulagée de la savoir avec elle car de cette manière, elle n'était pas seule.

Theodore sortit un briquet de sa poche arrière, ce qui me surprit dans la mesure où il ne fumait pas. Qui possédait un briquet s'il ne fumait pas ? Avait-il commencé à fumer ? Il alluma avec précaution ma bougie, puis la sienne, puis les bâtons d'encens, que nous avions plantés dans les cœurs de deux dahlias que nous avions achetés à une fleuriste sur la route.

Au creux du radeau, sur lequel tenait la petite bougie qui venait de prendre vie, je déposai un billet, et glissai soigneusement le tout sur l'eau qui émettait un doux clapotis. Je lui laissai le soin d'emporter mes rancunes et mes peines. Il pouvait s'en aller loin avec eux. Si la flamme de la bougie continuait de danser tant que je la voyais, alors je pouvais garder l'espoir du renouveau dans cette douce résilience. Nous joignîmes nos mains sur nos nez, contre notre front, et fermèrent les yeux en silence. Au bout de quelques secondes, j'entrouvris un œil pour observer Theodore, concentré. Son visage était serein, et pourtant, il devait lui aussi prier pour que les dieux le libèrent de ses peines.

Nous restâmes encore une heure au bord du lac, bercés par les échanges et les rires autour de nous, tentant encore de suivre nos radeaux en fleurs de lotus comme on s'accroche à des espoirs envolés, mais ceux-ci étaient déjà loin, ne laissant derrière eux plus qu'une petite étoile, qui s'éloignait encore et encore, jusqu'à ce qu'on la perde de vue.

— « Je suis revenu pour toi. »

J'avais entendu. Je ne savais simplement pas quoi lui répondre, et si je lui demandais de répéter, il aurait su que je prétendais ne pas avoir entendu la première fois. Il s'était allongé sur l'herbe, en poussant un soupir, parce qu'il déposait les armes, et que mon départ, et le sien bientôt, le préoccupait sûrement, et je continuais de fixer le lac.

— « Je m'étais dit que si je raccompagnais ta mère, après m'être assuré qu'elle pouvait confronter ton beau-père…alors je pouvais te revoir. Parce qu'au fond, je sais que tu serais venue pour soutenir ta sœur.

— Tu savais que je viendrais ?

— J'ai prié pour. »

Il me connaissait. S'il lisait toujours en moi, il savait que j'étais aussi revenue avec l'espoir de le revoir. Cette île était le seul endroit où nous pouvions exister. Il déplia son bras droit et me fit signe de me coucher sur l'herbe à mon tour.

— « Cet endroit a tellement changé », dis-je en poussant un soupir dont je tentai de chasser l'amertume.

— « Sauf nous », répondit Theo, comme on répète une prière dans la pénombre. Et parce qu'il en était persuadé. « Sauf nous. »
— « Pourquoi tu ne m'as jamais appelé ?
— J'étais tourmenté entre t'attendre et te laisser partir. Qu'est-ce qu'il fallait faire ? Au final, j'ai fait les deux. Et comme ça, huit ans sont passés. Je sais à quel point tu as souffert. Je sais que tu devais refaire de l'ordre dans ta vie, ça aurait été égoïste de ma part de te dire de rester ou même de revenir. J'ai attendu très longtemps. Oh mon dieu, j'aimais rester bloqué dans cet endroit.
— Tu savais ?
— Quoi ?
— Que je partais ce jour-là ? »
Nous fixions toujours le ciel. Je me rappelai la douleur de ce jour, et fus soulagée de regarder les étoiles, parce qu'ainsi, mes larmes ne se déverseraient pas.
— « Oui.
— Ma mère ?
— Oui.
— Tu aurais dû venir quand même.
— J'ai pensé que ça t'était égal de –
— Parfois je pense que mes plus beaux jours sont derrière moi. J'ai touché au bonheur une fois dans ma vie, c'était la seule chance qui m'avait été donnée.
— Ne dis pas ça. Il faut simplement que tu réalises que tu peux te donner cette chance toi-même, tous les jours à l'avenir. Tu es ici, près de moi. Lili, je ne demanderai rien de plus. Ce bonheur est revenu, en ce qui me concerne. »
Je le fixai, les yeux brillants. Il était allongé, cherchant dans le ciel l'étoile la plus brillante pour me la montrer du doigt, et il ne m'avait jamais paru aussi serein. « Tu ne vis qu'une fois, mais tu sais, si tu le fais bien, une fois suffit amplement. »

Il avait repris le rôle du plus âgé de nous deux, celui qui détenait cette sagesse et ce recul qui me faisaient encore défaut. Il avait forcément raison.

À l'aéroport, et comme j'avais souhaité qu'il le fasse à l'époque, Theodore prit ma valise qu'il sortit de son coffre. Pendant le trajet, peut-être parce que Nina nous accompagnait, peut-être parce que nous appréhendions de nous séparer à nouveau, nous étions restés silencieux, mais il y avait eu sa main sur la mienne à un moment, et je me demandais pourquoi je partais à nouveau. Seules les remarques de ma sœur sur les nids-de-poule de la route goudronnée avaient brisé le silence. Ma mère y était déjà, alors que nous nous étions dit au revoir la veille. Theo lui tenait les épaules en me regardant m'enregistrer au comptoir, et je me retournais de temps à autre pour les ancrer dans ma mémoire. Nina scrutait mes gestes au loin, les lèvres pincées.

Pour la première fois, il me vint à l'esprit que mon cœur hurlait son désespoir à chaque fois que je devais quitter l'île. Elle avait été ma maison, mon foyer, ainsi que celui des personnes auxquelles je tenais le plus au monde. Tout n'avait eu de sens qu'avec eux. J'avais aimé cet endroit pendant si longtemps, et tous les chemins de ma vie m'avaient mené à cette île, même celui dans lequel je m'étais perdue pendant des années en cherchant ce à quoi je pouvais me raccrocher.

À l'entrée de la zone de contrôle, nous procédions aux derniers au revoir. Ma mère m'enlaça une dernière fois, dans une étreinte chargée de tout ce qu'elle m'avait tu.

— « Tu reviendras ?
— On verra. » Si ces mots la blessaient, elle l'avait bien dissimulé, mais c'était la vérité. Même si j'aimais cet endroit, je ne savais pas si j'y reviendrais. Je ne détesterais jamais ce lieu, mais choisir de revenir était renoncer à ce que j'avais bâti, et je n'avais pas la volonté de le faire. Je devais rejoindre

cette autre vie, sur cet autre continent. « Prenez bien soin de vous. »

Je regardai les deux femmes les plus importantes de ma vie et les quittai bientôt à reculons, obligeant les autres voyageurs à se décaler pour éviter de me bousculer, et, installée à ma place, je ne cessai de penser à la promesse que j'avais faite à Theodore la veille, à la lumière des étoiles. Elles en étaient témoins et éclairaient l'espoir qui était né dans mes yeux cette semaine. Que je le suivrais en Nouvelle-Zélande et dans tous les autres endroits qu'il n'avait pas encore visités s'il venait me voir en France. Si je brisais cette promesse, les étoiles viendraient me le rappeler, en m'infligeant des insomnies. Il quitterait l'île trois jours après moi.

En ouvrant la porte de mon appartement, je ne fus pas surprise de voir ma cousine qui m'attendait, assise sur le sofa. Le salon avait été aéré, le chauffage relancé, car le mois de décembre allait bientôt nous envelopper dans son aura glaciale. Ma tante devait arriver dans l'après-midi. Mère et fille avaient été informées de mon retour, et donc ma tante avait préparé de nombreux plats que je devinais dans les boîtes empilées sur la table. C'était sa manière de libérer son angoisse, savoir sa sœur vivante et de retour sur Samui. Avec les années, j'appréciais de plus en plus les moments où je retrouvais mon existence solitaire, mais j'aimais savoir qu'ailleurs dans le monde, quelqu'un m'attendait. Je lavai soigneusement mes mains au savon, et rêvai de prendre une douche car le trajet en train depuis Paris m'avait plus éreintée que les douze heures d'avion dans la nuit.

— « J'arrive », criai-je depuis l'évier.
— « Oh, prends ton temps... »
Pourtant, je ne pris pas la peine de m'asseoir sur mon canapé. La pièce, la scène et l'environnement ne m'étaient plus familiers. Quelque chose avait changé. Ce saut dans le

temps que ces trois semaines à l'autre bout du monde avaient créé, dans la vie que j'avais connue et retrouvée m'avait complètement déstabilisée. Je portai mes mains à mon visage et me frottai les yeux, exténuée.

— « Tu en penses quoi de la Nouvelle-Zélande, toi ? », la questionnai-je en ouvrant la valise machinalement.

Elle m'analysa de haut en bas. Je remarquai ses cheveux, qu'elle avait coupés plus courts en mon absence. Comment ce simple changement pouvait la faire rajeunir de cinq ans ? Je me retrouvai avec la version d'elle étudiante que j'avais connu autrefois, lorsque que nous nous allongions dans son lit encombré de manuels scolaires et de feuilles volantes, le matelas servant de bureau, de table à manger, et finalement de lit.

— « Pourquoi cette question ?
— Comme ça. Je n'ai vraiment pas envie de passer l'hiver en France cette année. »

Le froid hivernal encore figé sur le bout de mon nez, je consultai mon téléphone. Sur l'écran, juste après un message envoyé il y a huit ans, figuraient les mots suivants : « *Si tu n'as nulle part où aller, pense à moi. Tu le sais, n'est-ce pas ?* »

Et je pense que ce qu'il avait voulu me signifier, des années auparavant, était qu'il acceptait ma propre solitude, comme la sienne, qu'il se moquait de m'avoir entière ou incomplète, du moment qu'il avait une place dans ma vie et que j'en avais une dans la sienne. Il était apparu dans cette parenthèse suspendue, entre souvenirs et réalité, au moment où le jour laisse place à la nuit, et ma vie s'était toujours jouée dans ces interstices, ces moments de transition où je n'étais ni ici, ni ailleurs.

Nous avions vécu et souffert de cette asymétrie dans le temps, et je l'avais ressenti, lorsque j'avais souvent été frappée par la volonté nauséeuse, irréalisable, de pouvoir connaître un Theodore plus jeune, celui de vingt-quatre ans, celui d'une autre vie, celui des autres pays, ressenti lorsque ses priorités étaient différentes des miennes, toute cette vie avant que je ne puisse comprendre la mienne, ressenti lorsque je m'interrogeais sur la réciprocité de nos sentiments si nos versions de vingt-quatre ans s'étaient rencontrées dans un autre univers. Si l'amour que j'avais parfois deviné n'était pas qu'une illusion forgée par mes désirs, née dans les espaces vides laissés par nos silences.

Aujourd'hui, huit ans après notre première rencontre, encore avec ce temps qui avait marqué nos corps, et ce regret de ne pas avoir vécu une vie avec lui, celle que je n'arrivais jamais à imaginer, je n'eus qu'une seule pensée : je porterai toujours en moi l'amour que j'avais pu éprouver pour toutes les choses et les personnes que j'avais aimées. Et en ce sens, ce n'est pas que je ne me ferais jamais à l'idée qu'elles n'existent plus dans ma vie, mais que celle que j'étais devenue aujourd'hui était par essence définie par l'amour que j'avais pu leur porter. Je me tenais là, emplie de cet amour.